벚꽃 같은 나의 연인

시간이 빨리감기처럼 지나가도
사랑은 벚꽃처럼 피고 또 핀다

나의 벚꽃 같은 연인

김수지 옮김

우야마 게이스케 지음

대원씨아이

차
례

벚꽃을 보면 떠오른다.

아무리 시간이 흘렀어도 어쩔 수 없이 너를 생각하고 만다.

미사키, 나는 아무것도 해주지 못했어.

그 고통을 눈치채 주지도, 슬픔에서 구해 주지도 못했어.

그뿐만이 아니야.

네게 상처를 주고 말았어.

그날, 내 뒷모습을 보고 너는 무슨 생각을 했을까.

그 생각만 하면 지금도 가슴이 무너져.

하지만 이제 와서 후회해본들 이미 늦은 거겠지.

봄이 왔지만 이 안에 넌 없으니까.

이제 내가 할 수 있는 일은 너를 잊지 않고 살아가는 것뿐이야.

그러니 미사키, 나는 앞으로도 벚꽃을 볼 때마다 떠올릴 거야.

찰나의 순간에만 아름답게 피어 있을 수 있는……

벚꽃 같은 연인인 너를.

제
1
장

봄

사각사각, 가위가 기분 좋은 리듬을 타면서 아사쿠라 하루토의 머리칼을 가지런히 다듬는다.

등 뒤에 선 미용사가 익숙한 손놀림으로 손가락 사이에 머리칼을 끼우자 하루토의 심장이 쿵, 내려앉는다. 온몸이 한여름의 태양처럼 뜨거워지고 손바닥은 땀으로 촉촉이 젖어 든다. 하루토는 미용실 가운 아래에서 청바지에 손바닥을 문질러 땀을 닦은 후 미용사가 눈치채지 못하도록 거울을 통해 그녀를 바라보았다.

살짝 말려 있는 밝은색 머리칼, 스트라이프 무늬의 헐렁한 상의, 고양이를 연상시키는 사랑스럽고도 동그란 얼굴. 집중하다 보면 저도 모르게 입술을 삐죽 내미는 게 버릇인 모양이다.

……아리아케 미사키. 하루토가 짝사랑하는 그녀의 이름이다.

미용실에서 담담히 흘러나오는 비틀스의 〈I Will〉을 들으면서 하루토는 저도 모르게 넋 나간 표정을 지었다.

오늘도 미사키 씨는 귀엽기 그지없다. 대체 어떤 유전자를 배합해야 이렇게 귀여운 사람이 태어나는 걸까? 그녀의 부모님께 넙죽 절이라도 드리고 싶은 심정이다.

불현듯 미사키가 거울을 통해 이쪽을 보았다. 그 순간 하루토는 의자에서 로켓처럼 튀어 나갈 뻔했다.

크, 큰일이다! 쳐다보던 걸 들켜 버렸다!

하지만 미사키는 "왜 그러세요?"라고 물으며 고개를 갸웃거렸다. 아무래도 하루토의 뜨거운 시선을 눈치채지 못한 모양이다.

"아무것도 아니에요. 하하하……"

하루토는 공연히 더 크게 웃었다.

진정해, 진정하자. 나는 오늘 위대한 목적을 달성하기 위해 이 미용실에 왔다. 가벼운 장난이 아니다. 일생일대의 승부를 내기 위해 온 것이다.

창밖으로 시선을 던지니 미용실 앞에 나 있는 작은 차도 너머로 벚꽃이 보였다. 살짝 오른쪽으로 기울어진 볼품없는 벚나무가 화창한 봄볕 속에서 꽃망울을 활짝 터뜨리고 있다. 창문 너머로 부드러운 봄바람을 타고 꽃잎들이 하늘 높이 흩날리는 광경은 한 장의 사진을 보는 것처럼 아름답다. 평소라면 이 경치를 보고 마음이 온화해졌을 테지만 지금의 하루토에게는 그저 부담스러울 뿐이었다.

이번 주말은 벚꽃이 절정에 달하는 시기다. 주말이 지나고 나면 벚꽃은 금방 져 버릴 것이다. 시간이 얼마 없다. 오늘은 기필코, 반드시, 미사키 씨에게 데이트 신청을 할 것이다!

어느새 가게에는 비틀스의 〈She Loves You〉가 은은히 울려 퍼지고 있었다. 마치 내 응원가가 흘러나오는 것 같다.

'고마워요, 존, 폴, 그리고 나머지 두 분.'

작전은 이미 다 생각해 두었다. 일상적인 대화에서 벚꽃 이야기로 화제를 전환하는 것이다.

"좋아하는 디저트가 뭐예요?", "음, 푸딩이요.", "전 벚꽃떡이요! 벚꽃? 이야, 그러고 보니 벚꽃의 계절이네요. 이번 주가 절정이라고 하던데. 다음 주부터는 비가 온다지 뭐예요~ 아! 혹시 괜찮다면 같이 벚꽃 보러 가지 않으실래요?"

바로 이거다. 이것밖에 없다. 이 얼마나 내추럴하고 스타일리시한 데이트 신청인가. 좋다, 이제 말해 보…… 아, 아니다, 잠깐만! 벚꽃떡에서 벚꽃 이야기로 넘어가는 게 좀 억지스러울까? 그래, 그렇다면 '벚꽃의 계절이네요'부터 시작하자.

온몸 구석구석에서 용기를 끌어 모아 입을 떼려 했지만 너무나도 긴장한 나머지 입술이 굳어서 꼼짝도 하지 않는다. 잘린 머리칼이 바닥으로 떨어질 때마다 모래시계 속 모래가 떨어져 가는 것만 같아 엉덩이가 들썩거린다. 하루토는 눈을 질끈 감고 억지로 입을 열었다.

"……버, 벗, 벗……벗……벗……벗……."

안, 안 되겠다! 벚꽃이라는 말이 안 나온다! 이대로라면 영어회화 연습을 하는 이상한 놈처럼 보일 것이다! 시간이 없다! 어서! 용기를 내, 아사쿠라 하루토!

"요즘 많이 바쁘세요?"

먼저 입을 연 쪽은 미사키였다.

"네? 아, 아뇨."

갑작스러운 상황에 말까지 더듬거리고 만다.

"사진작가라니 대단하세요! 심지어 상도 받으시고, 혼자서 열심히 일하시잖아요. 하루토 씨 스물네 살이라고 하셨죠?"

"네, 뭐……."

"우와~ 저랑 한 살 차이밖에 안 나는데 멋지다~ 저도 더 분발해야

겠어요. 그나저나 요즘에는 어떤 사진 찍으세요? 아, 봄이니까 역시 벚꽃을 찍으시려나?"

벚꽃? 이때다! 하루토는 아랫배에 힘을 주고 기세 좋게 몸을 뒤로 돌렸다.

"벚꽃의 계절이죠! 혹시 괜찮으시다면 같이 벚꽃을……."

……싹둑. 가위에서 날카로운 소리가 났다.

손을 멈춘 미사키의 얼굴은 믿기 힘들 정도로 새파랗게 질려 있었다.

'왜 그러지? 아, 혹시 머리를 너무 많이 잘라 버려서? 난 별로 상관없는데!'

그때, 가위 끝에 묻어 있는 빨간 피가 눈에 들어왔다.

"어라? 가위에 피가 묻어 있는데요?"

다음 순간, 옆자리에 앉아 있던 여자 손님이 이쪽을 보더니 공포 영화를 보기라도 한 것처럼 비명을 질렀다. 이내 가게 안이 소란스러워지기 시작했다. 남자 직원이 "수건 가져 와!", "구급차 불러!"라고 외친다.

하루토는 영문을 알 수 없어 고개를 갸우뚱했다. 도대체 무슨 일이 일어난 것일까?

"죄송해요……."

떨리는 목소리에 돌아보자 미사키가 표정 없는 얼굴로 눈물을 흘리고 있었다.

'어, 어, 어째서 울고 있는 거예요?! 설마, 데이트 신청이 눈물 나게 싫었다는 뜻인가? 아, 나도 눈물 날 것 같아!'

"왜 사과하세요?"

간신히 웃으면서 조심스레 문자 그녀는 떨리는 손가락으로 바닥을 가리켰다. 바닥에는 피투성이가 된 귓불이 떨어져 있었다.

'아, 귓불이다. 그런데 이거, 누구 귓불이지?'

하루토 본인의 귓불이었다.

하루토는 거울에 비친 피투성이의 왼쪽 귀를 보고 의자에서 굴러 떨어졌다.

"으아아—————! 내 귀———!!"

가게 안의 노래는 어느 틈엔가 비틀스의 〈Help!〉로 바뀌어 있었다.

설마 이렇게 될 줄이야……

구급차 안, 하루토는 들것에 누운 채로 미안한 마음에 눈을 꽉 감았다. 그리고 미사키를 생각했다.

그녀와 처음 만난 것은 여느 때와 다를 바 없던 어느 늦여름의 오후였다.

고등학교 야구 대회가 끝나면서 일상의 낙을 잃어버린 하루토는 지저분할 정도로 길게 자라난 머리카락을 다듬을 생각으로 시모키타자와로 향했다. 2천 엔이면 머리를 자를 수 있는, 평소에 가던 저렴한 미용실이 문을 닫은 바람에 새로운 가게를 찾아야 했던 것이다. 시모키타자와는 행동반경을 넘어서는 곳에 있었지만, 마침 이색 서점 빌리지 뱅가드에서 「주먹밥 같은 고양이 쓰나히코」라는 사진집을 살 예정이기도 했다. 하루토는 '싸고 좋은 미용실이 있으면 좋고, 아님 말고'라는 가벼운 마음으로 무광택 블랙 컬러의 산악자전거를 타고 내달렸다.

페니레인 미용실은 시모키타자와역에서 조금 떨어진 주택가 한쪽에 있었다. 얼룩 한 점 없는 새하얀 외벽이 인상적이었고, 가게 문 손잡이에는 조금 과하다 싶은 화려한 필체로 적힌 'Penny Lane'이라는 간판이 자랑스레 내걸린 채 흔들거리고 있었다.

솔직히 이런 부류의 '멋 부린 가게'는 별로 좋아하지 않는다. 세련된 살롱 느낌을 내세우는 가게치고 제대로 된 미용실을 본 적이 없다. 어차피 겉멋만 잔뜩 든 미용사들의 소굴 같은 곳이겠지. 역시 그냥 동네에서 찾아보자. 동네라면 면도까지 포함해서 4천 엔밖에 안 하고. 그런 편견을 가지고 있었지만 가게 앞 칠판에 적힌 '처음 오시는 손님, 커트 3천 엔!'이라는 글귀를 보고 발이 멈칫했다.

마음에 들지는 않지만 요즘 도쿄 물가에서 이 정도면 싼 편이니 이번만 여기에서 잘라볼까…….

올리브갈색의 묵직한 나무문을 열자 비틀스의 〈Here Comes The Sun〉이 흘러나오고 있었다. 접수 카운터에서는 왕년에 꽤나 놀았을 것 같은, 점장으로 보이는 남자 직원이 검은 뿔테 안경을 쓰고 심각한 표정으로 계산기를 두드리고 있었다. 가게 안은 그다지 넓지 않았다. 의자 네 개에 샴푸대 하나가 전부였다. 직원 두 명이 분주히 가게 안을 돌아다닌다. 투블럭 커트에 금발로 염색한 젊은 남자 미용사도 보인다.

하루토는 그런 미용사들을 힐끗 보고 '역시 날라리 미용실인가'하며 코웃음 쳤다.

그러고는 소파에 앉아 카운셀링 시트에 필요 사항을 적고 있었는데…….

"오늘 고객님을 담당할 아리아케 미사키입니다."

부드러운 목소리에 고개를 든 그 순간, 하루토는 첫눈에 반해 버렸다.

사람들은 흔히 사랑에 빠지는 순간을 '벼락을 맞은 것 같다'고 표현한다. 하지만 하루토가 느낀 것은 벼락 수준이 아니었다. 길을 걷는데 느닷없이 천둥대신과 맞닥뜨린 바람에 정신없이 줄행랑치는 것 같은 충격이었다.

미사키는 오래 썼는지 제법 낡은 가위 케이스를 허리춤에서 늘어뜨리더니 커다란 눈망울로 싱긋 미소 지었다. 그 모습에서는 그야말로 빛이 났다.

우연히 들른 미용실에서 이런 만남을 겪을 줄이야. 이는 어쩌면 주먹밥 같은 고양이, 쓰나히코가 나에게 준 선물…… 아! 황급히 자신의 옷차림을 내려다본다.

이럴 수가! 왜 하필 이럴 때 이 따위 촌스러운 티셔츠를 입은 걸까! 가슴팍에 대문짝만하게 'Endless Summer'라고 적혀 있다! '무슨 여름을 저렇게까지 좋아해?'라고 생각하면 어쩌지!

하루토는 손등으로 이마에 맺히는 땀을 훔쳤다.

진정해, 진정하라고! 땀이 너무 많이 나는 것 같은데? 땀아 멈춰다오! '이 사람은 얼음으로 만들어졌나?'라고 생각할지도 모르겠다!

하지만 미사키는 그런 기색은 조금도 느껴지지 않는 미소를 머금으며 자리로 안내해 주었다.

"이쪽으로 오세요."

머리카락이 잘려 나가는 동안 하루토는 내내 미사키만 쳐다보고 있었다.

몇 살일까? 시모키타자와에 살고 있을까? 남자친구는 있으려나? 분명 있을 것 같다. 이렇게나 귀여운데. 동료랑 사귀고 있을 수도 있다. 저 겉멋만 든 안경 쓴 사람이 남자친구라면 부조리도 이런 부조리가…… 응? 하루토는 눈살을 찌푸렸다. 거울 속으로 보이는 그녀가 왠지 긴장한 것 같아 보인다. 그때 미사키가 시선을 눈치챘는지 중대한 비밀을 고백하듯 나지막이 "저 사실 손님 맡아 보는 거 처음이에요"라고 말했다.

"아, 하지만 커트 모델 분들 머리카락은 많이 잘라봤으니 괜찮아요! 그래도 살짝 긴장돼서요. 혹시 불편한 점 있으면 뭐든 말씀해 주세요."

상관없습니다! 당신이 잘라 주시는 거라면 허리케인이 휩쓸고 지나간 것처럼 엉망진창으로 만들어 놓으셔도 괜찮습니다. 아니, 그냥 아무렇게나 막 잘라 주셨으면 좋겠어요! 이런 생각이 들 정도로, 미안해하는 미사키의 모습은 사랑스러웠다.

하지만 불안해하던 모습치고는 머리 자르는 솜씨가 상당히 좋았다. 호의적으로 본 것도 있지만 전에 다녔던 저렴한 미용실의 주인이 손을 떠는 노인이라서 그런 것도 있었다. 그래서 하루토는 그녀의 손에서 탄생한 새로운 머리 스타일에 몹시 만족했다.

"가, 감사합니다. 무지 깔끔해졌고, 뭐랄까, 조금은 잘생겨진 것 같은 기분이 들어요. 하하하……."

이럴 때는 좀 더 재치 있게 말을 했어야지. 자신의 모자란 어휘력에 풀이 죽었지만 그녀는 "다행이다!"라고 말하며 환하게 웃어 주었다.

그 미소는 더더욱 귀여웠다.

그날 이후로 하루토는 한 달에 한 번씩 그녀를 만나기 위해 페니레인 미용실을 찾게 되었다. 처음에는 형식적인 대화를 나누는 정도였지만 만나는 횟수가 늘어날수록 대화도 조금씩 늘어갔다. 참고로, 무려 남자친구가 없다고 한다. 그 사실을 알게 된 날에는 들뜬 가슴을 가라앉히지 못하고 시모키타자와의 선술집에 들러 하이볼을 여덟 잔이나 마셔 버렸다. 그것도 혼자서 말이다.

점원에게 사심을 품고 머리를 자르러 간다는 것이 불순해 보일지도 모른다. 하지만 하루토에게는 미사키와 함께 하는 잠깐의 시간이 둘도 없이 소중했다. 삶의 유일한 낙이라 해도 과언이 아니었다. 그녀가 영화 이야기를 하면 다음에 만나기 전까지 그 영화를 봐 두었고, 손이 거칠어져서 고민이라는 말을 들으면 인터넷 검색을 통해 한방(漢方)이 효과가 있다고 알려 주었다.

하지만 가슴 한 구석에는 언젠가 그녀에게 남자친구가 생길 수도 있다는 공포심이 맹수처럼 어금니를 드러내고 있었다. 그러니 빨리 데이트 신청을 해야 한다…….

그 조급한 마음이 결국 오늘 이 사달을 낸 것이다.

하루토는 신주쿠에 있는 게이메이 대학병원으로 이송되었다.

응급실 의사가 귀에서 잘려 나간 귓불을 보더니 정나미 없는 말투로 "후딱 꿰맵시다"라고 말했다. 걸레를 기우는 것과는 차원이 다르잖아, 라고 생각하면서도 끝날 때까지 잠자코 있었다. 마취 덕분에 통증은 느껴지지 않았지만 가슴이 따끔거리며 아파왔다.

미사키 씨를 울려 버렸다. 그때 내가 갑자기 뒤로 돌아보지만 않았어도…….

귓불은 무사히 제자리를 찾았다. 1주일 후에 실밥을 풀러 오라는 말을 듣고, 처방받은 진통제를 손에 든 채 야간진료용 출입구로 향했다. 발이 돌처럼 무겁다.

어둠이 내려앉은 병원 로비는 무서울 정도로 적막했다. 인기척도 전혀 느껴지지 않았다.

붕대로 감겨 있는 왼쪽 귀는 마취 때문에 아직 얼얼하다. 하루토는 벽에 붙어 서서 머리를 톡톡 부딪치며 대략 수십 번쯤 한숨을 내쉬었다. 정적에 둘러싸인 복도에 슬픈 한숨소리만이 울려 퍼진다.

끝이다. 이제 다 끝났다. 데이트 신청을 할 용기 따위도 없다. 그리고 다음 주가 되면 벚꽃은 점점 떨어질 것이다. 나의 사랑도 벚꽃처럼 끝날…….

"저기요!"

자동문 앞에는 미사키가 숨을 헐떡이며 서 있었다. 하루토는 깜짝 놀라 등을 곧추세웠다. 그녀는 달음박질로 다가와 붕대로 감긴 왼쪽 귀를 보더니 울상을 지었다.

"정말 죄송합니다! 이거, 점장님이 주신 거예요!"

그녀가 시모키타자와에서 이름난 쿠키 가게의 종이봉투를 내민다. 점장에게 호된 꾸지람을 들었을 것이다. 울어서 눈매가 퉁퉁 부은 모습이 안쓰럽다.

하루토는 얼굴 앞으로 두 손바닥을 들어올려 보이며 애써 웃었다.

"신경 쓰지 마세요. 갑자기 뒤로 돌아본 제 잘못이니까요."

"그렇지 않아요! 제 잘못입니다!"

"정말 괜찮으니까……."

"치료비 제가 낼게요! 얼마인지 알려주세요!"

"신경 안 쓰셔도 돼요!"

"신경 쓸 거예요! 제가 내게 해 주세요!"

그렇게 옥신각신하는 동안 미사키는 감정이 복받쳐 올랐는지 울먹이는 소리로 연신 코를 훌쩍였다.

"귓불…… 혹시 제대로 안 붙으면 제 귓불을 드리겠습니다! 정말 죄송해요!"

'당신 귓불이야 무척이나 갖고 싶지요. 당장이라도 그 귀를 만져보고 싶을 만큼. 그런데 그렇게 사과하면 내가 도리어 미안해지잖아요…….'

"그렇게까지 신경 쓰지 않……."

"뭐든 말씀해 주세요!"

"네?"

"제가 할 수 있는 게 있다면 뭐든지요!"

"뭐, 뭐든지요?"

"네! 뭐든지 할게요!"

뭐든지라……. 그 순간 문득 '어떤 생각'이 뇌리를 스쳤다. 물론 불순하다는 것은 알고 있다. 하지만…….

"그럼……."

떨리는 입가에 힘을 주고 크게 심호흡을 했다. 그리고 입을 뗐다.

"저랑 데이트 해 주세요!"

찬물을 끼얹은 듯 순식간에 복도가 조용해졌다. 미사키는 입을 떡 벌린 채 굳어 있는 모습이다. 그런 그녀를 보고 괜한 말을 했다며 후회했다. 그래, 이런 반응이 당연하다. 설마 데이트 신청을 받으리라고는 상상도 못 했을 테니까. 타이밍 한번 최악이다. 하지만 입 밖으로 뱉어 버린 말을 주워 담을 수도 없는 노릇이다.

"벚, 벚꽃 계절이기도 하고…… 저…… 같이…….'

하루토는 미사키를 똑바로 응시했다.

"저와 함께 벚꽃을 보러 가지 않으실래요?"

미사키는 말의 뜻을 헤아렸는지 무척 당황스러워하며 시선을 피했다. 그리고는 머릿속을 정리하듯 가는 손가락으로 입술을 매만졌다. 무슨 말로 거절해야 할지 고민하는 것처럼 보였다.

'역시 무리수였어. 아아, 정말 이런 이상한 말을 하는 게 아니었는데…….'

하루토가 힘없이 어깨를 떨어뜨리고 포기하려던 참이었다.

"알겠습니다."

"네?"

믿기지 않는 마음에 얼빠진 소리가 튀어나왔다. 이내 외국 사람에게 말을 걸듯 천천히 또박또박 물었다.

"그 말은, 데이트, 오케이, 라는 뜻인가요?"

미사키는 한동안 잠자코 있다가 고개를 살짝 끄덕였다.

"저, 저, 정말이에요?"

하루토의 얼굴에 점점 미소가 번져 나간다.

해냈다! 미사키 씨와 데이트할 수 있다니! 귓불이 잘려나간 보람이 있다.

너무나도 기쁜 나머지 덩실덩실 춤이라도 추고 싶은 기분이다.

두 사람은 연락처를 교환했다. 그녀가 일부러 병원까지 짐과 자전거를 가지고 와준 덕분에 하루토는 그길로 곧장 집으로 갈 수 있었다.

하루토가 병원 입구에서 자전거에 걸터앉아 가볍게 인사하자 미사키도 어색한 표정으로 미소를 지어 보였다. 그는 굽실굽실 몇 번이고 고개를 숙이면서 자전거 페달을 힘차게 밟았다.

미적지근한 밤바람을 맞으며 국도를 달린다. 일정한 간격으로 설치된 가로등이 여느 때와 달리 더 눈부시게 느껴졌다. 앞쪽으로 멀어져가는 자동차의 미등은 장미꽃처럼 선명한 붉은 빛을 내뿜는다. 그 광경은 어제까지 보았던 세계보다 훨씬 더 아름다웠다.

하루토는 사사즈카역 부근에서 하천을 따라 나 있는 길 위에 자전거를 세우고, 안장에 앉아 가로등 불빛을 받고 있는 벚꽃을 바라보았다. 꽃잎이 바람을 타고 하늘하늘 팔랑인다.

스마트폰에 저장된 미사키의 연락처를 다시 한 번 들여다보았다. 그 열한 개의 숫자가 행복한 미래로 이어지는 암호인 것만 같았다. 하루토는 넋 나간 표정으로 히죽거렸다. 하지만 그 미소는 갑작스레 스쳐간 밤바람과 함께 순식간에 날아가 버렸다. 이윽고 가슴속에서 어두운 얼룩 같은 죄책감이 번져 나간다.

'사진작가라니 대단하세요!'

미사키의 말을 떠올리면 가슴이 저려온다.

하루토는 몸을 수그렸다.

사과해야 한다……. 나는 사진작가가 아니니까.

줄곧 거짓말을 해 왔다는 것을 확실하게 사과해야 한다.

왼쪽 귀의 마취가 풀리기 시작하자 손만 대도 무언가로 찌르는 것 같은 통증이 느껴졌다.

어쩌면 그것은, 거짓말을 하고 있는 그의 가슴속에서 느껴지는 통증이었을지도 모른다.

* * * * *

그 타이밍에 데이트 신청을 하다니 반칙이다. 그 상황에서 어떻게 거절할 수 있겠나…….

미사키는 전철 오다큐선 문에 기대어 하아, 작게 한숨을 내쉬었다.

설마 데이트 신청을 할 줄이야. 생각지도 못한 전개다.

그녀는 우메가오카역에 내려 무거운 몸을 이끌고 개찰구로 향했다.

낮이면 학생들로 북적이는 이 거리도 밤 11시를 넘기면 사람의 모습을 거의 찾아볼 수 없다. 미사키는 역 앞 편의점에서 밀크티와 젤리를 산 후 비닐봉지를 앞뒤로 흔들면서 집으로 향했다.

미용사가 손님의 귀를 베는 일이 아주 없지는 않다. 당연히 있어서는 안 되는 일이지만. 그런데 귀가 잘려서 바닥에 떨어졌다는 이야기는 들어본 적이 없다. 자칫 잘못하면 소송에 휘말려서 가게가 문을 닫아야 하는 상황이 생길 수도 있다. 그래서 그가 병원에 실려 간 후에 점장은 도깨비 같은 표정으로 "다시 어시스턴트로 강등시킬 거야!"라고 윽박지르며 격노했다. 이제야 스타일리스트로 승격되었는데 다시 어시스턴트로 돌아가야 하다니. 그건 싫다. 아무리 자업자득이라지만 울고 싶은 기분이다……

길모퉁이에 있는 생선가게에서 오른쪽으로 꺾어 한동안 걷다 보면 낡은 선술집이 보인다. 오랜 세월의 풍파가 고스란히 느껴지는 나무로 된 벽. 가게 앞에는 '아리아케야(屋)'라고 적힌 붉은 초롱이 맥없이 내걸려 있다. 유리문으로 새어나오는 불빛 속에는 손님들의 웃음소리가 뒤섞여 있다. 어느 동네든 하나는 있을 법한, 선술집의 표본이라고도 할 수 있는 가게. 이곳이 바로 미사키의 집이다.

"다녀왔습니다."

미닫이가 요란한 소리를 낸다. 단골손님과 담소를 나누던 오빠, 아리아케 다카시가 씨익 웃으면서 "늦었네"라고 말했다. 카운터에 진치고 있던 단골손님들도 "미사키, 어서 와!"라고 말하며 큰 맥주잔을 들고 웃어 보인다. 평소라면 살갑게 인사했겠지만 오늘은 웃을 기분이 아니다. 그러자 카운터 한쪽에서 하이볼을 마시고 있던 바지 정장 차림의 요시노 아야노가 "왜 그래?"라고 물었다.

아야노는 다카시의 연인으로, 미사키에게는 친언니 같은 존재다. 갸름한 얼굴형에 흑발의 긴 생머리가 잘 어울리는 성숙한 분위기의 여성. 오빠에게는 너무나도 과분한 미인이다. 아야노가 고개를 갸웃거리며 "직장에서 무슨 일 있었어?"하고 걱정스러운 듯 묻자, 미사키는 "아냐, 아무 일도 없었어"라고 말하며 애써 웃음 지었다. 역시 언니는 예리하다…….

"뭐야 미사키, 너 또 일하다 실수한 거야? 넌 여전히 멍청하구나!"

검은 티셔츠 차림의 다카시가 두꺼운 팔뚝으로 팔짱을 끼면서 호쾌하게 웃었다.

"시끄러워."

미사키는 무신경한 오빠를 향해 쏘아붙인 뒤 카운터 안쪽에 있는 계단을 올라 2층으로 향했다. 그때 다시 오빠의 목소리가 들려왔다.

"밥은?"

"안 먹어."

"아 그래? 오늘은 네가 좋아하는 소라도 있는데."

소라? 발이 멈춘다. 석쇠 위에서 소라찜 구이가 보글보글 끓고 있는 모습을 상상하자 군침이 돈다. 거기에 간장을 살짝 떨어뜨려서 뜨거울 때 먹으면……. 정말, 맛있겠다. 배에서 꼬르륵, 소리가 났다.

"어떡할래? 먹을 거야, 말 거야?"

"……먹을래."

미사키는 입술을 삐죽 내민 채로 아야노 옆에 앉았다.

"……당연히 내가 귓불을 자른 건 잘못했지만, 뭐든 다 하겠다는 말에 '데이트 해 주세요'라고 하는 건 반칙이지 않아?"

오늘 있었던 비참한 일을 아야노에게 털어놓으면서 세 잔째 정종을 들이켰다. 오늘은 마시지 않겠다, 마셨다가는 분명 다 말하게 될 것이다…… 라고 생각했지만 소라를 한입 맛 본 순간, 마시지 않고는 배길 수가 없었다.

다카시가 동생의 이야기를 들더니 글러브처럼 두툼한 손으로 도마를 두드렸다.

"사진작가고 나발이고, 그런 식으로 데이트 신청을 하다니 영 마음에 안 드네! 내가 그 녀석 귓불을 찢어 버려야지 안 되겠어!"

단골손님들도 입을 모아 "다 같이 에로 사진작가의 귓불을 다져주자!"라고 외치며 술을 들이킨다. 아저씨들 사이에 알 수 없는 일체감이 생겨난 모양이다.

"미사키, 그 귓불 녀석 연락처 알려줘! 다음에는 내가 오른쪽 귀를 이 칼로 그냥……."

아야노가 "그만!"이라고 외치며 나무젓가락을 카운터에 탕, 내려놓았다.

"귓불 귓불 시끄러워 죽겠네! 나 지금 물만두 먹고 있는 거 안 보여? 왠지 귀랑 비슷하게 생겼다고! 적당히 좀 해, 정말……. 그리고 정말 그랬다가는 미사키 잘릴 거 아냐."

"그래도……."

다카시는 혼쭐난 어린이처럼 입을 꼭 다문 채 토라졌다.

"나는 괜찮은 것 같은데."

아야노가 다시 미사키를 보고 말했다.

"괜찮다니. 뭐가?"

"데이트. 해 보는 게 어때? 의외로 좋은 사람일 수도 있잖아."

"무슨 소리야? 절대 안 돼! 있을 수 없는 일이야!"

두꺼운 눈썹을 치켜 올리는 다카시를 무시하면서 아야노가 말을 계속했다.

"이왕 가기로 한 거 즐겁게 다녀와."

"그래도~."

미사키는 네 번째 잔을 홀짝거렸다.

"상대는 손님이고~."

"손님이랑 사적으로 만나면 안 된다는 규칙이라도 있어?"

"없지만~."

"데이트 하는 거 오랜만이지?"

"그렇기는 한데~."

"남자 만날 일이 없다고 투덜거렸었잖아. 이건 기회야, 기회."

"내가 생각한 건 이런 게 아닌데~."

다카시가 인내심의 한계를 넘어섰다는 듯 크게 혀를 찼다.

"자, 자, 시끄러워! 너희는 무슨 대화를 군인처럼 하냐? 그보다도 너, 지금 남자 만날 생각할 때야? 네 가게 열겠다고 노력하는 중이잖아! 설마 남자에게 정신 팔려서 일 대충 할 생각은 아니겠지?"

미사키는 흘려들을 수 없는 말에 순간적으로 화가 나서 오빠를 노려보았다.

"내가 그럴 사람으로 보여? 그리고 연애하고 싶은 게 당연한 거 아냐? 아직 스물셋밖에 안 됐다고."

"그럼 데이트 잘 갔다 와."

아야노가 재빨리 끼어든다.

"데이트라고는 생각 안 해!"

"그럼 뭔데?"

"이건…….."

마땅한 말을 찾지 못해 괜히 또 한 잔 들이킨다.

"이건 데이트가 아니라 손해배상 같은 거라고!"

그렇게 말하더니 짐을 챙겨 도망치듯 계단을 뛰어올라갔다.

2층은 주거 공간이다. 삐걱거리는 계단을 올라가면 왼쪽에 거실,

안쪽에는 부엌과 욕실이 있다. 복도 막다른 곳에는 다카시와 미사키의 방이 나란히 있다. 둘이 살기에는 충분히 넓은 집이다.

미사키는 잘 여닫히지 않는 장지문을 열고 방에 들어서자마자 침대에 쓰러지듯 누웠다. 세수고 뭐고 이대로 그냥 자고 싶다. 뒹굴거리다가 천장에 매달린 전등갓을 올려다본다. 다다미방을 서양풍으로 꾸민 이 방과는 왠지 어울리지 않는 전등갓. 미사키는 약간 노래진 전등갓 안에서 반짝이는 형광등을 보며 한숨을 내쉬었다.

'아야노 언니 말대로 데이트가 오랜만이기는 하지만……'

요 몇 년 동안 데이트다운 데이트를 해 본 적이 없다. 고등학교 때는 남자친구를 사귀기도 했었다. 하지만 부모님을 일찍 여읜 후 오빠에게 짐이 되면 안 된다는 생각으로 아르바이트를 했고, 밤에는 '아리아케야' 일을 돕기도 했다. 그 탓에 남자친구에게 "너, 생활력이 너무 강해서 애늙은이 같아."라는 말을 듣고 차여 버렸다. 지금 다시 생각해 봐도 화가 치민다. 당연히 필사적일 수밖에 없다. 돈이 없으니까.

전문학교에 진학한 후에도 바쁜 생활은 여전했다. 도리어 전보다 더 바빠졌을 정도다. 수업료는 오빠가 내 주었지만 가위나 커트 마네킹, 수건, 파마지 등 수업에서 사용하는 자잘한 물건들을 구비하는 데만 해도 상당한 돈이 들었다. 그러니 아르바이트와 학업을 병행하는 것만으로도 벅차서 연애를 생각할 겨를이 없었다. 하지만 알고 보면 사실 다 핑계. 요컨대 연애할 노력을 게을리했던 것뿐이다.

연애를 오래 쉴수록 감이 떨어져서 복귀하기가 더 힘들다. 심지어 바로 직전 연애에서 심한 말을 듣고 차였으니 복귀전을 더욱 신중히 생각하게 된다. 역전 만루 홈런을 맞고 한복판에서 이도 저도 못 하게 된 투수의 심정인 것이다. 그 증거로, 일한 지 1년차가 됐을 때 다른 가게의 미용사에게 데이트 신청을 받았지만, 상대가 너무 적극적으로 들이대는 바람에 주저하다 겁이 나서 거절한 적이 있었다. 용모도 준수하고 자상한 사람이었다. 취미도 잘 맞았고 유머 코드도 그만하면 잘 맞는 편이었다. 하지만 한 번 거절했더니 그걸로 끝이었다. 그리고 얼마 안 가 애인이 생겼다는 말을 듣고 "뭐가 이리 빨라!"하며 황당해했지만 그와 동시에 아쉽다는 생각이 들면서 깊은 후회가 밀려왔다. 그리하여 결국 지금까지도 무기한 연애 출장 정지 중인 것이다. 언제쯤 복귀할 수 있을지 짐작도 되지 않는다.

미사키는 편의점 비닐봉지에서 조금 전에 사온 젤리를 꺼내 볼이 미이도록 입에 넣었다.

벚꽃 구경이라. 그렇지만 이건 사죄 데이트니까 시합을 재개한 건 아니다…….

이튿날, 점장에게 어제 있었던 일을 한 번 더 사과했다. 점장도 하룻밤이 지나니 마음이 가라앉았는지 크게 화를 내지는 않았다. 어시스턴트로 강등되는 일도 어찌어찌 면했다. 하지만 그렇다고 해서 긴장을 늦출 수는 없다. 손님은 예뻐지기 위해 우리 살롱을 찾는다. 그런 손님의 뜻을 이루어 드려야 한다. 그러니 언제까지고 기죽어 있을 수만은 없다. 정신 똑바로 차리자.

저녁 8시가 되면 가게 문을 닫고 점장이 그날의 매출과 개선점을 알려준다. 지금은 점장을 포함해서 스태프가 네 명뿐이라 사실 일손이 모자란 상태다. 한 명 한 명에게 주어진 업무량도 상당하다. 하지만 그 덕분에 스타일리스트로 승격할 수 있었으니 바쁘다는 것에 불만을 가져서는 안 된다.

청소가 끝나고 선배들이 돌아가면 혼자 연습 시간을 가진다. 이것이 미사키의 일과였다. 커트 마네킹을 두고 아직 미숙한 커트 실력을 키우기 위해 훈련에 훈련을 거듭했다. 특히 쇼트커트가 서투른 탓에 몇 번이고 연습을 반복했다.

정신을 차리고 보니 어느덧 밤 11시를 넘긴 시각이었다. 이제 집에 갈까, 가게 열쇠를 주머니에서 꺼내다가 거울을 보고 손이 멈칫했다. 머리칼 사이로 새치가 섞여 있는 것이 보였다.

"또 이러네……."

최근 들어 새치가 유독 눈에 띈다. 왜 이렇게 자꾸 생기는 것일까? 피곤해서일까? 새치를 뽑고 한숨을 내쉬는데 주머니 속 스마트폰의 진동이 느껴졌다.

이 늦은 시간에 누구지, 미사키는 화면을 보고 멈칫했다.

하루토가 보낸 메시지였다.

건명 : 데이트 건에 관하여

본문 : 늦은 시간에 실례합니다. 아사쿠라 하루토입니다.

지난 번 약속해 주신 데이트 건, 예정대로 미사키 씨의 휴일에 맞추어 다음 주 월요일로 정하는 것이 어떨까 합니다. 오전 11시 신주쿠역 남쪽출구 집합(사잔테라스 쪽과 헷갈릴 수 있으니 주의해 주시기 바랍니다). 당일은 평일이라 상춘객은 적을 것이라 예상되는 관계로 벚꽃을 보기에는 최적의 시기라 사료됩니다. 하지만 우천 시에는 벚꽃 구경을 하기 힘들 수 있으므로, 그럴 경우 다시 일정을 조정하거나 다른 데이트 플랜을 준비할 테니 양해 부탁드립니다. 그러면 당일 뵙기를 기대하겠습니다.

이게 웬 딱딱한 비즈니스 메일? 설마, 이상한 데이트를 받아들인 것은 아닐까? 하지만 그는 사진작가라고 했으니 그럴 일은 없을 것이다.

미사키는 집으로 돌아와 스마트폰으로 '사진작가 아사쿠라 하루토'라고 검색해 보았다. 그가 어떤 사진을 찍었는지 보고 싶었기 때문이다. 하지만 그럴듯한 사진은 보이지 않았다.

'왜일까? 상을 받았다면 한 장 정도는 인터넷에 있을 법도……'

"그놈 이름이 아사쿠라 하루토구나."

미사키가 놀라서 뒤를 돌아보자 목욕을 마치고 나온 다카시가 수건으로 머리를 북북 닦으며 등 뒤에서 화면을 들여다보고 있었다.

"뭐 하는 거야! 함부로 보지 마!"

미사키가 스마트폰을 던지는 척하면서 쫓아내려 하자 다카시는 "의리 때문에 데이트하는 거라더니. 상대에 대해서는 왜 찾아보는 거야?"라고 말하며 시시하다는 듯 아랫입술을 삐죽거렸다.

"뭐 일단은, 사전 조사라고나 할까……"

"사전 조사? 너, 아주 싫지는 않다는 표정이다?"

"시끄러워! 그런 표정 지은 적 없어! 아주 싫다 어쩔래!"

미사키는 얼굴을 한껏 일그러뜨리면서 도망치듯 욕실로 향했다.

욕조에서 피어오르는 수증기를 보면서 멍하게 생각한다. 그러고 보니 그 사람은 왜 나한테 데이트 신청을 했을까? 데이트를 하자는 것은 나한테 관심이 있다는 뜻이지 않은가. 착각일까? 내가 자만하는 걸까? 하지만 데이트라면 그렇게 생각해도 될 것 같은데? 왠지 모르게 부끄러워진 탓인지 현기증이 날 것 같았다.

* * * * *

완벽한 문자를 보낸 후에 들이키는 발포주는 각별히 맛이 좋다. 하루토는 기분 좋게 알루미늄 캔을 기울였다.

다소 경직된 느낌이 있기는 했지만 성실함이 묻어나오는 신사적인 문자였다고 생각한다. 여자에게 이런 메시지를 보내는 것은 대략 3년 만이니 보낼 때도 상당한 용기가 필요했다. '보내려다 말고 망설이는' 패턴을 30분쯤 반복했다. 스물넷이나 먹고 이 무슨 한심한 짓인가 싶다.

하지만 미사키의 답장을 받은 순간, 그런 울적한 기분은 순식간에 날아갔다.

[알겠습니다. 잘 부탁드립니다. (_)]

차고 넘치는 이모티콘도 미사키가 보냈다고 생각하면 유달리 더 귀여워 보인다. 하루토는 그 짤막한 답장을 몇 번이고 반복해 읽으면서 헤헤거렸다.

새 캔을 냉장고에서 꺼내들고 창문을 열자 다다미 여덟 장 남짓한 한 칸짜리 방에 봄날의 밤바람이 불어 들었다. 차가운 발포주와 선선

한 밤바람이 달아오른 몸을 식혀준다.

방금 딴 발포주를 홀짝홀짝 마시면서, 일차선 도로를 끼고 그 너머에 있는 작은 공원으로 시선을 던졌다. 바람에 흔들리는 벚꽃. 가로등 불빛 속에서 꽃잎들이 흩날린다.

"왜 그런 거짓말을 했을까……."

또다시 후회와 죄책감이 밀려들었다.

한낱 비디오 대여점 아르바이트생일 뿐인 자신이 사진작가라니, 거짓말에도 정도가 있는 법인데.

사진작가가 되고 싶다는 꿈이 있었다.

아버지가 독립하는 아들에게 선물해 준 니콘 F3. 하루토는 그 카메라가 꿈으로 향하는 티켓인 양 꼭 쥐고 도쿄로 왔다. 건물이라고는 죄다 높은 빌딩들뿐이었고 도쿄타워를 보았을 때는 위압감마저 느껴졌다. 하루토는 엄청난 인파에 취해 버린 듯 정신이 없었다. 그래도 이곳이 꿈의 무대라고 생각하자 이루 말할 수 없이 흥분되어 가슴이 뛰었다.

고등학교를 졸업하자마자 상경한 하루토는 에비스의 임대 스튜디오에서 스태프로 일하기 시작했다. 몇 년간 일을 배우다가 거기에서 만난 인맥을 살려 사진작가가 되어야지. 그런 청사진을 그리고 있었다. 쉽지 않은 길이라는 것은 잘 알고 있다. 재능과 센스를 모두 갖추고 있어야 한다는 것도. 하지만 그때는 자신에게 재능이 있을 거라 믿어 의심치 않았다. 하지만 나가노의 시골에서 자란 철부지 청년은 도쿄에 와서야 냉엄한 현실을 깨닫게 되었다.

처음 발을 들인 스튜디오는 상상을 초월할 정도로 바빴다. 날마다 촬영 준비 작업에 쫓기고, 선배들에게 혼나고, 촬영이 끝나면 바로 철수 작업에, 다음 준비까지. 잘 시간도 없었다. 처음에는 열정과 근성으로 버텼지만 불만과 피로가 누적되면서 결국 몸이 망가지고 말았다.

여기가 말로만 듣던 악덕 기업인가? 매일 죽도록 일하느라 잠 잘 시간도 없다니, 뭔가 잘못된 곳이 아닐까. 급여도 쥐꼬리인 데다 추가 근무 수당도 없고…….

그래서 하루토는 1년도 되지 않아 스튜디오에서 도망쳤다. 그만두고 한동안은 콩쿠르에 응모하기도 했다. 하지만 보기 좋게 줄줄이 낙방하면서 점점 응모 자체를 하지 않게 되었다. 아버지에게 받은 니콘 F3도 벽장 깊은 곳에 처박아 두었다.

물론 떳떳하지 못하다고 생각한다. 농사를 하면서 자신을 고등학교까지 졸업시켜 주신 부모님은 지금 사는 곳의 보증금과 사례금까지 내주셨다. 그걸 이런 식으로 배신하다니. 하지만……. 하루토는 생각을 다잡는다. 그렇다고 해서 카메라에서 완전히 손 뗀 것은 아니다. 지금은 충전 기간일 뿐이다. 잠시 쉬어가는 중이다. 진심으로 다시 셔터를 누르고 싶어질 때까지 인간성을 갈고 닦자.

그로부터 4년 동안 카메라는 줄곧 벽장 속에서 잠들어 있다. 빈 말로도 인간성이 좋아졌다고는 할 수 없다. 어느 순간 정신을 차리고 보니 비디오 대여점의 고참 아르바이트생이 되어 있었다. 최근에는 정사원이 되지 않겠냐는 제안도 받았다. 솔직히 내심 솔깃했다. 언제까지고 아르바이트를 하면서 살아갈 수는 없는 노릇이고, 적지만 보너스도 받아 보고 싶었으니 말이다.

하지만 이대로 카메라를 그만둬도 될까……. 희미해져 가는 꿈의 불씨와 현실 사이에서 흔들린다. 하지만 흔들리기만 할 뿐 아무런 결정도 내리지 못한 채 그저 시간만 한없이 흘러가고 있었다.

그런 나날을 보내던 중 하루토는 미사키를 만났다.

잔뜩 긴장한 채로 열심히 머리를 자르는 그녀를 보고 예전 자신의 모습을 떠올렸다. 스튜디오 스태프로 분주히 뛰어다니고 잘 시간도 아껴가며 일했던 때의 자신을. 그리고 그와 동시에 지금의 스스로가 무척이나 형편없어 보였다.

"하루토 씨는 어떤 일을 하세요?"

어느 날 미사키가 물었다. 솔직하게 '비디오 대여점에서 아르바이트하고 있어요'라고 말했으면 좋았을 텐데, 불쑥 "사진작가예요!"라고 대답해 버렸다. 아무런 목적도 없이 아르바이트하면서 살고 있다고 말하기가 창피했기 때문이다.

"사진작가? 멋지다!"

반짝거리는 그녀의 눈을 보고 돌이킬 수 없는 짓을 해 버렸다는 것을 깨달았다. 하지만 한번 내뱉은 거짓말을 무를 수는 없다. 거짓에 거짓을 더할 수밖에 없었다. 그때부터 그녀가 일에 대해 물을 때마다, 선망의 눈빛을 보낼 때마다, 하루토의 가슴은 죄책감에 짓눌렸다. 이윽고 후회의 씨앗은 쑥쑥 자라나 커다란 꽃을 피웠다. 언젠가는 진실을 말해야 한다고 내내 생각해 왔다.

하루토는 붕대가 감긴 왼쪽 귀를 가만히 만져 보았다.

이번 데이트에서 다 이야기하자…….

데이트 당일, 도쿄의 하늘은 눈부시게 푸르렀다. 태양은 따사롭게 지면을 비추고 바람은 노래하듯 부드럽게 지나다닌다. 긴 소매를 입으면 땀이 배어날 것 같은 포근한 날씨였다.

그런 평화로운 날의 신주쿠역 남쪽출구. 하루토는 개찰구 앞을 왔다갔다 서성이면서 들뜬 마음을 가라앉히기 위해 무척이나 애를 썼다.

어쩌지……. 무슨 말을 해야 할까? 어젯밤, 머릿속으로 시뮬레이션을 수백 번이나 해 보았다. 아마존에서 특급 배송으로 「멋진 남자의 화술」이라는 매뉴얼 책도 샀다. 하지만 결국 무엇을 어떻게 해야 하는지는 터득하지 못했다. 게다가 거짓말을 고백해야 한다는 난관도 있다. 데이트만으로도 정신없는데 부담이 이만저만이 아니다…….

"우욱!"

저도 모르게 헛구역질이 나와 버렸다. 그러자 등 뒤에서 목소리가 들렸다.

"괜찮으세요?"

조심스레 돌아보자 역시 미사키가 서 있었다.

안 돼! 헛구역질하는 모습을 미사키 씨가 봐 버렸다! 신주쿠역 한복판에서 구역질하는 남자라니, 이렇게 형편없을 수가!

그건 그렇고…… 하루토는 마른침을 삼켰다. 너무 귀여운 거 아닙니까…….

그녀가 평상복을 입은 모습은 처음 본다. 청량함이 느껴지는 새하얀 봄 니트에 스키니 바지, 머리에는 붉은 니트 모자를 썼다. 저 옷들은 그녀를 위해 만들어진 것이 아닐까 싶을 정도로 무척이나 잘 어울렸다. 얼굴도 왠지 평소보다 더 사랑스러워 보인다. 화장 때문일까?

그녀의 귀여움에 지장보살처럼 굳어 있는데 미사키가 "왜 그러세요?"라고 물으며 얼굴 앞에서 손을 살짝 흔들었다. 그 목소리에서 긴장감이 묻어난다. 그도 당연하다. 갑자기 손님과 데이트를 하게 되었지 않은가. 심지어 자신의 손으로 귓불을 자른 사람과.

"저, 오늘, 와 주셔서, 감사합니다."

인공지능 로봇처럼 더듬더듬 감사 인사를 하자 그녀는 수줍은 듯 고개를 저었다. 이내 두 사람은 신주쿠 교엔(新宿 御苑)을 향해 고슈 가도를 걷기 시작했다.

"날씨가 좋네요."

"그렇네요."

대화가 끊겼다.

'노부부의 대화인가? 정신 차리자! 아, 맞다! 이럴 때 남자는 여자를 지키듯이 차도 쪽으로 걸어야 한다고 매뉴얼 책에 적혀 있었다!'

하루토는 기사회생을 노리고자 미사키의 오른쪽으로 자리를 옮기려 했다. 하지만 자연스레 이동하지 못하고 어깨와 어깨를 부딪쳐 버렸다. 비틀거리는 그녀에게 "죄송합니다!"하며 허겁지겁 사과하자 미사키가 굳은 표정으로 "왜 그러세요?"하고 물었다.

"아, 아뇨, 이럴 때 남자가 차도 쪽으로 걷는 게 좋지 않을까 싶어서요."

"네?"

"혹시라도 자동차에 부딪치면 큰일이잖아요."

"여기는 괜찮은 것 같은데요……."

그녀는 어색하게 가드레일을 가리켰다.

'으아아……! 나는 왜 이렇게 멍청한 걸까! 인도로 차가 돌진하는 상상을 하다니, 혼자 할리우드 영화라도 찍냐? 홈런급 명청이 같으니라고!'

"그렇구나! 그렇네요! 그럼 안심이다! 아하하……."

웃고 있지만 눈물이 쏟아질 것 같다. 쥐구멍에라도 들어가고 싶다. 이대로 사라지고 싶다.

미사키는 그런 하루토의 마음을 알아챘는지 "괜찮으시다면 이쪽으로 오세요"라고 말하며 오른쪽을 내주었다. 그녀의 배려에 자신이 더더욱 한심하게 느껴지면서 또다시 울컥했다.

울지 마. 울면 안 된다. 나중에 만회할 수 있을 것이다…….

하지만 설상가상으로 비극은 계속되었다.

신주쿠 교엔이 문을 닫은 것이다. '휴일'이라는 비정한 간판에 눈알이 튀어나올 정도로 놀랐고 이내 하루토의 사고회로가 완전히 정지되어 버렸다.

아……. 이럴 수가. 내 명청함의 끝이 어디인지 이제 역겨워지려 한다. 여기에서 갑자기 토하면 미사키 씨가 깜짝 놀라겠지. ……지금 꿈꾸고 있는 것 같은데? 엄청나게 현실감 있는 꿈이 아닐까?

"아, 오늘 쉬는 날이구나……."

미사키가 중얼거린다. 그 순간 하루토는 번뜩 정신이 들었다.

망했다. 이건 "그럼 오늘은 이만 헤어질까요" 패턴이다. 데이트를 시작한 지 고작 10분밖에 되지 않았는데 헤어지기는 싫다.

"요, 요쓰야에 가요! 거기에도 벚꽃은 있으니까요!"

두 사람은 전철 마루노우치선을 타고 요쓰야로 향했다.

여기라면 틀림없이 벚꽃을 볼 수…… 그 또한 오산이었다.

요쓰야에서 이다바시까지 이어지는 소토보리 공원은 만개한 벚꽃을 보기 위한 나들이 인파로 발 디딜 틈이 없었다. 하나같이 벚나무 아래에 파란 돗자리를 깔고 술을 마시면서 난리법석이었다. 평일 낮인데도 거나하게 취한 중년 남성이 볼품없이 땅에 얼굴을 묻고 자고 있지를 않나, 대학생으로 보이는 청년들이 "예—이!"하고 괴성을 지르며 맥주를 한번에 들이키고 있었다. 로맨틱이라고는 눈곱만큼도 느껴지지 않는 분위기에 하루토의 무릎이 달달 떨렸다.

다, 다, 당신들, 벚꽃을 보기 위해서가 아니라 밖에서 이 야단을 떨려고 나왔습니까? 아니, 그보다도 왜 다들 이렇게 꽃구경을 좋아하는 걸까? 아아, 모처럼의 꽃놀이 데이트가 물거품이 되어 버렸다…….

"우에엑……!"

만취한 중년 남성이 두 사람 앞에서 구토를 했다. 미사키가 불쾌한 듯 시선을 돌렸다.

'아저씨! 왜 토하고 난리입니까!'

하루토는 만취한 남성을 두들겨 패고 싶은 심정이었다.

"이, 일단 걷죠!"

두 사람은 도망치듯 이치가야 방면으로 걷기 시작했다.

"죄송해요. 저 사실 꽃놀이가 처음이라서 얼마나 붐비는지 잘 몰랐어요. 사람이 이렇게 많을 거라고는 생각도 못 했어요."

"처음?"

미사키는 눈을 동그랗게 떴다.

"한 번도 꽃구경을 해 본 적이 없어요?"

"네. 아, 그래도 어릴 때 한 번 정도는 했을 거예요."

"혹시 꽃구경 싫어하세요?"

"꽃구경 자체가 싫다기보다는, 벚꽃을 별로 좋아하지 않아서요."

"벚꽃을?"

그녀는 신기하다는 듯 고개를 갸웃거렸다.

"뭐랄까, 벚꽃은 예쁘지만 금방 져 버리잖아요. 그 생각을 하면 왠지 서글퍼지더라고요. 아, 꽃구경 가자고 해놓고 이런 말을 하는 것도 좀 그렇지만요."

"하루토 씨 평소에 특이하다는 말 듣지 않으세요?"

그녀는 입을 막고 쿡쿡거리며 웃었다.

"보통은 다들 벚꽃 좋아하잖아요."

"고등학교 때 친구한테 이 이야기를 했다가 괴짜 취급받았어요."

"역시 그랬군요. 벚꽃 싫다고 하는 사람은 처음 봐요."

그녀의 자연스러운 웃음에 하루토도 미소가 새어나왔다.

이런, 특이한 사람이라고 생각하면 안 되는데……. 그래, 뭐가 됐든 그녀가 웃어만 준다면 상관없다.

미사키는 긴장이 풀린 듯 말수가 늘면서 본인의 이야기도 많이 해 주었다.

휴일에는 영화를 자주 보러 가고, 특히 액션 영화를 좋아하고, 오빠의 영향으로 야구를 보는 것도 좋아한다고 한다. 집은 작은 선술집을 운영하는데 '오빠가 만드는 볶음밥이 맛있다'며 자랑스레 이야기해 주었다. 달달한 것과 과자는 도무지 끊을 수가 없어서, 살찌는 것을 알면서도 퇴근길에 푸딩이며 젤리를 사 간다고 했다.

"미사키 씨는 왜 미용사가 되려고 하셨어요?"

왼편에서 걷는 그녀를 보자 미사키는 쑥스러운 듯 손끝으로 머리를 돌돌 말았다.

"사실 저 천연 곱슬이에요. 초등학교 때 남학생한테 '뽀글뽀글'이라고 불릴 정도였어요. 그게 엄청 콤플렉스여서 부모님께 말씀드렸어요. 이런 머리카락 너무 싫다고요. 그래도 부모님은 신경 쓰지 말라고 하실 뿐이었어요. 진심으로 절망했었죠. 평생 이렇게 살아야 하나 싶었거든요. 그랬더니 오빠가, 울고 있는 제가 안쓰러웠는지 근처 미용실로 데려가 주었어요. 무지 떨렸는데, 미용사 선생님이 '괜찮다, 잠깐이면 된다'고 하면서 스트레이트 파마를 해 주셨어요……. 그랬더니 방금 전까지 곱슬거렸던 머리카락이 거짓말처럼 펴졌지 뭐예요! 마법처럼! 그때 거울에 비치는 모습을 보고, 처음으로 내 머리 스타일이 예쁘다고 생각할 수 있었어요."

그녀는 낡은 사진을 들여다보듯 눈을 가늘게 뜨고 추억 속에 빠져들었다. 그리고 커다란 벚나무 앞에서 발을 멈추고 엷게 웃으며 하늘을 올려다보았다.

"그때 결심했어요. 나도 언젠가 누군가의 머리를 예쁘게 다듬어 주고 싶다고. 손님이 '내가 이렇게 예쁘구나'라고 느낄 수 있는, 그런 미용사가 되자고."

벚꽃 꽃잎이 그녀의 미소를 화사하게 물들인다. 하루토는 연분홍빛에 둘러싸여 포근하게 미소 짓는 미사키를 보고 황홀하다는 생각을 했다. 어린 시절 그녀도 미용실 거울 앞에서 이렇게 웃었을까. 그렇게 생각하자 마음이 따스해진다.

말을 많이 해서 부끄러웠는지, 미사키는 "너무 제 얘기만 했네요.
하루토 씨 이야기도 들려주세요."라고 말했다.

"하루토 씨는 왜 사진작가가 되고 싶다고 생각하셨어요?"

사실대로 말하자. 하루토는 똑바로 서서 어금니를 꽉 물었다.

강한 바람이 둘 사이를 지나가고 저 멀리에서 벚꽃 꽃잎이 날아오
른다.

하루토는 목소리가 떨리지 않도록 천천히 입을 열었다.

"미사키 씨. 저는……."

"어? 하루토 맞지?"

익숙한 목소리에 놀라 돌아보니 스튜디오에서 함께 근무했던 동료
가 서 있었다. 어깨에 카메라 가방을 멘 그 남자는 하루토를 향해 가
볍게 손을 흔들고 있었다.

"오랜만이야!"

불길한 예감이 든다. 아직 붕대를 풀지 않은 왼쪽 귀에서 저릿한 통
증이 느껴진다. 부탁이니 제발 쓸데없는 말은 하지 말아 줘. 하지만
빌면 빌수록 현실은 정반대의 결과를 가져다주는 법이다.

"너 카메라 그만뒀지? 지금은 뭐 하고 지내?"

등줄기가 얼어붙는 느낌이 들었다. 주뼛주뼛 곁눈질로 보자 미사
키는 미간을 찌푸리고 수상하다는 표정을 짓고 있었다. 그 표정을 보
니 체온이 더 떨어지는 기분이다.

"그나저나 너 그만두고 나서 스튜디오 엄청 힘들어졌어. 혼자 도망
가고 말이야~."

눈치코치 없는 전 동료의 말에 좌불안석하다가 "가요."라고 말하며

그녀를 데리고 빠른 걸음으로 걷기 시작했다.

두 사람은 이치가야역 가까이에 있는 벤치에 앉았다. 하루토는 미사키를 차마 쳐다볼 수가 없어 먼 경치만 바라보고 있다. 전철 주오선이 신주쿠 방면으로 멀어져 가자 바퀴와 레일이 서로 스치는 기분 나쁜 철 소리가 울려 퍼진다. 이내 상춘객들의 웃음소리가 들려왔다.

그녀는 아무 말이 없다. 무표정으로 입을 다물고 있다. 그 침묵이 더욱 무서웠다.

"저는 당신에게 거짓말을 했어요."

두려움에 목 안쪽까지 떨린다.

"실은 사진작가도 아무것도 아니에요. 상을 받은 적도 없고, 독립하지도 않았어요. 전부 다 거짓말입니다. 하지만 카메라를 다뤘던 건 사실이에요. 어시스턴트일 뿐이었지만. 그것도 얼마 되지 않아 그만둬 버려서……."

무릎 위에서 깍지를 낀 손에 땀이 배어난다.

"처음에는 정말 프로 사진작가가 되고 싶었어요. 재능이 있다고도 믿었죠. 하지만 매일 혼나기만 하고, 일도 제대로 못 하고, 콩쿠르에 응모해도 다 떨어지고. 그래서 지금은 비디오 대여점에서 아르바이트를 하고 있어요."

미사키는 고개도 돌리지 않은 채 울타리 너머로 즐비하게 서 있는 빌딩들을 바라보고 있다.

"지금까지 속여서 죄송합니다."

하루토는 고개를 깊숙이 숙였다.

그녀의 한숨 소리가 가슴에 꽂힌다.

"왜 거짓말하셨어요?"

아무런 대답도 할 수가 없다. 바늘처럼 날카로운 시선에 고개를 들 수조차 없어 잠자코 있는데 미사키가 자리에서 일어났다.

"이제 집으로 가죠."

그리고는 역 방향으로 걷기 시작했다. 하루토는 굳은 채로 멀어져 가는 그 뒷모습을 바라보고 있다. 두 번 다시 만나지 못하겠지. 형언할 수 없는 초조함이 엄습한다. 문득 정신을 차리고 보니 저도 모르게 미사키를 향해 큰소리로 외치고 있었다.

"당신에게 잘 보이고 싶었어요!"

그 말에 그녀가 걸음을 멈춘다.

"제가 사진작가라고 말했을 때 당신은 눈을 반짝이며 이야기를 들어줬죠! 그게 너무 기뻐서, 조금이라도 당신 마음에 들고 싶어서, 그래서 거짓말을 해 버렸어요! 줄곧 죄책감을 느끼고 있었어요. 사과해야 한다고. 하지만 도저히 용기가 나질 않아서, 아르바이트생이라고 하면 실망할 것 같아서…… 그래서 계속 거짓말을 해 버렸어요!"

속마음은 다 전했다. 이 진심은 분명 그녀에게 전달되었을……,

"뭐라고요……?"

무서울 정도로 우렁찬 목소리와 함께 미사키가 눈살을 잔뜩 찌푸린 채 돌아보았다.

"그 말은, 제가 직업으로 사람을 판단하는 여자라고 말하는 거예요? 사진작가라서 눈을 반짝거리면서 이야기를 들었다, 이렇게 말하고 싶은 거예요?"

"아, 아니에요!"

평소의 그녀 모습에서는 상상도 할 수 없는 험악한 모습에 위축되고 말았다. 미사키는 분노의 눈빛을 이글거리며 성큼성큼 다가온다.

"뭐가 아니에요! 사진작가라는 말을 들었을 때 확실히 좀 멋있다고 생각하기도 했고, 대단하다고도 생각했어요! 아, 그렇네요! 저는 당신을 직업으로 판단했었군요! 아무리 그래도 그렇지, 면전에 대고 그런 소리를 들으니 엄청 화나네요!"

"죄, 죄송합니다."

"저야말로 죄송했습니다! 그나저나 아무것도 안 하고 있으면서 꿈을 포기하다뇨! 자신에게 재능이 있다고 믿었댔죠? 그런데 왜 그만둬요? 당신 바보예요!"

"죄송합……"

"죄송할 게 아니라! 왜 끝까지 노력하지 않는 거예요! 어쩌면 진짜 프로 사진작가가 될 수도 있을 텐데!"

"네?"

"그런데도 관두다니 너무 아깝잖아요! 우물쭈물하지 말고, 꿈이 있으면 힘들더라도 역경이 있더라도 카메라 계속 잡아요! 쉽게 등 돌리지 말고!"

"그, 그 말은 지금, 제가 재능이 있다고 말씀해 주시는 거예요?"

"네?"

"그러니까 힘내라고?"

"아닌데요!"

"기뻐요!"

하루토는 덥석 그녀의 손을 잡았다. 미사키는 깜짝 놀라 고양이처럼 튀어 올랐다.

"죄, 죄송합니다!"

이내 자신의 무례한 행동을 알아차리고 황급히 손을 놓았다.

"저, 힘낼게요! 그 말을 믿고 다시 노력할게요!"

"아니, 잠깐만. 그런 뜻으로 한 말이……."

"미사키 씨!"

갑자기 이름이 불리자 미사키는 당황해서 굳어 버렸다.

"당신에게 어울리는 남자가 되겠습니다!"

변하고 싶다. 거짓말쟁이에 모든 일에서 도망치고 있던 한심한 내 모습에서. 스스로 자신을 자랑스레 여길 수 있도록. 변하고 싶다. 그러니까…….

"그러니까 바뀔게요!"

하루토는 주먹을 불끈 쥐었다.

"당신이 나를 좋아하실 수 있도록……."

미사키의 볼이 벚꽃색으로 물든다. 마파람을 타고 벚꽃 잎이 하늘 위로 날아오르더니 눈송이처럼 팔랑팔랑 두 사람 사이로 떨어진다. 하루토는 그 꽃잎을 보며 결심했다.

다시 시작하는 거야. 멈춰 있던 시간이 다시 움직일 수 있도록.

언젠가 다시 그녀의 옆에서 걸을 수 있도록.

* * * * *

방심했다. 무심결에 아주 잠깐, 정말 아주 잠깐 두근거렸다.

미사키는 "하아" 깊은 한숨을 내쉬었다. 전철 문에 머리를 기대고 바깥 경치를 바라본다. 거리에 어둑어둑한 땅거미가 내리기 시작했다. 흘러가는 빌딩과 집들이 오렌지색으로 물들었다.

'당신에게 어울리는 남자가 되겠습니다!'

그렇게 직설적인 고백을 받은 것은 난생 처음이다. 아니, 잘 생각해 보면 고백받은 것 자체가 처음이다. ……고백? 고백이라고 생각해도 되는 걸까? 얼떨결에 내뱉은 말이 아닐까? 하지만 '당신이 나를 좋아하실 수 있도록'이라고 했잖아. 그렇다면 고백 맞는 것 같은데?

마음이 진정되지 않아 손잡이를 꽉 움켜잡았다. 왜 떨리지. 그 사람은 거짓말쟁이인데. 허세 부린답시고 거짓말이나 하는 사람이지 않은가.

승강장에 내리자 선로 너머로 커다란 석양이 보였다. 미사키는 머리끝을 손가락으로 돌돌 말면서 '그 사람 카메라 다시 시작할까?'라는 생각을 했다. 그렇지만 내 이야기를 너무 진지하게 받아들여도 곤란한데. 그에게 재능이 있는지도 사실 모르고…….

아리아케야에는 다카시와 단골손님인 아저씨들이 이제나저제나 하고 미사키를 기다리고 있었다. 문이 열리는 순간, 다카시가 "이상한 일 당하지는 않았어?"라고 말하며 카운터에서 몸을 날렸다. 다가오는 아저씨들을 보고 겁먹은 미사키는 "아무 일도 없었어"라고 말한 후 2층으로 올라가려 했다. 단골손님 중 하나인 오쿠마 씨가 탄산음료를 들이키며 큰소리로 말했다.

"왠지 수상한데! 무슨 일이 있었던 게 분명해!"

"진짜 아무 일도 없었다니까요!"

미사키는 얼굴을 홱 돌리고 계단을 뛰어올라갔다.

왜 저렇게 일일이 참견하는 걸까? 스물셋이나 됐으니 그냥 내버려 뒀으면 좋겠건만. 정말 아무 일도 없었고. 아무 일도? 뭐, 전혀 없었던 것은 아니지만…….

방으로 들어선 후 니트 모자를 커트 마네킹에 씌우고 침대 옆으로 난 창문을 열었다. 조금 전부터 온몸이 뜨겁다. 시원한 저녁 바람에 머리칼을 살랑이며 심호흡을 하니 어렴풋이 봄내음이 느껴진다. 벽의 코르크보드에 붙은 근무일정표와 커튼이 바람에 흔들린다.

크림색 벽에 기대어 오늘 있었던 일을 하나하나 곱씹는데 복도에서 목소리가 들렸다.

"미사키?"

아야노였다. 일을 마치고 곧장 가게로 온 것일 테다.

아야노는 문을 살짝 열더니 손에 들고 있던 스낵 과자로 얼굴을 가린 채 장난스럽게 말했다.

"오늘 데이트는 어땠으려나?"

아야노 언니까지……. 잠시 욱했지만, 그래도 떨떠름하게 남아 있는 감정을 떨쳐내 버리고 싶어서 오늘 있었던 일을 그대로 다 이야기했다.

미사키의 이야기를 들은 아야노는 쿡쿡, 입을 가리고 웃었다.

"너무해! 왜 웃어?"

"미안, 미안. 그래도 첫 데이트에 설교는 너무했다. 어쨌거나 상대는 손님이었고."

미사키는 부루퉁한 표정으로 과자를 입에 넣는다.

"변명하는 게 갑자기 화가 나서. 정신 차리라고 말하고 싶더라고. 그래도 그런 식으로 말하는 게 아니었어. 왜 내가 화를 냈을까……."

"미사키는 열 받으면 성격이 돌변하잖아. 그런 면은 다카시랑 똑같다니까."

아야노의 말이 맞다. 한번 열 받았다 하면 머리보다 입이 먼저 움직인다. 미사키의 단점이다.

"비슷해서 더 화가 났던 거 아냐?"

"비슷하다니?"

"미사키랑 그 남자."

"뭐어? 어디가 비슷하다 그래!"

"네네, 흥분 가라앉히시죠."

미사키는 아차 하며 입을 막았다.

"미사키도 스타일리스트가 되기 전에 고민 많이 했잖아. 커트에 재능이 없는 것 같다고. 고민 상담도 자주 해 줬던 것 같은데?"

"그건……."

말단 시절에는 매일 점장에게 혼났고 그때마다 아야노에게 미주알고주알 다 털어 놓았었다.

"그래도 난 거짓말은 한 적 없어."

"거짓말이 나쁘긴 하지. 그런데……."

아야노는 활짝 웃으며 말을 이어갔다.

"기분 좋지 않았어? '당신에게 어울리는 남자가 되겠습니다'라는 말을 들었을 때 말이야."

미사키는 아야노를 제대로 쳐다보지도 않고 말했다.

"전~혀."

"흠……. 나라면 좋았을 것 같은데~."

그렇게 꿰뚫어보는 듯한 눈으로 보지 말아줬으면 좋겠다. 솔직히 말하자면 조금 기쁘긴 했다…….

그때 그의 얼굴은 벌겋게 달아올라 있었다. 분명 모든 용기를 끌어모아서 열정을 담아 내뱉은 말일 것이다. 그 진지한 표정을 떠올리자 등이 간질간질해진다.

미사키는 발그레해진 볼을 감추듯 밝은 핑크색 쿠션에 이마를 갖다 댔다. 아야노가 개구진 미소를 지으며 얼굴을 들이민다. 휘이, 손을 흔들어 쫓아내지만 오늘따라 아야노는 끈질기다. 부끄럽기도 하고 어색하기도 해서 쿠션을 치켜들며 "아, 몰라!"하고 외치는데, 아야노가 야구 티켓 세 장을 펼쳐 보였다.

"야구?"

"다음 주에 다카시랑 가기로 했어. 미사키도 같이 가자고 하던데."

"나는 왜?"

"마음이 허전한가 봐. 요즘 미사키가 상대를 안 해주잖아."

"언제쯤 동생을 놓아 주려나."

"다카시는 미사키의 부모님 역할도 하고 있으니까. 자식에게서 떨어지기란 쉽지 않은 법이지."

미사키는 오빠의 쓸쓸한 표정을 떠올리면서 어쩔 수 없다는 듯 웃었다. 그리고 "그럼 가끔씩은 같이 가 줘야겠네"라고 말하며 티켓을 받아들었다.

그 다음 주, 세 사람은 진구 구장을 찾았다. 야구 관전이 얼마 만인지 모르겠다. 왠지 모르게 기분이 들뜬다. 게다가 이날의 게임은 손에 땀을 쥘 정도로 엎치락뒤치락했다. 도쿄 야쿠르트 스왈로스가 1점 올리면 상대 팀이 다시 뒤집는다. 점수가 올라갈 때마다 야구장에는 떠나갈 듯한 함성소리가 울려 퍼졌다. 미사키도 덩달아 기분이 좋아져서 맥주를 세 잔이나 마시면서 목청 높여 응원했다.

시합은 스왈로스의 역전승으로 끝났다. 흥분을 가라앉히지 못한 다카시의 제안으로 가까운 선술집에 들러 축배를 들기로 했다. 스왈로스 팬이 많이 모이는 가게로 가더니 오빠는 옆자리에 있던 열성팬과 의기투합하여 거침없이 맥주를 들이켰고, 얼마 되지 않아 완전히 취해 버렸다.

"못 살아……, 이런 데서 자면 감기 걸리는데."

아야노가 꿍얼꿍얼 푸념을 하면서도 카디건을 벗어 다카시를 덮어 준다. 미사키는 그 모습을 보고 "언니는 오빠의 어떤 점이 좋아?"라고 물어보았다.

"갑자기 무슨 소리야?"

"생각해 보면 그렇잖아. 언니는 미인이고, 유명한 화장품 회사에 다니고, 연봉도 분명 오빠의 두 배……까지는 아니겠지만 상당히 많이 받고. 그런데 왜 우리 오빠인가 싶어서."

아야노는 풋콩을 입에 넣더니 "맞아. 내가 미인에다가 일도 잘하긴 하지"하고 너스레를 떨었다.

"난 진지하게 물어본 건데."

"미안, 미안."

아야노는 조끼에 묻은 물방울을 손끝으로 털어내면서 웃었다.

"코 고는 소리는 시끄럽고, 발 냄새도 심하고, 덜렁거리고, 가게 경영도 주먹구구식이고. 옛날에는 손해도 많이 봤는데, 아무리 그래도 싫어지지가 않더라."

수년 전, 오빠는 도박에 푹 빠져 지냈다. 슬롯머신, 경정, 경마, 되는 대로 돈을 걸었지만 보기 좋게 지는 바람에 상당한 빚을 끌어안게 되었다. 심지어 빚이 있다는 사실을 아야노와 미사키에게는 숨겼다. 모든 것이 다 밝혀졌을 때, 아야노는 울면서 오빠에게 다시는 도박하지 말라고 호소하듯 말했다. 그 눈물을 계기로 오빠는 도박에서 깨끗하게 손을 뗐다.

"언니는 참을성도 많아. 나였으면 절대 못 참았을 거야."

"그렇지 않아. 나도 옛날에는 연애 길게 해본 적 없었어."

"그럼 그걸 어떻게 참았어?"

"그러게."

아야노는 손으로 턱을 괴었다. 그러고는 옅은 미소를 띠며 말했다.

"아마도, 다카시가 그 이상으로 많은 걸 주었으니까?"

"그 이상으로 많은 거라니?"

아야노는 옆에서 코를 골며 잠들어 있는 연인이 사랑스러운지 볼을 쿡쿡 찔렀다.

"사귄 지 6년 가까이 됐지만 얘는 지금도 나를 많이 좋아해 줘. 가끔 그런 생각이 들어. 여자라서 행복하다는 말은 누군가에게 이렇게 끝없는 사랑을 받을 때 쓰는 말이 아닐까, 하는 생각."

"여자라서 행복하다?"

미사키는 눈을 깜빡거렸다.

"사랑받는다는 건 엄청 좋은 거야. 여자로 태어나서 느낄 수 있는 행복 중 하나라고 생각해. 뭐, 내일모레면 스물아홉이니 한창때는 지나긴 했지만."

"여자로 태어나서 느낄 수 있는 행복……. 그런 사랑을 받아본 적이 없어서 잘 모르겠네."

"응? 데이트한 사람이랑 잘되고 있는 거 아니었어?"

복수하는 듯한 질문에 갑자기 숨이 턱 막힌다.

"잘되기는 무슨……."

보로통한 표정을 짓더니 손을 들어 점원을 부른다.

"맥주 한 잔 더 주세요!"

"설마 그 뒤로 연락 안 왔어?"

"안 왔는데? 그게 뭐 어때서?"

연락 따위는 필요 없다. 하지만 고백 같은 말을 했고, 거짓말까지 했었으니까 연락 정도는 해 줘도 되잖아? 그렇게 생각하자 솔직히 화가 난다. 어쩌면 그 자식, 다른 여자들한테도 같은 수법을 쓰고 있을지도 모른다. 무책임한 날라리. 분명 그럴 것이다. 그런 녀석한테는 연락이 안 오는 편이 낫다.

미사키는 새로 주문한 맥주를 시원하게 들이켰다.

봄은 짧다. 불과 얼마 전까지 거리를 물들였던 벚꽃은 어느새 다 져버리고 벚나무에는 어린잎이 돋아났다.

미사키는 근처에 있는 하네기 공원에 갔다가 잎을 두른 벚나무를 보고 생각했다.

'늘 보던 그 벚나무가 아닌 것 같아. 화려했던 계절은 참 빨리도 막을 내리는구나…….'

얼마 전까지 많은 사람들이 이 벚꽃을 올려다보았다. 하지만 지금, 푸른 잎이 자라난 벚나무를 보는 사람은 아무도 없다. 다들 아무것도 모른다는 표정으로 지나쳐갈 뿐이다.

그 광경이 왜인지 무척이나 쓸쓸하게 느껴졌다.

미사키는 벚나무를 가만히 만져 보았다. 고요히 살아 숨 쉬고 있는 그 나무 기둥을.

4월이 끝나갈 무렵, 미사키는 스물네 살이 되었다.

생일을 맞이한 기쁨도 있지만 그날은 출근도 해야 했고, 축하해 준 것은 다카시와 단골손님인 아저씨들뿐이다.

이럴 때 남자친구가 있는 사람이라면 레스토랑 같은 곳에서 식사도 하겠지? 하지만 나는 아저씨들에게 둘러싸여서 생일축하 노래를 듣고 있다. 왠지 조금 슬프다. 평균 연령이 어마어마하니 노랫소리도 갈라지는 데다 하나같이 음치다. 하지만 아야노 언니가 인기 있는 핸드크림을 선물해 준 것은 무척이나 기뻤다.

"미사키, 손이 거칠어져서 고민이라고 했으니까."

손이 거칠어지는 것은 미용사의 직업병이다. 미사키는 심각한 수준이 아니지만 사람에 따라서는 입원을 하는 경우도 있다.

자기 전에 거칠어진 손끝에 핸드크림을 바르면서, 충전 중인 스마트폰을 쳐다보았다. 시치미 뚝 떼고 기운을 충전하고 있는 스마트폰이 괜스레 얄밉다.

전에 머리 자를 때 생일이 언제인지 말했었는데. 축하해 달라고 한 얘기는 아니었지만. 그래도 무시하는 건 좋지 않은 것 같은데? 한 달 동안 아무런 소식도 없으니 이제 연락 올 일도 없을 것이다. 딱히 관심도 없지만……

이번 해의 황금연휴는 눈이 핑핑 돌 정도로 바빴다. 매일 녹초가 될 때까지 일하느라 영업이 끝나면 한동안 움직이지도 못할 정도였다.

예전에는 체력이 더 좋았던 것 같은데 최근에는 금방 지쳐 버린다. 수면 부족이 어제오늘의 일도 아닌데 이상하게 피로가 잘 풀리지 않는다. 권태감을 떨쳐낼 수가 없다. 한숨을 내뱉으면서 잠에서 깨는 것이 일상이 되어 버렸다.

그렇게 바쁜 시간을 보내던 어느 날, 근사한 일이 일어났다. 다카시가 아야노에게 청혼을 한 것이다.

가게가 어느 정도 한산해지고 단골손님들만 남았을 때 즈음, 다카시는 아야노에게 반지를 내밀며 "결혼하자"고 말했다. 미사키는 설마 프러포즈를 하리라고는 꿈에도 생각하지 못했기 때문에 너무나도 놀란 나머지 젓가락으로 집었던 두부튀김을 떨어뜨리고 말았다. 물론 아야노에게는 청천벽력 같은 일이었다. 턱이 빠질 듯 입을 크게 벌리고 있는 모습은 미인으로는 보이지 않을 정도였다.

오빠는 긴장한 듯한 목소리로 프러포즈를 이어갔다.

"가난하게 살게 하진 않을게. 도박도 안 해. 바람도 최대한 피우지 않을게. 절대로 너를 울리지 않을 거야. 그러니까 나랑 같이 살아주라."

침을 꿀꺽 삼키며 그 상황을 바라보는 미사키와 단골손님들. 아야노는 잠시 고개를 숙였지만 이내 입술을 삐죽거리며 말했다.

"바람을 최대한 안 피우겠다는 건 무슨 소리야. 최대한이라는 건 약간은 허용한다는 뜻인가?"

다카시는 아야노의 부루퉁한 볼을 꼬집으며 사랑스럽다는 듯 온화하게 미소 지었다.

"아니. 나한텐 너뿐이야."

아야노는 소녀처럼 수줍어했다. 오빠는 연인이 기뻐하는 모습과 모두의 시선에 부끄러웠는지 여느 때처럼 익살스럽게 물었다.

"그래서 대답은? 결혼할래, 말래?"

아야노는 반지 상자를 빼앗더니 "당연히 하지!"라고 말하며 환하게 웃었다.

잘 됐어, 오빠. 미사키는 손끝으로 눈물을 훔쳤다. 오빠가 행복해하는 모습을 보면 내 일인 것처럼 기쁘다. 부모님이 사고로 돌아가신 후 오빠는 대학을 자퇴하고 이 가게를 이어갔다. 분명 하고 싶은 일이 있었을 것이다. 학교 선생님이 되고 싶다는 꿈도 있었다. 하지만 그 모든 것을 다 버리고 나를 위해 살아 주었다. 그런 오빠가 자신의 행복을 찾은 모습을 보자 더할 나위 없이 기뻤다.

미사키는 쑥스럽게 웃는 두 사람을 향해 손이 얼얼해질 정도로 박수를 보냈다.

막차가 끊기기 직전, 미사키는 아야노를 역까지 바래다주었다.

"이제 새언니네."

"밉살스러운 시누이가 되지는 말아 줘."

"글쎄. 그건 언니 하기 나름이지 않을까?"

"그게 뭐야."

아야노는 웃음을 터뜨렸다.

"두 사람이 결혼하면 나는 혼자 살아야겠다."

"왜?"

"신혼인데 시누이가 있으면 얼마나 불편하겠어. 예전부터 혼자 살아보고 싶다는 생각도 하고 있었거든."

거짓말이었다. 솔직히 말해서 지금 생활이 바뀐다고 생각하면 허전하고 쓸쓸하다.

"미사키."

"응?"

"같이 살자."

"하지만……."

"내가 같이 있고 싶어서 그래. 알았지? 이건 새언니의 명령이야."

미사키는 살며시 웃었다.

"명령이라면 어쩔 수 없지."

기쁨의 감정이 가슴속 깊은 곳까지 따스하게 적셔 주었다.

우메가오카역에 도착한 후 아야노가 불쑥 물어왔다.

"아참, 그 사람 연락은 없었어?"

"그 이야기는 그만해."

미사키는 파카 주머니에 손을 찔러 넣은 채 쓸쓸히 웃었다. 아야노가 무어라 말하려 했지만 왠지 비참해질 것 같은 기분이 들었다. 미사키는 손을 흔들며 "잘 가. 조심하고"라는 말을 남긴 뒤 허둥지둥 그 자리를 떴다.

터덜터덜 집으로 걸어가면서 하루토의 말을 떠올린다.

당신에게 어울리는 남자가 되겠습니다……라. 그런 말을 들은 것은 처음이라 솔직히 기뻤다. 하지만 그 뒤로 일절 연락이 없다 보니 기쁘게 생각했던 것이 무척 초라하게 느껴졌다.

'에이, 입만 살아가지고. 나만 창피하게 만들고 말이야.'

미사키는 못마땅한 듯 미간을 찌푸린 채 구름에 반쯤 가려진 달을 올려다보았다.

까짓것, 연애는 조금 더 쉬자. 지금은 일에 집중하자. 하루빨리 제 몫을 다해내는 미용사가 되어서 내 가게를 차려야 한다. 응원해 주는 오빠와 언니를 위해서라도.

그때 주머니 속에서 스마트폰이 진동하기 시작했다. 화면에 뜬 이름을 본 순간 그 자리에 멈춰 섰다.

'아사쿠라 하루토.'

그 이름을 보자마자 아주 살짝 심장 소리가 커진 것 같았다.

'이제 와서 뭐 하자는 거야. 그나저나 나 이제 막 일에 집중하자고 결심했거든. 이미 늦었어. 안녕, 잘 가요.'

콧방귀를 뀌며 스마트폰을 주머니에 도로 넣……으려 했지만 손이 멈칫했다. 집요하게 떨리는 스마트폰을 보면서 '무시하는 건 좋지 않겠지'라는 생각이 들어 통화 버튼을 눌렀다.

"여보세요."

지나치게 의식한 바람에 목소리가 이상하게 튀어나갔다.

— 오랜만이에요. 하루토입니다.

오랜만에 듣는 그의 목소리는 왠지 전보다 더 낮게 느껴졌다.

― 계속 연락 못 드려서 죄송합니다.

"아니에요, 딱히 사과받을 일은 아니죠. 무슨 일로 전화하셨어요?"

― 저, 실은 첫 월급을 받았거든요.

"첫 월급?"

― 아, 네. 지난달부터 사진작가 스튜디오에서 일하기 시작했어요. 더 빨리 말씀드리려고 했는데 일이 손에 잘 안 익어서요.

흐음……, 카메라 다시 시작했구나. ……응? 그거 설마, 나에게 어울리는 남자가 되겠다고 선언한 것 때문인가? 미사키는 눈을 빠르게 깜빡였다.

― 저, 그러니 혹시 시간 괜찮으시면…….

핸드폰 너머로 그의 긴장이 느껴진다. 미사키의 심박수도 덩달아 상승한다. 핸드폰을 쥔 손에 힘이 들어갔다.

― 가, 같이 식사하지 않으실래요?

여태 문자 한 통 없었으면서 느닷없이 밥을 먹자니, 너무 제멋대로잖아. 미사키는 거절하려 했지만 왠지 주저하게 된다. 뭐라고 대답해야 할지 몰라 난처해하는데 하루토가 대답을 듣고 싶어 했다.

― 어, 어떠세요?

이를 어쩐다. 우물거리다 고민한 끝에 다소 차갑게 대답했다.

"그러죠 뭐."

― 정말이에요?

하지만 하루토는 어린아이처럼 목소리를 높이며 좋아한다.

기뻐하네……. 전화 너머로 기뻐하는 그의 모습을 상상하니 파도

위에서 넘실거리는 작은 배에 탄 것처럼 몸이 흔들리는 듯한 기분이 들었다.

두 사람은 미사키의 휴무일인 다음 주 월요일에 만나기로 약속했다.

전화를 끊고 휴우, 한숨을 내쉰 후 하늘을 올려다보자 구름 뒤에 숨어 있던 달이 모습을 드러내고 있었다. 달빛이 검은 그림자를 길게 드리운다. 미사키는 자신의 그림자를 쫓아가듯 집을 향해 다시 걷기 시작했다. 그 발걸음은 조금 전보다 약간 더 가벼웠다.

약속한 날, 하늘에는 비구름이 낮게 깔려 있었다. 아침부터 내렸다가 그치기를 반복하던 비는 오후에는 완전히 그친 듯 보였지만, 또 언제 다시 내릴지 모른다. 그런 불안정한 날씨였다.

침대에 엎드려서 스타일북을 보고 있던 미사키는 머리맡에 있는 시계를 보았다. 5시 15분. 이제 슬슬 준비해야겠군. 영차, 하고 일어나 서랍에서 화장 파우치를 꺼낸다.

하지만 식사 제안을 받아들인 것이 잘한 행동인지 모르겠다. 그런 생각을 하면서 화장을 하는데, 거울 속 자신의 모습을 보고 손이 멈췄다. 미간을 찌푸리고 손끝으로 머리칼을 헤친다.

또 새치다……. 예전과는 비교할 수 없을 정도의 흰머리가, 커피 안에 우유를 떨어뜨린 것처럼 하얗게 두드러져 보였다.

"왜 이러지……."

피로와 스트레스가 누적된 탓일까? 그게 아니면…….

미사키는 불안을 떨쳐내듯 가르마를 바꿔 검은 머리카락으로 새치를 덮었다.

밤의 신주쿠역은 오가는 사람들로 북적였다.

곳곳에 데이트를 마치고 돌아가는 커플, 한잔 걸치고 기분이 좋아진 회사원들의 모습이 보인다. 미사키는 손목에 찬 핑크골드 시계를 들여다본다. 어느덧 약속 시간을 훌쩍 넘겼다.

먼저 만나자고 해놓고 지각이라니. 시무룩하게 볼을 부풀리고 있는데 건너편에서 잔달음질로 다가오는 하루토의 모습이 보였다.

기분 탓인지는 모르겠지만, 오랜만에 본 그는 어딘가 무척이나 어른스러워진 것 같았다. 하얀 셔츠의 칠부 소매 아래로 드러난 팔은 듬직해 보였고, 얼굴도 전보다 더 다부져 보였다. 하지만 바빴던 탓인지 머리칼은 덥수룩하게 방치된 상태였다.

미사키는 왠지 그를 똑바로 쳐다볼 수가 없어서 얼굴을 숙였다.

"늦어서 죄송합니다!"

하루토가 연신 고개를 꾸벅이며 사과한다.

"아니에요. 저도 온 지 얼마 안 돼서……."

가만히 고개를 들어 그를 보자 붕대를 푼 왼쪽 귀에 빨간 지렁이 같은 흉터가 눈에 들어왔다.

"흉터가 남아 버렸네요."

미안한 마음에 어깨가 축 늘어진다.

하루토는 손가락으로 귓불을 잡더니 "안 아프니까 괜찮아요"라고 말하며 과장스럽게 웃었다.

"그렇다면 다행이에요."

미사키는 이렇게 말하면서도 그 날의 참극이 다시 떠올라 죄책감으로 가슴이 죄어드는 기분이었다.

그가 선택한 가게는 신주쿠에서 요요기 방면으로 10분 정도 걷다가 좁다란 길에서 빠져나간 곳에 있는, 아담한 프렌치 레스토랑이었다. 벽돌로 만들어진 차분한 분위기의 외관만 보아도 비싼 곳이라는 것을 한눈에 알 수 있었다. 가게 안에는 엷은 오렌지색 빛이 떠다니고, 커다란 정사각형 테이블에는 주름 하나 없이 청결한 식탁보가 깔려 있었다. 하루토는 예약해 두었다고 말했다. 두 사람은 안쪽 테이블로 이동했다. 신사적인 웨이터의 안내를 받고 의자에 앉으니 왠지 위축되는 듯한 기분이다. 이렇게 고급스러운 레스토랑에서 식사를 하는 것은 처음이다. 아리아케야와는 딴판이다. 붉은 초롱도 없고 곤드레만드레 취한 손님도 없다. 물론 성가신 사장도 없고.

왜 이런 비싼 곳으로 정했을까. 미사키는 하루토를 힐끔 쳐다보았다. 그도 긴장한 기색이 역력하다. 하루토는 테이블 위에 놓인 예쁜 컵에 든 물을 단숨에 들이키더니 냅킨으로 이마에 맺힌 땀을 닦았다.

"이런 곳은 처음이라 그런지 왠지 긴장되네요."

"처음이요?"

"아, 네. 이 가게, 스튜디오 선배가 추천해 준 곳이에요. 엄청 중요한 사람이랑 식사하러 간다고 하니까 여기로 가라고 하더라고요. 그렇지만 왠지 제가 있을 곳이 아닌 것 같은 기분이 들어요."

아, 처음이구나. ……응? 그런데 방금 '엄청 중요한 사람'이라고 한 것 같은데? 계산해서 한 말일까? 아니면 자연스레 나온 말?

미사키는 고개를 저었다. 정신 차리자, 상대의 페이스에 말리면 안 된다.

"새로 시작한 일은 어떠세요? 카메라랑 관련된 일인 거죠?"

다른 말을 꺼내며 화제를 돌린다.

"네. 아, 하지만 어시스턴트가 세 명 있는데 제가 제일 막내예요. 매일 촬영 준비하고, 짐 옮기고. 잡일 담당이죠. 심지어 매일 혼나기만 하고요."

하루토는 쓴웃음을 지으며 말했다.

"게다가 저, 요령이 너무 없어서 일을 제대로 끝내 본 적이 없어요. 거의 매일 스튜디오에서 잔다니까요. 아, 오늘은 괜찮습니다! 깨끗하게 목욕하고 왔어요!"

황급히 손을 내젓는 하루토의 모습이, 왠지 장난치려다 들켜서 둘러대는 아이처럼 귀여워 보였다.

요리가 나오자 너무나도 먹음직스러운 광경에 언제 긴장했냐는 듯 식욕이 돌기 시작했다. 웨이터가 "레몬그라스 풍미가 돋보이는 하얀 무화과와 푸아그라의 테린 모자이크입니다"라고 설명해 주었지만 이름이 너무 길어서 뭐가 뭔지 잘 모르겠다. 하지만 한입 맛을 보자 놀랄 만큼 맛있어서 눈이 동그래졌다.

"으음!"

그런 미사키를 보고 하루토는 기뻐하며 미소 지었다.

요리는 천천히 나왔기 때문에 그동안 하루토의 일 이야기를 많이 들었다. 그는 지금 사와이 교스케라는 광고 사진작가 밑에서 일한다고 했다. 사진에 대해서는 문외한인 미사키는 그 사람이 누군지 잘 모른다. 하지만 광고사진 업계에서는 유명한 사람인 듯하다.

"그런 유명한 사람 밑에서 일할 수 있다니 대단해요."

"운이 좋았어요. 구인 광고를 보고 밑져야 본전이라는 생각으로 지원했는데 어쩌다 붙었지 뭐예요. 사실 지금도 왜 나를 뽑았는지 모르겠어요."

그러더니 그는 사와이가 얼마나 훌륭한 사진을 찍는지 손짓 발짓을 동원해 가며 신나게 이야기했다. 와인의 영향도 있겠지만, 이날 하루토는 전보다 훨씬 수다스러웠다. 이야기의 곳곳에서 그가 일을 얼마나 재미있어 하는지 느껴졌다.

미사키는 홀란데이즈 소스가 뿌려진 화이트 아스파라거스를 입에 넣으면서 '흐음, 열심히 하고 있구나……'라고 마음속으로 중얼거렸다. 몰라보리만큼 변한 하루토의 모습에 왠지 기분이 묘하다. 그리고 이런 생각을 하게 된다. 이렇게 열심히 사는 것이 나 때문일까, 하는. 착각일 것이다. 분명 사진 일을 다시 할 수 있게 된 것이 기뻐서 열심히 하는 것이리라.

어쨌든…… 잘 지내고 있는 것 같아 다행이다.

"하나만 물어봐도 될까요?"

미사키의 말에 그가 포크와 나이프를 멈췄다.

"전에도 물어봤던 것 같긴 한데, 하루토 씨는 왜 사진작가가 되고 싶다고 생각하셨어요? 계기라도 있었나요?"

"계기랄 것까지는 없지만,"

하루토는 냅킨으로 입을 닦더니 멋쩍은 듯 웃었다.

"어릴 때 가족여행을 가서 아버지 카메라로 사진을 찍은 적이 있어요. 하늘, 구름, 신사(神社), 손 가는 대로 사진을 찍다보니 문득 카메라는 마법의 도구 같다는 생각이 들더라고요."

"마법의 도구?"

"풍경이나 사람의 미소를 가위처럼 오려내서 사진 속에 간직하는 마법의 도구인 거죠."

듣고 보니 그렇다. 미사키는 빵을 씹으며 끄덕였다.

"사람이라는 게 그렇잖아요. 잊고 싶지 않았던 것도 언젠가는 잊어 버리고, 시간은 흘러가니 같은 순간은 다시 찾아오지 않죠. 하지만 사진이 있으면 계속 기억할 수 있잖아요. 그런 생각을 하다 보니까, 누군가의 소중한 순간을 사진으로 담아내는 일을 하고 싶어졌어요."

반창고에 감긴 검지로 콧등을 만지작거리면서 더듬더듬 이야기하는 하루토. 그 모습을 보자 왠지 마음이 따뜻해지는 느낌을 받았다. 그와 눈이 마주쳤다. 미사키는 깜짝 놀라 테이블보로 시선을 떨어뜨렸다.

"저, 혹시 괜찮으시다면……."

하루토는 긴장한 표정으로 와인을 한번에 들이킨다.

"언젠가 봐 주시겠어요? 제 사진이요."

미사키는 부끄러운 마음에 애꿎은 원피스 소매만 만지작거렸다.

"아, 죄송합니다! 저기 농담이에요! 아, 농담은 아니고, 뭐라고 해야 할까……."

하루토가 크게 심호흡하더니 떨리는 목소리로 말을 이어갔다.

"앞으로 열심히 공부해서, 열심히 실력을 갈고 닦을게요. 그러니 언젠가 제 작품을 찍게 되면 그때 제 사진을 보러 와 주세요. 물론, 마음이 내키신다면요."

미사키는 고개를 살짝 끄덕이며 간신히 대답했다.

"그럼, 내킬 때……."

"다행이다……. 아, 그리고 하나 더…….”

"네? 또 있어요?”

무심결에 진심이 튀어나간다. 하루토는 미안한 듯 "죄송해요"라고 말하더니 테이블 아래에서 포장된 작은 상자를 꺼내 미사키에게 건넸다.

"생일이었는데 너무 늦어 버렸어요.”

"생일선물이에요?”

미사키는 너무 놀라 입을 다무는 법을 잊어버렸다.

"일하면서 쓸 수 있는 게 좋을 것 같아서 샀는데, 사고 나서야 취향에 안 맞으면 어쩌나 싶더라고요. 이것도 내키신다면 써 주세요.”

상자를 열자 그 안에는 가위 케이스가 들어 있었다. 새 가죽의 향기가 코를 간질인다. 연분홍색 가죽으로 만들어진 가위 케이스였다. 미사키의 입에서 "귀엽다"는 말과 함께 미소가 흘러나왔다.

"미사키 씨 색깔이라는 생각이 들었어요.”

"내 색깔?”

"벚꽃 같은…… 미사키 씨의 색깔.”

그런 말을 들으니 부끄러움에 볼이 발그레 달아오른다.

"아, 저! 같이 꽃구경 갔었으니까 그런 생각이 들었던 것 같아요!”

하루토는 자신이 내뱉고도 쑥스러웠는지 그 감정을 감추려는 듯 손짓 발짓을 하며 변명했다. 미사키는 그 모습에 웃음이 터져 나왔다.

"정말 받아도 될까요?”

"물론이죠.”

"감사합니다. 마침 지금 쓰고 있던 가위 케이스가 많이 낡아서 새로 사야 하나 고민하던 참이었어요. 소중하게 잘 쓸게요."

"마음에 든다니 다행입니다."

그는 안도한 듯 등받이에 몸을 기댔다.

디저트로 커피를 마시는데 웨이터가 영수증을 가지고 왔다. 가죽으로 된 영수증철을 연 하루토의 표정이 일순간 굳어진다. 상당히 비싼 가격이 찍혀 있을 것이다. 가게 분위기와 요리의 맛만 보아도(미각에 자신은 없지만) 아마 3만 엔은 거뜬히 넘겼을 것 같았다.

선물까지 받았는데 그렇게 큰돈을 내게 할 수는 없다. 미사키가 지갑을 꺼내들자 하루토는 "이건 제가 살게요!"라고 말하며 황급히 저지했다. 수차례 실랑이를 했지만 그는 완고했다. 미사키는 왠지 괜한 짓을 한 것 같은 마음에 어깨를 움츠렸다.

밖으로 나서자 비가 내리고 있었다. 가게의 처마 끝에 나란히 서서 떨어지는 비를 올려다보고 있는데 웨이터가 비닐우산을 하나 건네주었다. 하루토는 그 우산을 들어 보이며 "같이 써도, 괜찮으시겠어요?"라고 돌처럼 딱딱한 표정으로 물었다. 미사키는 고개를 끄덕였다.

두 사람은 하나의 우산을 쓰고 역을 향해 같은 보폭으로 걸었다. 올 때는 분명 역이 가까웠는데, 한 우산을 같이 쓰고 가려니 무척이나 멀게 느껴졌다. 하루토는 미사키의 어깨가 젖지 않도록 우산을 기울이고 있었다. 그런 배려가 기쁘면서도 왠지 부끄러웠다. 미사키는 조심스레 하루토의 얼굴을 보았다. 이렇게 보니 역시 남자구나, 라는 생각이 든다. 미사키의 눈높이에서는 울대뼈가 보였고 목도 두꺼웠다. 그리고 매일 무거운 짐을 옮기기 때문인 걸까? 슬림한 치노 팬츠 아래로 보이는 발목의 근육도……

하루토가 이쪽을 보자 황급히 시선을 돌렸다. 그리고 그런 마음을 감추려는 듯 재빨리 말했다.

"저도 식사비 같이 낼래요. 선물까지 받았고, 그냥 얻어먹기는 미안해서 안 되겠어요."

"정말 괜찮아요! 제가 내게 해 주세요!"

하루토는 젖은 개가 물을 털어내듯 힘차게 고개를 흔든다.

말은 그렇게 하지만 급여도 그다지 많지는 않을 것이다. 그쪽 업계에 대해서는 잘 모르지만. 자신을 위해 많은 돈을 쓰다니 면목이 없다. 어떻게 하면 좋을지 생각하다가 손에 들고 있는, 선물이 든 종이봉투를 쳐다보았다. 어떻게든 갚아야 하는데.

"아!"

미사키가 자리에 멈춰 섰다.

"그러면, 갚을 수 있게 해 주세요!"

미사키가 잠겨 있는 페니레인의 문을 열고 부리나케 가게 조명을 켰다. 그리고 밖에서 기다리고 있던 하루토를 안으로 들였다. 그는 긴장한 모습으로 가게 안에 발을 디디면서 불안한 표정으로 "정말 괜찮을까요?"하고 물었다.

"진짜 안 갚으셔도 되는데요."

"괜찮아요, 괜찮아요. 적어도 머리카락이라도 자르게 해 주세요. 그렇게 계속 기르면 직장에서도 혼날걸요?"

하루토는 멋쩍은 듯 부스스한 머리칼을 쓰다듬었다.

"자, 앉으세요."

미사키가 의자 등받이를 탁, 때리면서 말한다. 하루토가 자리에 앉자 미용 가운을 두른 후 "전체적으로 짧게 잘라 드리면 될까요?"라고 물었다. 시간도 늦었고, 돈도 받지 않으니 머리를 감지 않고 바로 자르기로 했다.

미사키가 조금 전에 받은 연분홍색 가위 케이스를 허리에 차고 "어때요?"라고 거울을 통해 보여주었다. 그러자 하루토가 기쁨을 감추지 못하고 "정말 잘 어울려요"라고 말하며 웃었다. 거울 속에 비치는 가위 케이스는 역시 무척이나 예쁘장스럽다. 저도 모르게 웃음이 새어 나온다.

오랜만에 만지는 그의 머리칼은 무척 부드럽게 느껴졌다. 그런 생각을 하니 '괜히 가슴이 들뜨는 기분이다.

미사키는 호흡을 정리한 후 가위질을 시작했다. 목덜미에서부터 정수리까지 자른 뒤 옆머리, 앞머리 순서로 가위를 움직인다. 베이스 커트가 끝나면 드라이로 볼륨을 조절한다. 두피 쪽에서부터 모발 끝까지 숱을 쳐낸다. 마지막으로 결을 보면서 미세하게 조정하면 완성이다.

"어떠신지요?"

거울로 뒷모습을 비쳐주자 하루토는 갓 자른 머리칼을 보고 "감사합니다. 개운해졌어요"라고 말하며 활짝 웃었다.

단시간에 완성한 것치고는 제법 괜찮군. 미사키는 흡족한 표정으로 끄덕였다.

머리를 씻기기 위해 그를 샴푸대로 데려가 얼굴에 수건을 덮고 샤워기로 부드럽게 머리칼을 적신다.

"제가 괜히 더 신경 쓰이게 한 건 아닌지 모르겠어요."

수건 밑에서 하루토가 말했다.

"제가 드릴 말씀이죠. 첫 월급으로는 보통 부모님 선물을 사지 않나요? 저 같은 사람 때문에 쓰시면 벌 받을지도 몰라요."

머리를 적시면서 농담인 척 웃었다.

"……미사키 씨가 좋았어요."

"네?"

"그때 미사키 씨가 저를 일으켜 세워 준 덕분에 카메라를 다시 시작할 수 있었어요. 아직 말단 어시스턴트에 일도 서투르지만, 그래도 꿈이라는 걸 버리지 않을 수 있었던 건 미사키 씨 덕분이에요."

"저는 한 거 없어요! 그때는 뭐랄까, 얼떨결에 하고 싶은 말을 그냥 막 해 버린 것뿐이에요!"

괜히 한번 의식하고 나니 평소에 늘 해 왔던 샴푸가 왠지 특별한 행위인 것처럼 느껴졌다. 그의 잘생긴 두상을 만지고 있다는 것이 부끄럽다. 얼굴이 뜨겁게 달아올라 입에서 곧 불이 나올 것 같았다.

"미사키 씨."

똑바로 볼 수가 없어 슬쩍 곁눈질만 한다.

"계속 거짓말해서 죄송해요."

"아니에요. 별 말씀을……."

"하지만 언젠가는 그 거짓말을 현실로 만들겠습니다."

결의가 느껴지는 기운찬 목소리. 그 목소리를 들으며 미사키는 생각했다.

이 사람은 그 거짓말을 현실로 만들려고 한다. 매일 혼나는 데다 잠도 제대로 못 자면서도 나와의 약속을 지키기 위해 힘을 내고 있다.

'당신에게 어울리는 남자가 되겠습니다!'

그 약속을 지키기 위해.

"……왜죠?"

물어보고 싶어졌다.

"왜, 저예요?"

줄곧 신기하게 생각했다. 왜 나를 좋아하게 된 걸까. 확인하고 싶다. 자꾸만 그런 생각이 든다. 하지만 이내 괜한 질문을 했다는 후회가 밀려왔다.

그래서 쑥스러움을 감추기 위해 허둥지둥 말을 늘어놓기 시작했다.

"저 그렇게 대단한 여자 아니에요! 분명 과대평가하신 거예요! 어디에서나 볼 수 있는 흔한 여자고, 예쁜 것도 아니고, 스타일도 별로고, 성격도 애늙은이 같고, 욱하면 바로 소리 지르고, 그리고 또……."

"그래도 당신이 좋아요."

그 말에 숨이 멎었다.

"항상 머리카락을 잘라 주시는 모습을 보면서 생각했어요. 나는 지금 뭐 하고 있나. 사진을 관두고 매일 아무런 목표도 없이 살고 있는 스스로가 부끄러워졌어요. 미사키 씨처럼 한결같이 일할걸, 계속 그런 생각이 들더라고요."

무슨 말을 해야 할지 몰라 그저 샤워기 수도꼭지를 비틀었다. 그도 긴장했는지 바지를 꽉 움켜쥐고 있다. 두 사람 사이에 어색한 공기가 흐르기 시작했다.

"하지만 하루토 씨도 지금 열심히 일하고 계시잖아요."

애써 밝게 말했다. 하지만 하루토는 아무 말이 없다. 얼굴이 수건에 가려져 있으니 무슨 생각을 하는지도 알 수 없다.

어색하다. 무슨 말이든 해 줬으면…….

그때 하루토가 불쑥 중얼거렸다.

"미사키 씨를 사랑하니까요."

떨리는 목소리, 떨리는 손가락. 진심이 느껴지는 고백에 가슴이 아려온다.

"저는, 당신을 좋아하게 돼서 다행이라고 생각해요."

샤워기의 따뜻한 물이 다소 거칠어진 미사키의 손을 적신다. 두 사람 모두 아무 말이 없다. 가게 안에는 샤워기 소리만이 메아리친다. 미사키는 소리가 나지 않도록 조심스레 숨을 쉬었다. 입을 열면 심장 소리가 그의 귓가에 가닿을 것만 같았기 때문이다.

대답을, 해 줘야 하나……. 하지만 뭐라고 말해야 할까? 난처하다. 어휘력이 너무 달리잖아. "어유, 감사합니다"는 너무 가볍고, "송구합니다"는 이럴 때 쓰는 말이 아니다. 그럼 '기뻐요'? 하지만 기쁘다고 말하면 고백을 받아들이는 것 같고…….

"죄송해요죄송해요죄송해요죄송해요죄송해요!"

하루토가 느닷없이 속사포처럼 사과하기 시작했다. 미사키는 깜짝 놀라서 어깨를 떨며 뒤로 물러섰다.

"왜 그러세요?"

"저, 지금 엄청 징그러웠죠?! 얼굴이 안 보여서 그런지 저도 모르게 징그럽게 말해 버렸어요! 정말 죄송합니다! 저 진짜 별로였죠?"

"……아뇨, 그게."

"그러니까요! 제가 생각해도 별로예요! 제 입으로 한 말이지만 엄청 별로였어요! 꽃미남을 짜고 남은 찌꺼기만도 못한 쓰레기 같은 놈이 우쭐댄다고 생각하셨을 거예요! 미안합니다! 잊어주세요! 정말로 죄송합니다!"

하루토는 샴푸가 묻은 상태로 몸을 뒤척이면서 미사키를 등져 버렸다. 양쪽 귀가 불에 대인 것처럼 새빨갛다.

그렇게 비하할 것까지야……. 미사키는 괴로워하는 하루토를 보며 피식 웃었다.

머리를 다 자르고 가게를 나선 후에도 하루토는 조금 전에 했던 말이 신경 쓰이는지 거의 아무 말이 없었다.

방금 전까지 내리던 비는 완전히 그쳤고 물웅덩이에는 아련한 달빛이 떠 있다. 미사키가 그 물웅덩이를 가볍게 넘어서더니 하루토보다 한 발짝 앞서 걸었다. 조금 전에 그가 했던 말이 뇌리를 스친다. 또다시 살며시 미소가 번진다.

시모키타자와역에 도착한 두 사람은 말없이 개찰구를 통과했다.

"저는 게이오선 타요."

"저는 오다큐선이요."

"그럼 이쯤에서……."

"오늘 감사했습니다."

"아뇨, 제가 더 감사하죠."

그는 다듬어진 머리를 쓰다듬었다.

"조심히 들어가세요."

미사키가 손을 가슴에 살짝 얹는다.

"그럼……."

하루토는 무언가 미련이 남는 듯 걷기 시작했다. 미사키가 그 뒷모습을 바라본다. 가 버리네. 그렇게 생각하자마자 불쑥 "저기!"하며 그를 부르는 소리가 튀어나왔다. 하루토가 돌아본다. 미사키는 가방 끈을 만지작거리면서 머뭇대다가 고개를 숙였다. 그리고 전철 소리에 휩쓸려 날아가 버릴 듯 작은 목소리로 "생각해 봐도 될까요?"라고 물었다.

"생각?"

"당신에 대해서요."

미사키는 고개를 들었다.

"아까 해 주셨던 말, 진지하게 생각해 봐도 될까요?"

그는 눈을 휘둥그레 뜬 채 입도 다물지 못하고 있다.

"그 말은……."

"아, 전철이 왔네요!"

미사키는 도망치듯 에스컬레이터를 타고 내려간다.

그 뒷모습을 향해 하루토가 외쳤다.

"기다릴게요!"

돌아볼지 말지 망설여진다. 지금 돌아보면 그도 나를 보고 있을 것이다. 하지만 왠지 쑥스러워서 몸을 돌릴 수 없었다. 기뻐하는 표정을 보여주기는 역시 조금 부끄럽다.

아리아케야에 도착하니 닭꼬치를 굽고 있던 다카시가 "늦었네. 어디 갔다 온 거야?"라고 말을 건넸다. 하지만 대답할 여유 따위 없다.

하루토의 말이 쳇바퀴를 도는 햄스터처럼 빙글빙글, 머릿속에 맴돈다.

"……좋아한다는 말을 들었어."

여동생의 충격적인 발언에 오빠가 눈을 부릅뜨며 말한다.

"그 카메라 조무래기가?"

단골손님들도 울상이 되어 "미사키! 속지 마!"라고 외쳤다. 미사키는 그런 아저씨들을 무시하고 계단을 올라갔다. 왠지 구름 위를 걷듯 멍하게 걷다가 발이 걸려 넘어질 뻔했다.

"아야야."

다음날, 미사키의 몸에서 열이 펄펄 끓었다.

내세울 것이라고는 건강밖에 없었는데……. 분명 그 녀석 때문이다. 미사키는 하루토의 얼굴을 떠올리며 입술을 삐죽 내밀었다. 괜한 말을 들은 바람에 머리에 과부하가 걸린 것이다.

체온계에 찍힌 37.8이라는 숫자를 보고 한숨을 내쉰다. 예약 손님이 있으니 일을 쉴 수는 없다. 감기약을 먹고 스스로에게 채찍질을 했다.

일에 집중하고 있노라면 몸 상태를 잊을 수 있었다. 하지만 손님이 끊기자 급격히 몸이 나른해진 탓에 휴게실로 가서 축 늘어졌다.

영업이 끝난 후에는 선배가 청소를 대신 맡아준 덕분에 평소보다 빨리 퇴근할 수 있었다. 역 앞에 있는 편의점에서 영양 드링크를 몽땅 사들고 들어가 오빠가 끓여준 따뜻한 죽을 먹고 침대에 누웠다.

이불 속에서 멍하게 있다 보니 어제 일이 떠올랐다. 일의 경위야 어찌 됐든 누군가에게 좋아한다는 말을 들으니 기분이 썩 나쁘지는 않다. ……응? 하지만 고백을 받았다고 해서 무조건 다 기쁜 것은 아니리라. 만약 단골손님인 오쿠마 씨가 고백했거나 미용실 점장이 했더라면 아마 난처한 기분이었을 것이다. 무게감이 없는 사람들이니까. 그럼 나는 그에게 들었기 때문에 기쁜 것일까? 아, 기쁜가? 아니, 아니다. 어디까지나 나쁘지는 않을 뿐이다.

스마트폰이 울렸다. 순간적으로 하루토일 것이라 생각했다. 하지만 화면에 표시된 이름은 '아야노 언니'였다. 몸이 안 좋은 것을 알고 전화해 준 것이다.

— 고백받고 생각이 많았나 봐. 열까지 난 거 보면.

'오빠가 말했구나……'

미사키는 "그런 거 아냐"라고 말하며 코끝을 찡긋거렸다.

— 미사키가 연애 일로 고민을 하다니, 별 일이네~.

"아픈 사람 그만 놀려."

— 미안, 미안.

그녀는 핸드폰 너머에서 쿡쿡거리며 웃고 있다.

— 그래도 진심으로 고민된다면 그냥 뛰어들어 보는 게 어때? '보기 전에 뛰어들어라'라는 말도 있잖아.

"그런 가벼운 기분으로는 못 뛰어들겠네요."

— 그럴 수도 있지만 중요한 건 뛰어들고 싶다는 생각이 드는가 안 드는가, 그거잖아.

미사키는 전화를 끊은 후 이불 속으로 들어가 하루토의 말을 떠올렸다.

'저는, 당신을 좋아하게 돼서 다행이라고 생각해요.'

그런 말을 듣기는 했지만 사실 그가 어떤 사람인지도 잘 모르고, 불안한 마음이 더 크다. 나도 사실 잘 모르겠다. 내가 뛰어들고 싶은 것인지, 아닌지.

'사랑받는다는 건 엄청 좋은 거야. 여자로 태어나서 느낄 수 있는 행복 중 하나라고 생각해.'

아야노 언니는 그렇게 말했지만, 이게 그 행복의 시작이라고 생각해도 되는 걸까? 아…… 또 머리가 지끈거린다! 지금은 일단 내일 출근을 위해 열을 내리는 것에만 집중하자. 미사키는 그렇게 생각하며 눈을 감았다.

* * * * *

차였다. 확실히 차였다. 벌써 2주 동안이나 연락이 없다. 당신에 대해서 진지하게 생각해 보겠다는 말이, 어쩌면 스토커 신고를 할지 말지 생각해 보겠다는 뜻이었던 것은 아닐까? 그것을 내가 멋대로 연애 가능성에 대한 생각이라고 착각한 것은 아닐까? 그렇다면 진짜 창피하다.

하루토는 침대에 아무렇게나 드러누워서 스프링이 망가질 정도로 뛰어올랐다.

더 신중할걸, 조급해하지 말걸 그랬다. 그렇게 생각하자 후회가 밀려든다. 하지만 다음에 만났을 때는 내 마음을 고백하자고 결심했었다. 그녀 덕분에 다시 사진을 시작할 수 있게 되었으니 그 감사의 마음을 어떻게든 전하고 싶었다.

하루토는 책상 위에 놓인 니콘 F3를 보았다. 줄곧 벽장 속에서 잠들어 있던 카메라. 다시 바깥 공기를 마실 수 있어서 행복하다는 듯 검은 보디가 반짝반짝 빛나고 있었다.

"도대체 몇 번을 실패해야 알아듣는 거야! 작작 좀 해라 이 멍청아!"

다음 날, 사진작가인 사와이 교스케의 어시스턴트로 일하고 있는 하루토는 어느 화장품 회사의 립스틱 촬영을 준비하다가 치프 어시스턴트 선배에게 호된 꾸중을 들었다. 촬영용 샘플 제품의 인스턴트 레터링(문자 등이 인쇄되어 있는 투명한 시트)을 깔끔하게 붙여 두라는 주문을 받았는데 깜빡하고 떼어 버렸던 것이다.

마음씨 좋은 사와이는 "됐어, 그만해"라며 격노하는 선배를 달랬다. 하지만 마지막에 "그래도 하루토는 실수가 너무 잦아"라고 덧붙이며 일침을 날렸다.

다행히 화장품 회사 직원이 여분의 샘플을 가지고 있었기 때문에 무사히 촬영을 시작할 수 있었다. 촬영 막간에 스튜디오 구석에서 고개 숙인 채 도시락을 먹고 있는 그에게, 선배 어시스턴트인 이치카와 마코토가 다가와서 괜찮냐고 물었다. 마코토는 하나로 묶은 포니테일 머리칼을 흔들며 하루토의 얼굴을 들여다본다. 하루토는 "풀이 죽었네"라고 말하며 웃는 마코토에게, 미안한 표정으로 고개 숙여 사과했다.

"조금 전에는 죄송했습니다."

하루토는 거의 모든 일을 마코토에게 배우고 있었다. 그녀는 꼬박

2년 동안 어시스턴트 생활을 했다. 그리고 사와이의 소개로 알게 된 회사의 담당자로부터 인터넷 광고의 풍경 스냅 사진 의뢰도 받고 있었다. 스물여섯이라는 젊은 나이에 클라이언트의 신뢰를 받고 있는 전도유망한 사진작가인 것이다.

두 살 차이밖에 안 나는데……. 자신의 무능함에 진저리가 난다.

"힘내. 처음에는 누구나 다 그래. 다카나시 씨가 원래 엄격한 사람이라 기가 죽는 것도 당연하지만."

다카나시 겐조. 조금 전에 격노하던 치프 어시스턴트의 이름이다. 빡빡 깎은 머리에 뱀처럼 간사한 눈매를 가진 남자다. 겁이 많은 하루토는 다카나시가 째려보기만 해도 무서워서 위축되어 버린다.

"화내시는 게 당연해요. 지시한 것도 똑바로 못 했으니……."

"그것도 그래."

마코토가 웃으며 말했다.

"근데 우리끼리 하는 얘기지만, 다카나시 씨도 말단이었을 때는 제대로 할 줄 아는 게 없었대."

"네? 정말이에요?"

"정말이야. 그러니까……."

"하루토! 너 이 자식, 내 험담했다가는 뱃속에 일안 리플렉스를 쑤셔 넣을 줄 알아!"

하루토는 성큼성큼 다가오는 다카나시 모습에 사색이 되어서 "서, 선배님들 마실 것 좀 사 오겠습니다!"라고 말한 후 도망치듯 스튜디오를 뛰어나갔다.

자신이 요령이 없다는 사실은 뼈저리게 잘 알고 있다. 일을 배우는 속도도 느리고, 들은 말을 메모해 두어도 그 메모 자체를 잃어버린다. 이 상태로는 아무리 시간이 흐른다 한들 변변한 사진작가가 될 수 없다. 정신을 더 똑바로 차려야 한다…….

자판기에서 쏟아진 대량의 차를 꺼내 양팔 가득 안고 스튜디오로 돌아가려던 참이었다. 스마트폰이 큰소리를 내며 울기 시작했다.

'으아, 다카나시 선배. 분명 닥터페퍼 사오라는 전화일 거야.'

하루토는 핸드폰 화면을 보자마자 깜짝 놀라서 페트병을 바닥에 떨어뜨렸다.

"여, 여, 여, 여, 여보세요?"

흥분해서 목소리가 뒤집어졌다.

— 오랜만이에요.

미사키였다.

— 계속 연락을 못 해서 죄송해요. 열이 잘 안 내려가서.

"열? 아팠던 거예요?! 괜찮으세요?!"

— 이제 괜찮아요. 저, 그게, 하루토 씨…… 혹시 오늘 밤에 시간 괜……

"괜찮아요! 시간 됩니다! 스케줄 텅텅 비어 있어요! 8시에는 일이 끝나니까 그 이후라면 어디든 가겠습니다!"

— 그러면 9시에 시부야에서 보는 건 괜찮으신가요?

"물론이죠!"

전화를 끊고 주체할 수 없이 흐트러지는 호흡을 가다듬는다.

'어, 어쩌면 예전에 했던 그 얘기를 하려고? 내 고백을 어떻게 생각하는지. 굳이 시간 내서 만난다는 건 설마…… OK라는 뜻? 아니지,

아니야! 아사쿠라 하루토, 혼자 앞서가지 말자! 옛날부터 항상 기대했다가 더 상처받기만 했잖아! 중학교 2학년 때 고백한 교코 선배도 OK인 줄 알았더니 우락부락한 불량배가 야구 배트를 가지고 나타났잖아! 그러니 이번에도 기대하면 안 된다! 그래도, 혹시 어쩌면⋯⋯.'

"하루토! 차 죄다 쏟아 놓고 뭘 잘했다고 실실거리는 거야! 농땡이 치면 입 안에 삼각대 쑤셔 넣어서 죽여 버린다!"

불량배가 야구 배트를 어깨에 멘 것처럼 삼각대를 짊어진 다카나시가 이쪽을 째려보는 모습이 아른거린다.

우선 빨리 들어가자. 하루토는 침을 꿀꺽 삼켰다.

철수 작업에 애먹다가 직장에서 해방된 것은 8시 40분을 지났을 무렵이었다. 요요기우에하라에 있는 스튜디오에서 시부야까지는 자전거로 20분도 채 걸리지 않는다. 하루토는 지친 몸을 채찍질하면서 온 힘을 다해 페달을 밟았다.

금요일 밤의 시부야는 들뜬 공기에 둘러싸여 있고, 거리를 오가는 젊은이들의 목소리가 와자지껄 울려 퍼지고 있다.

자전거를 세워두고 역 앞으로 간다. 5분 지각이다. 이렇게 중요한 순간에 지각이라니. 황급히 주위를 두리번거리는데 하치 공원 앞에 서 있는 미사키의 모습이 눈에 들어왔다.

"늦었습니다!"

하루토의 목소리에 그녀가 화들짝 놀란다. 고개를 까딱하며 "일하느라 피곤했을 텐데 죄송해요"라고 작게 말했다.

"별 말씀을요! 전혀 그렇지 않습니다! 아, 괜찮다면 식사라도 같이 하실래요?"

"그럴까요."

무척이나 애써서 웃고 있는 표정이다. 그 미소를 보니 불안감이 엄습한다.

'역시 거절인가 보다…….'

스크램블 교차로에서 신호를 기다리는 내내 미사키는 말이 없었다.

말이 없다…… 차일 것이다…… 끝이다…… 다 끝났다.

공포감으로 등줄기가 서늘해졌다.

그러다 갑자기 미사키가 카멜 오렌지색 스커트를 꼭 붙들고 고개를 흔들며 "역시 안 되겠어요!"라고 말했다.

'안 되겠다니, 뭐가요? 저요? 제가 안 된다는 뜻입니까?'

"저…… 죄송해요!"

'거 봐! 이럴 줄 알았다! 차였다! 조금만 기대하면 꼭 이렇게 된다니까!'

"긴장해서 밥은 못 먹겠어요!"

"밥?"

하루토가 고개를 갸웃거렸다.

"저, 실은 그날 이후로 생각 많이 해 봤어요. 당신에 대해서 이것저것…….'

미사키는 부끄럽다는 듯 고개를 숙였다.

"그런 말을 들은 게 처음이라서 정말 기뻤어요. 하지만 하루토 씨에 대해서 전혀 모르기도 하고."

그녀의 목소리가 거센 바람을 맞고 있는 것처럼 떨리고 있다.

"그렇게 생각하니까 무섭기도 하고, 어떻게 해야 할지 알 수가 없어서 무척 망설이게 되고……."

그럼에도 그녀는 용기를 내어 말하고 있다. 목소리만 들어도 알 수 있다.

"그래서 뭐랄까, 그…… 저……."

그러다 미사키가 "아! 안 되겠다!"라고 말하며 머리를 쥐어뜯었다.

"꾸물거려서 죄송해요! 확실히 말할게요!"

신호등이 초록불로 바뀌고 미사키는 하루토의 얼굴을 똑바로 쳐다보았다.

"저도 당신을 좋아하고 싶어요!"

인파가 두 사람을 앞지르고 걷기 시작한다.

"그러니까…… 이런 저라도 괜찮다면……."

거리의 조명들이 그녀의 발그레한 볼을 아름답게 비춘다.

"사귀어 주세요."

거리에는 넘쳐나는 사람들과 넘쳐나는 소음으로 가득했지만 그녀의 목소리만큼은 또렷하게 들려왔다.

"……정말요?"

미사키는 고개를 끄덕이며 "네"라고 대답했다.

"우와아……!"

하루토는 끓어오르는 기쁨을 억누르지 못하고 큰소리로 외쳤다. 길을 가는 사람들이 두 사람을 쳐다보았다. 미사키가 "목소리 낮추세요!"라고 하며 그의 옷자락을 잡아당기자 그가 어깨를 움츠렸다. 그리고 만면의 미소를 띠며 그녀에게 말했다.

"미사키 씨, 고마워요."

"아녜요. 제가 더 고맙죠."

수줍어하는 모습이 이루 말할 수 없이 사랑스럽다.

그 미소를 보고 하루토는 생각했다.

인생에 큰 변화가 찾아오는 것은 한순간이다. 신호가 빨간불에서 초록불로 바뀔 정도의 짧은 순간에도 사람은 이렇게나 행복해질 수 있는 것이다.

그 행복을 선물해 준 것은, 그녀다.

거짓말쟁이에다 속수무책인 나를 받아주고, 좋아하고 싶다는 말까지 해 준 그녀. 앞으로 평생 그녀를 아껴줄 것이다. 그리고 언젠가 미사키 씨에게 어울리는 남자가 되고 싶다.

하루토는 왼쪽 귀로 손을 가져갔다.

통증이 희미하게 남아 있는 그 흉터에 살며시 소원을 빌어본다.

이 행복이 영원히 이어지게 해주세요.

미사키와의 미래가 이 도쿄의 밤처럼 빛나게 해주세요.

간절한 마음을 담아 그렇게 빌었다.

절대로 이뤄질 수 없는 그 소원을……

제
2
장

여름

7월로 접어들자 비의 계절이 끝나고 본격적인 여름이 시작되었다.

계속되는 열대야에 에어컨 리모컨을 자꾸 찾게 된다. 하지만 그때마다 이렇게 일찍부터 에어컨을 켜면 전기세 폭탄을 맞을 것이라는 자린고비 정신에 불타올라 애꿎은 선풍기만 노려보면서 밤을 보내고 있었다.

요즘엔 미사키가 계속 바쁘다.

여름을 기대하며 머리 스타일을 바꾸는 사람이 많아서 예약이 항상 꽉 차 있었다.

이 날도 아침부터 쉴 틈 없이 손님 네 명의 머리카락을 잘랐다.

오후 2시, 조금 늦은 점심식사를 하면서 작게 한숨을 내쉰다. 어깨가 결리고 다리며 허리며 쑤시지 않는 곳이 없다. 역시 예전보다 체력이 떨어진 느낌이다. 피로가 풀리지 않는 일이야 늘 있었지만 요 며칠 새는 눈도 침침해졌다. 미용사에게 눈은 중요하다. 가위를 다루는 일이니 자칫 잘못하면 손님에게 상처를 입힐 수도 있다. 하루토에게 그랬던 것처럼.

미사키는 그의 귓불을 잘랐던 때를 떠올렸다.

설마 그 '귓불 사건'을 계기로 사귀게 될 것이라고는 꿈에도 생각하지 못했다. 솔직히 얼굴이 내 타입인 것도 아니고(이렇게 말하면 그에게 미안하지만) 사진작가라고 거짓말까지 했었다. 그런데 어쩌다 사귀게 된 것인지 지금 생각해도 신기할 따름이다. 하지만 사귀기 시작하고 한 달이 지난 지금, 덕분에 교제는 순조롭게 이어지고 있다. 딱히 누군가의 '덕분'인 것은 아니지만.

점심식사를 마친 후 기분전환을 위해 산책을 나가기로 했다.

가게 밖으로 한 발짝 내딛자 후끈한 열기가 온몸을 휘감는다. 미사키는 하늘을 올려다보았다. 그렇게까지 이 세상이 싫은 걸까? 정말 그런 생각이 들 정도로 태양은 이글거리며 타오르고 있었다.

미사키는 태양빛이 난반사되는 아스팔트길을 천천히 걸어가 가까운 공원으로 갔다. 벤치에 앉아 잠깐 쉬는데 나무그늘에서 얼룩 고양이가 새근새근 자고 있는 모습이 눈에 들어왔다. 얼마 전에 하루토가 주먹밥 같은 고양이의 사진집을 보여준 후로부터 미사키는 고양이에 푹 빠져 버렸다.

참을 수 없는 귀여움에 스마트폰 카메라를 켜자 얼룩 고양이는 '방해하지 마'라고 말하는 듯한 눈빛으로 힐끗거리더니 어딘가로 가 버렸다.

괜한 짓을 했네. 왠지 미안한 마음에 멀어지는 모습을 보는데 손 안의 스마트폰이 부르르 떨렸다. 화면을 본 순간 미소가 번진다. 하루토가 보낸 문자였다.

[오늘은 일요일이니까 많이 바쁘겠죠……? 그래도 내일은 쉬는 날이에요! 힘내요! 아, 몸도 잘 챙기고요!]

왠지 보호자가 보낸 것 같은 문장에 호호호, 웃음이 흘러나왔다.

기분 좋은 바람이 나무그늘 아래에 들러준 덕분에 조금 전보다 더 시원해졌다. 가시나무 잎이 바람에 살랑거리는 동안 벤치에 앉아 답장을 쓴다.

[네. 힘내야지. 하루토도 파이팅.]

너무 담백한가? 하트 기호라도 옆에 붙일까?

설마 자신이 하트를 쓸 것이라고는 생각지도 못했다. 그가 이모티콘을 자주 쓰니 덩달아 자꾸 쓰게 된다. 하지만 이렇게 상대의 영향을 받아서 나도 바뀌어 가는 것은 조금도 싫지 않다. 오히려 기분 좋은 일이다. 그러니 전보다 마음도 더 편안했고, 일하다 힘든 일이 있어도 그다지 신경 쓰지 않게 되었다. 마음이 평화로워졌다고 해야 할까? 그런 여유를 가져다준 하루토가 너무나도 고마웠다.

하지만 솔직히 말하면 이제 존댓말은 그만 써 줬으면 좋겠다. 그리고 손도 잡아줬으면 좋겠다. 내가 너무 욕심 부리는 것은 아니겠지? 사귄 지 벌써 한 달도 넘었으니까.

최근 한 달 동안 두 사람은 일하는 틈틈이 짬을 내어 잠깐이라도 만났다. 퇴근길에 심야 영화를 보러 가거나 같이 식사를 하기도 했다. 처음에는 대화도 어색해서 카페에서 꽤 오랜 시간을 서로 말없이 마주보고 앉아 있기도 했다. 하지만 점점 공통 화제가 늘어나면서 하루토라는 사람을 조금씩 알게 되었다. 그는(물론 거짓말을 한 전과가 있기는 해도) 굉장히 성실했다. 우유부단하고 리드도 잘 못하지만 그래도 매일 문자나 전화로 오늘 일은 어떤지, 몸은 어떤지 신경 써주는 세심한 성격이었다. 사귀기까지의 경위가 경위니 만큼 새삼스레 이상한 사람이 아니라 다행이라는 생각이 들었다. 불만이 전혀 없는 것은 아니었지만, 그 이상으로 자상한 그에게 자꾸만 기대고 싶어 하는 자신의 모습을 발견하게 된다. 그 요람 같은 부드러움이 지금의 미사키에게는 더할 나위 없이 포근하게 느껴졌다.

그러던 어느 날, 미사키는 다시 열이 났다.

요즘 들어 자꾸만 몸이 망가진다. 미열이 1주일 넘게 지속되었고 시중에 파는 감기약으로는 상태가 조금도 호전되지 않았다. 체온계에 나타난 38이라는 숫자를 보자 기운이 빠졌다. 오늘이 휴일이라 다행이다. 일단 오늘 하루는 푹 자서 체력을 회복하자.

다카시에게 열이 난다고 말했다가 "병원에 가 보라고 몇 번이나 말했잖아!"라는 꾸지람을 들었다.

"그냥 여름 감기일 뿐이야. 역 앞에 있는 구로키 선생님 병원에 갔는데 특별한 이상은 없다고 하셨어."

"그래도 만약을 위해 대학병원에서 검사받아 보라고 소개장도 써 주셨잖아."

"갈 거니까 그만 좀 해."

"일단 오늘은 자. 나는 오늘 은행 갔다가 식재료 사올 거라서 저녁이나 돼야 들어올 거야. 혼자 있어도 괜찮겠어?"

"당연하지. 애도 아닌데."

"뭐 필요한 건 없어?"

"젤리 먹고 싶어."

"애냐? 맨날 먹는 것만 생각하고."

"시끄러워. 아, 그리고 아이스크림도. 가리가리쿤으로 사 와."

"알았어."

다카시는 고개를 절레절레 흔들며 밖으로 나갔다. 혼자 남겨진 집에는 묘한 적막감이 흘러서 왠지 기분이 썩 좋지만은 않았다. 평소에는 시끌시끌한 선술집인 만큼 그 고요함이 유독 크게 느껴진다. 미사키는 감기약을 먹고 선풍기 바람을 미풍으로 조절한 후 여름용 이불 속으로 들어갔다. 그리고 하루토에게 보낼 문자를 작성하기 시작했다. 열이 난다고 말하면 분명 걱정할 것이다. 하지만 아주 조금은 걱정해 줬으면 좋겠다. 그 생각 끝에 보낸 문자는 이러했다.

[또 열이 나네……. 그래도 미열이라서 괜찮아(>_<)]

걱정해 주기를 바란다는 것인지 걱정 끼치기 싫다는 것인지 속내를 알 수 없는 메시지가 전송되었다.

오늘은 쉬는 날이라고 말했으니까 답장이 바로 올지도 모른다. 기대하면서 눈을 감고 있었지만 답장이 올 기미가 보이지 않았다. "흐음…… 무시하는 건가"하고 입술을 삐죽거리며 이불을 뒤집어쓰고 있다가 저도 모르게 얕은 잠에 빠졌다.

점심때가 지나고 배가 고파 잠에서 깨니 몸이 제법 가벼워져 있었다. 열을 재 보자 37도까지 떨어져 있는 것을 확인하고 안도감에 가슴을 쓸어내렸다.

오빠가 나가기 전에 만들어 준 죽을 먹으면서 멍하게 정보 쇼 프로그램을 보고 있는데 하루토에게서 전화가 걸려왔다.

— 미사키 씨, 괜찮아요?

목소리만 들어도 걱정되어서 안절부절하는 모습이 그려진다. 평정심을 잃은 듯한 그 목소리가 왠지 살짝 기뻤다.

"응. 이제 열 내려가서 괜찮아. 걱정 끼쳐서 미안해."

— 미안하다뇨! 아, 약 필요하면 말해 주세요! 바로 가지고 갈게요!

흠……. 가지고 온다고? 미사키는 고개를 끄덕거리며 벽시계를 쳐다보았다. 오빠가 오기까지는 아직 시간이 꽤 남았다.

부를까? 아니다. 오빠랑 맞닥뜨리기라도 하면 골치 아파진다. 그래도 요즘엔 바빠서 만나지도 못했다. 으음, 역시 보고 싶다.

미사키는 헛기침을 했다.

"그럼, 그래도 될까?"

하루토는 30분도 지나지 않아 나타났다. 미사키는 그 신속함에 깜짝 놀라 스마트폰을 손에 들고 벌떡 일어났다.

"가게 옆에 있는 계단을 올라오면 뒷문이 있어. 아, 그래도 문 앞에서 기다려!"

전화를 끊고 어질러져 있는 방을 둘러보았다.

치워야 한다! 황급히 제멋대로 방치해 둔 셔츠며 속옷을 벽장에 욱여넣고 테이프 클리너로 카펫을 청소했다. 엉망으로 얽혀 있는 문어발 배선은 그냥 무시하자. 그리고 혹시 모르니 방향제 스프레이도 뿌려야지.

좋다, 이것으로 준비는 다 끝났다. 그렇게 방을 나서려 하는 순간 문 옆에 있는 전신거울을 보고 "아!"하고 외마디 비명을 질렀다.

화장을 안 했다! 티셔츠도 꼬질꼬질하다! 'THE 교토'라고 적혀 있고!

미사키는 허둥지둥하며 가지고 있는 홈웨어 중 제일 귀여운 옷으로 갈아입고 마스크로 민낯을 가렸다. 그리고 손가락으로 머리카락을 빗어 정돈한 후 "됐어"라고 말하며 뒷문으로 갔다.

문을 열자 하루토는 양팔 가득 영양 드링크, 감기약, 포카리스웨트를 끌어안고 숨을 헐떡이며 서 있었다. 이마에 맺힌 구슬 같은 땀방울이 얼마나 서둘러 왔는지를 말해주고 있었다.

미사키가 안으로 안내하자 그는 "시, 실례합니다"라고 말하며 조심스레 발을 들였다. 마치 탐험가가 미지의 땅에 처음으로 발을 내딛는 것 같은 신중함이었다.

미사키는 하루토를 집에 들인 후에야 무언가를 알아차렸다.

'그러고 보니 남자친구를 집에 초대한 건 처음이야……'

그런 생각이 들자마자 북을 치듯이 가슴이 격렬하게 요동치기 시작했다.

어떡하지. 무슨 이야기를 해야 할까? 우선 이 침묵을 어떻게든 깨야 한다.

"아, 우리 집에 오는 건 처음이지? 너무 낡아서 놀라지 않았어?"

"그럴 리가요! 저희 집이 훨씬 더 낡았어요! 지은 지 30년이나 돼서 너덜너덜하거든요. 보면 웃길 정도예요!"

"아……. 그런데 우리 집은 지은 지 40년 됐어."

"아……. 그렇게는 안 보이는데."

하루토의 입꼬리가 움찔거리며 경련했다.

"그나저나 모처럼의 휴일인데 미안해. 와 줘서 고마워."

"아니에요. 제가 할 수 있는 게 있어서 기뻐요."

그렇구나, 기쁘구나……. 마스크 안에서 생글생글 웃으면서 그가 사온 구호물품을 카펫 위에 펼쳤다.

"이렇게나 많이 사 왔어? 아, 젤리도 있네."

"미사키 씨가 예전에 젤리 좋아한다고 했으니까요."

기억하고 있었다. 미사키는 "기억해줬구나"라고 말하며 그를 칭찬해 주었다.

"목캔디도 사올걸 그랬어요."

"목캔디?"

"마스크 쓰고 있잖아요."

하루토가 자신의 입가를 가리키며 말한다.

"목이 아픈 것 같은데…… 아, 기침감기인가요? 기침이 나올 때는 꿀을 따뜻한 물에 타서 마시면……."

"아니야."

"네?"

"그게 아니라."

미사키는 창피해하며 고개를 숙였다.

"……민낯이야."

"민낯?"

"화장을 안 했거든. 창피해서 마스크를……."

하루토는 무슨 말인지 이해했다는 듯 "아, 그렇군요"라고 말했다.

"죄송해요, 눈치채지 못해서."

"아냐, 나야말로 헷갈리게 해서 미안해."

두 사람 사이에 어색한 침묵이 흘렀다. 하루토는 정자세로 앉아서 무언가 골똘히 생각하고 있었다.

무슨 생각을 하는 걸까? 미사키는 경계하면서 미간을 찌푸렸다.

"미사키 씨."

그가 묘한 표정으로 바라본다.

"혹시 괜찮으시다면요."

"응……."

"민낯 그냥 보여 주시면……."

"무슨 소리 하는 거야?"

"죄송합니다."

하루토는 풀이 죽어 어깨를 떨어뜨린다.

도저히 무리다. 민얼굴을 어떻게 보여준단 말인가. 미사키는 몸을 지키듯 무릎을 끌어안았다. 그리고 무릎 끝에 이마를 대고 "어려 보여"라고 중얼거렸다.

"나, 화장 안 하면 애 같아 보여. 보면 아마 웃길 거야."

"안 웃어요! 맹세할게요!"

"뭘 맹세까지……."

"아, 그게 아니라, 어쨌든 절대 안 웃을게요!"

그렇게나 보고 싶은가? 애원하는 듯한 눈빛이 마음에 걸렸다.

어쩌지……. 무릎을 끌어안고 있던 손에 힘이 들어간다.

"······안 웃을 거지?"

"네?"

"진짜 안 웃을 거지?"

"네! 혹시 웃으면 두세 대 그냥 막 때리세요!"

"그 자신감은 뭐야······."

"자신 있어요!"

정치인처럼 그렇게 주먹 꽉 안 쥐어도 되는데······.

기대에 찬 눈빛을 보자 더 이상 도망칠 수 없다는 생각이 들었다.

"그렇다면······ 살짝만 보여줄게."

"진짜요?"

"그렇게 좋아?"

"그야 당연히 좋죠!"

하루토는 저러다 목이 떨어져 나가는 것이 아닐까 싶을 정도로 힘차게 끄덕였다.

민얼굴을 보는 것이 그렇게나 좋을까? 남자의 이런 심리는 잘 모르겠다. 그건 그렇고 오빠 외의 다른 남자에게 민낯을 보여주는 것은 난생 처음이다. 어쩌지······. 왠지 얼굴이 달아오르는 느낌이었다.

"그럼 실례할게요."

하루토가 방석에서 엉덩이를 들더니 네 발로 기어서 다가왔다.

"자, 잠깐만!"

놀라서 뒷걸음질하는 미사키를 보고 하루토가 "어?"하며 멈췄다.

"하루토가 마스크 벗기려고?"

"아, 안 돼요?"

"안 되는 건 아니지만……."

직접 벗기고 싶은 거야? 이것도 남자의 심리인가?

"그럼……."

하루토가 다시 다가선다. 자꾸만 심장이 고동쳐서 다시 열이 날 것만 같았다. 그의 늘씬하고 잘생긴 손가락이 왼쪽 귀에 가까워지자 눈을 질끈 감았다. 손가락이 머리칼을 부드럽게 헤치고 귀에 닿는다. 간지러워서 몸이 움찔 떨린다.

마스크를 벗기자 다소 어려진 듯한 미사키의 민얼굴이 나타났다. 말없이 지켜보는 하루토. 미사키는 민망함을 견디지 못하고 "무슨 말이든 해 봐"라고 말하며 고개를 숙였다.

"귀여워요……."

그 말에 귀가 뜨거워졌다. 이 감정이 쑥스러움인지 창피함인지 모르겠다. 신체의 온도 조절 능력이 망가진 것만 같았다. 이 시간이 빨리 지나가기를 바라면서도 끝나지 않았으면 하는 복잡 미묘한 감정이 가슴속에서 소용돌이쳤다.

"그렇지 않아."

미사키는 커다란 동그라미가 될 정도로 몸을 둥글게 말았다.

"그렇지 않은 게 아니에요! 엄청나게 귀여워요!"

다소 발칙한 생각이었을까. '그렇지 않다'고 하면 그 말을 부정해 줄 거라 생각했다. 한 번 더 '귀엽다'는 말을 듣고 싶어서 일부러 그렇게 말해 버렸다.

"저, 미사키 씨?"

고개를 들자 그는 일안 리플렉스 카메라를 들고 있었다.

"귀여우니까 사진 찍고 싶은데 괜찮을까요?"

"절대 안 돼."

"제발!"

"민낯 찍히는 걸 좋아할 사람이 어디 있어? 그나저나 카메라는 언제 꺼낸 거야?"

하루토는 아쉽다는 듯 카메라를 내렸다. 그 표정은 마치 주인이 외출한 뒤 혼자 남겨진 강아지처럼 사랑스러웠다. 미사키가 소리 높여 웃자 그도 함께 미소 지었다. 그러다 누가 먼저랄 것 없이 눈이 마주쳤다. 하루토의 얼굴에서 웃음기가 사라졌다. 심장이 주체할 수 없이 쿵쾅거린다. 이내 그의 입술이 서서히 다가왔다…….

"키스하면 죽여 버린다!"

하루토가 펄쩍 뛰어올랐다. 돌아보자 다카시가 오만상을 찌푸린 채 눈에 핏발을 세우고 있었다. 하루토의 얼굴이 지구본처럼 시퍼레졌다.

"……실례하고 있습니다."

"뭐?"

"이상한 놈은 아닙니다!"

"뭐라고?"

하루토는 다급히 가방 주머니에서 명함을 꺼내더니 엉거주춤한 자세로 내밀었다.

"미사키 씨와 교제 중인 아사쿠라 하루토라고 합니다! 앞으로 잘 부탁드립니다!"

다카시는 명함을 구겨 버리더니 복도로 던졌다.

"뭐야? 너 이 자식, 키스하고 명함을 내밀어? 나 무시하냐!"

"그럴 리가요! 그리고 아직 키스 같은 건 일절 하지 않았습니다!"

"아직? 그 말은 언젠가는 하겠다는 뜻이야?"

"아닙니다! 아니, 그래도 언젠가는…… 하, 하지 않겠습니다! 절대 안 할게요! 아, 그래도."

"뭘 혼자 고민하고 난리야! 어서 나가지 못해! 이 변태 사진작가 같으니라고!"

하루토는 다카시가 던진 가방을 맞고 넘어졌다. 미사키가 '무리야, 일단 도망가'라고 눈빛으로 말하자 하루토는 울 것 같은 표정으로 끄덕였다.

"어쭈, 감히 눈을 마주쳐? 눈알 도려내 버린다!"

"시, 실례했습니다!"

하루토는 토끼처럼 방을 뛰어나갔다.

설마 오빠가 이렇게 빨리 올 줄이야. 다카시가 뚱한 표정으로 방을 나선 후 미사키는 마음속으로 그에게 사과했다.

'하루토, 미안해…….'

잠시 후 침대 위에 있던 스마트폰이 울렸다. 하루토의 전화였다.

— 여보세요? 미사키 씨?

"미안해. 많이 놀랐지?"

— 심장이 멈춰 버리는 줄 알았어요.

그의 목소리는 아직도 약간 떨리고 있었다.

"그랬지? 미안해."

미사키는 핸드폰 너머에 있는 하루토를 생각하며 고개를 숙여 사과했다.

— 창문 열어 보실래요?

"창문?"

미사키가 침대 옆으로 난 창문을 열자 하루토가 가게 앞에서 이쪽을 올려다보고 있었다. 미사키가 미안해하며 어깨를 움츠리자 그는 웃으면서 고개를 가로저었다.

"빨리 나으세요."

미소 짓는 그를 보면서 생각한다.

하루토는 약 같은 사람이다. 이 몸을, 마음을, 무척이나 가볍게 해 준다.

"그리고 다 나으면 우리 불꽃놀이 보러 가요."

미사키는 싱긋 웃으며 끄덕였다.

"빨리 나을게."

그가 돌아간 후에도 미사키는 한동안 바깥 풍경을 바라보고 있었다. 저물녘이 되자 포근한 바람이 방으로 불어 들어왔다. 미사키는 그 바람을 맞으며 조금 전에 그가 해 주었던 말을 떠올렸다.

'귀여워요······.'

그런 말은 처음 들어본다. 기쁜 마음에 자꾸만 되새기게 된다. 그리고 다시 한 번 생각했다. 그때 하루토의 고백을 받아들이길 잘했어······라고.

그날 밤, 미사키는 다카시가 만들어 준 달걀 우동을 먹고 욕조에 몸을 담갔다. 욕실의 거울을 보다가 흰머리가 또 늘어나 있다는 것을 알아차렸다. 대학병원에서 검사를 받아 보라는 말을 들었던 것과 관계가 있는 걸까. 불안한 마음에 등줄기에 찬결이 흐른다.

침대에 눕자 금세 졸음이 쏟아졌다. 하지만 새벽 3시를 넘겼을 무렵, 전신을 타고 흐르는 나른한 통증 때문에 잠에서 깼다. 모든 관절이 쑤시는 데다 오한과 두통까지 느껴졌다. 여태 겪어 보지 못한 통증에 순간적으로 어떻게 된 영문인지 의아해질 정도였다. 머리맡에 있는 체온계로 열을 재 보니 39도가 넘어간다. 다카시가 서둘러 얼음주머니를 가지고 왔다.

"병원에 가서 검사 확실히 받아 봐. 알았지?"

미사키는 작게 끄덕였다.

'다 나으면 우리 불꽃놀이 보러 가요.'

빨리 좋아져야 하는데. 하루토와 약속했으니까…….

* * * * *

전화기가 울렸다. 그 순간 바닥 청소를 하고 있던 다카시가 벌떡 고개를 들었다.

벨소리가 평소와는 다르게 느껴졌다. 무언가 불길한 '예감'이 내포된 벨소리였다. 예전에도 이런 기운을 느꼈던 적이 있다. 부모님이 돌아가셨다는 연락을 받았을 때였다. 사고 소식을 알려 주는 경찰의 전화를 받았을 때도 이렇게 께름칙하게 울렸었다.

대걸레를 의자에 기대어 두고 허리춤에 찬 수건으로 손을 닦으며 마음을 가라앉힌다. 괜찮다, 기분 탓이다. 그리고는 조심스레 수화기를 들었다.

"네, 아리아케야입니다."

상대방의 말을 기다리는 순간이 한없이 길게 느껴진다. 초조함마저 들 정도였다. 그때 수화기 너머의 인물이 천천히 입을 떼기 시작했다.

— 저는 게이메이 대학병원의 유전질환 전문의인 가미야라고 합니다.

병원? 유전질환? 다카시는 수화기를 꽉 쥐었다.

— 아리아케 미사키 씨 댁인가요?

"네."

— 실례입니다만 누구신지…….

"친오빠입니다."

— 그러시군요.

의사는 몇 초간 말이 없었다. 이내 정중한 어조로 다카시에게 말했다.

— 동생 분께 급히 드릴 말씀이…….

돌연 밤이 된 것처럼 눈앞이 새까매졌다.

다음날인 토요일. 다카시는 암담한 심정이었다. 의사에게서 걸려온 갑작스러운 전화, 유전질환, 급한 용무……. 자세한 이야기를 듣지는 못했지만 지난 번 검사와 관련해서 추가 검사가 필요하다고 했다. 하지만 열이 떨어진 후로 미사키의 몸 상태는 계속 양호했다. 식욕도 있고 안색도 좋다. 그 고열이 거짓말이었던 것이 아닐까 싶을 정도였다. 그런 동생의 모습을 보고 있으면 왠지 마음이 놓였다. 이렇게나 기운이 넘치는데 나쁜 병일 리가 없다.

"미사키……."

다카시는 병원에서 연락이 왔다는 이야기를 하려고 했다.

"오빠, 아야노 언니랑 혼인신고는 언제 할 거야?"

갑작스러운 질문에 하려던 말이 갈 곳을 잃었다.

"……걔 요즘 바빠. 지금 하는 일이 일단락되면."

"그러다 마음 식어 버려도 나는 모른다~."

"시끄러워."

"아, 나 저녁에 외출할 거야."

"오늘 토요일이잖아. 일하는 날 아니야?"

"어제 말했잖아. 내벽 공사 때문에 임시휴업이라고."

"아 그랬었지. 오늘은 어디 가는데?"

"불꽃놀이 구경하러. 하루토랑 가요."

미사키는 손에 커피가 든 컵을 쥐고 생긋 웃었다.

그 미소를 보고 다카시는 애매하게 웃으며 "그렇군"이라고 말했다.

"이상하네."

다카시의 어깨가 움찔 떨린다.

"뭐가 이상해?"

"평소처럼 '지금 남자랑 시시덕거릴 때냐'라고 안 하니까."

"바보."

다카시는 애써 웃으면서 자리에서 일어났다.

"어디 가?"

"재료 사러."

다카시는 서둘러 뒷문으로 나갔다.

게임장의 소음을 듣는 것은 오랜만이다.

아야노와 사귀기 시작했을 때 도박으로 빚을 진 적이 있었다. 미사키도 아야노도 무척 화를 많이 냈고 그 이후로는 슬롯머신에 손을 댄 적은 없었다. 옛날에는 이 소리를 들으면 가슴이 뛰었는데……. 하지만 지금은 그렇지 않다. 슬롯머신 안으로 떨어지는 은색 구슬도, 바보처럼 빛나는 머신들도, 가게 안에 울려 퍼지는 음악도, 죄다 번잡스럽다는 생각밖에 들지 않는다. 그럼에도 집으로 가는 발길이 도무지 떨어지지 않았다. 미사키가 아직 집에 있기 때문일까.

병원에서 전화가 왔다는 이야기를 빨리 해야 한다. 수도 없이 그렇게 생각했다. 하지만 한편으로는 나쁜 병일지도 모른다는 불길함이 사라지지 않았다. 아니, 그럴 리는 없다. 의사는 유전질환 전문의라고 말했지만 우리 가족 중에 유전질환을 앓은 사람이 있다는 이야기는 들어본 적도 없다. 그러니 괜찮다. 그렇지만 만약 혹시라도…….

다카시는 슬롯머신의 핸들을 세게 움켜쥐고 시소처럼 흔들리는 마음을 애써 진정시키려 했다.

미사키는 저녁에 남자친구와 불꽃놀이를 보러 간다며 들떠 있었다.

즐거운 듯, 바보처럼 웃고 있었다. 어린아이 같은 표정으로 웃고 있었단 말이다……. 그런 미사키가 나쁜 병일 리가 없다…….

슬롯머신에서 당첨됐다는 소리가 요란하게 울려 퍼졌다.

옆에 앉아 있던 중년 남성이 "대단한데!"라고 말하며 어깨를 두드렸다. 하지만 그 남성은 다카시의 얼굴을 보더니 눈살을 찌푸렸다.

"왜 그래? 기쁘지 않아?"

다카시는 그저 조용히 일어나 힘없이 걷기 시작했다.

"이봐, 이거 안 가져가?"

"가져요……."

다카시는 아리아케야 앞에 도착한 후 억지로 입꼬리를 올렸다. 그리고 여느 때처럼 뒷문을 열면서 쓸데없이 밝은 목소리로 "다녀왔어!"라고 인사했다.

미사키는 거실에서 유카타를 입느라 고군분투하고 있었다.

"늦었네, 오빠."

"그렇게 됐어. 뭐야, 아직 안 갔어? 이러다 불꽃놀이 시작하겠다."

"뜻대로 되지가 않는 걸 어떡해."

미사키가 사춘기 소녀처럼 지긋지긋하다는 표정을 지으며 말했다.

"너 미용사 아니야?"

"시끄러워. 우리 가게에서는 이런 건 안 입혀 줘. 그러지 말고 좀 도와줘 봐."

"이리 내."

다카시는 살며시 웃으며 허리에 두르는 띠를 받아들고 미사키 등 뒤로 가서 묶는 것을 도와주었다.

해바라기처럼 샛노란 유카타는 미사키와 무척이나 잘 어울렸다. 몇 년 전 미사키에게 선물한 옷이다. 하지만 직업상 불꽃놀이를 구경할 기회가 거의 없었던 탓에 옷장 안에 오랜 시간 잠들어 있었다.

'……계속 입고 싶었을 텐데.'

다카시는 들떠 있는 여동생의 등을 보며 생각했다.

'지금처럼, 좋아하는 사람과 불꽃놀이를 보러 가고 싶었겠지⋯⋯.'

오늘은 병원 이야기를 하지 말자. 미사키의 이 미소에 그늘을 드리우고 싶지 않다.

준비를 다 마친 후 미사키는 활짝 웃으며 말했다.

"다녀올게."

"너무 늦으면 안 된다?"

"응."

하얀 볼에 보조개가 피어올랐다.

가게 앞에 서서 멀어져 가는 동생의 뒷모습을 보며 다카시는 생각했다.

'나쁜 병일 리가 없다. 그래. 괜찮을 거다⋯⋯.'

미사키가 길모퉁이에서 돌아보았다. 다녀오겠다는 미소를 띠며 손을 흔들고 있다.

다카시도 웃으면서 손을 들어 보였다. 그런데, 정신을 차리고 보니 뺨에 한 줄기 눈물이 흐르고 있었다.

'⋯⋯나는 왜 우는 거야⋯⋯.'

미사키의 모습이 보이지 않게 되자 손끝으로 눈물을 닦았다.

애처로울 만큼 따뜻한 눈물이었다.

눈물을 떨어뜨리지 않으려고 고개를 들자 황혼 속에 길게 떠 있는 비행운이 보였다. 당장이라도 사라질 듯 번져 나가는 하얀 선이 무척이나 덧없게 느껴진다. 그 풍경에 다카시의 마음이 더욱 아려왔다.

* * * * *

"오래 기다리셨습니다."

그 말에 몸을 돌린 순간 하루토는 그야말로 숨이 멎을 뻔했다.

해 질 녘의 시부야역에는 불꽃놀이를 보기 위해 유카타를 입고 스미다강으로 향하는 여성들이 제법 눈에 띄었다. 그런데 그 여성들이 죄다 돌멩이로 보일 정도로 그녀의 유카타 차림은 특별했다.

"귀여워요……."

무심코 머릿속에 있던 말을 뱉어내자 미사키는 "창피하니까 그런 말 하지 마"라고 말하며 고개를 숙였다.

"뭐, 빈 말이라도 기쁘기는 하지만……."

"빈 말 아니에요! 제 눈에는 세상에서 제일 귀여워요!"

하루토의 말에 그녀의 볼이 발갛게 물들었다.

"그러니까 사진! 사진을 찍게 해 주세……."

"그건 안 돼."

미사키는 카메라를 드는 하루토를 단호하게 저지했다.

"왜 매번 사진 못 찍게 하는 거예요?"

"……사진발 잘 안 받는단 말이야."

"그렇지 않아요! 미사키 씨 엄청 귀엽다니까요!"

"그만! 자꾸 그런 말 하지 말라니까!"

미사키는 사람들이 신경 쓰이는 듯 주변을 도리반거렸다.

결국 사진을 찍지는 못했지만 그래도 하루토의 가슴은 두근거렸다.

솔직히 말하면 불꽃놀이를 보러 갈 수 있을지 불안했다. 그녀는 직업 특성상 월요일에 쉬고 주말이면 늘 바빴다. 본인 또한 주말에 촬영이 잡히는 일도 다반사라서 불꽃놀이 구경은 내심 반쯤 포기하고 있었다. 하지만 불꽃놀이 구경 당일은(오늘이다) 페니레인의 내벽 공사 때문에 임시휴업을 하게 되었다.

설마 했던 역전 승리에 기분이 좋아진 하루토는 이 불꽃놀이 구경에 커다란 야망을 품고 있었다. 그녀와 교제하기 시작한 지 약 2개월, 아무 진전이 없는 이 상황을 어떻게든 타개하고 싶다. 보통 스무 살을 넘긴 남녀가 2개월이나 사귀면 스킨십에도 어느 정도 진전이 있는 것이 당연하다. 그런데 우리는……. 호칭도 아직 '미사키 씨'인 데다(편하게 부르려고 몇 번이나 노력했었다) 손도 아직 못 잡았다. 키스도, 그 이상도 당연히 아직이다. 전부 자신이 칠칠치 못하기 때문이라는 것은 잘 알고 있다. 그러니 오늘 불꽃놀이에서 두 사람의 관계를 진전시키고 싶었다.

하루토는 씩씩한 표정으로 긴자선 전철에 발을 디뎠다. 고시엔(甲子園) 우승을 노리고 그라운드로 달려 나가는 어린 야구 선수들아, 잘 부탁한다.

하지만 그 야망을 짓밟기라도 하듯 여름의 신은 훼방을 놓았다.

불꽃놀이 회장인 아사쿠사역에 도착하자 승강장은 믿기 힘들 만큼 엄청난 인파로 북적이고 있었다. 전철에서 내리는 것조차 뜻대로 되지 않는 상황이었다. 이대로는 지상으로 올라갈 수 있을 것 같지도 않았다.

'이, 이게 뭐야…….'

하루토의 얼굴이 창백해졌다. 마치 도쿄에 있는 모든 사람들이 죄다 아사쿠사로 몰려든 것 같은 기분이다. 설마 이게 다 불꽃을 보러 온 사람들인가? 벚꽃 구경을 갔을 때랑 다를 것이 없잖아! 도대체 나는 왜 그때나 지금이나 달라진 게 없는 것인가! 하긴 매년 텔레비전 으로만 봐서, 항상 사람이 많았던 것 같다…….

"죄송해요. 이렇게 사람이 많을 거라고는 생각도 못 했어요…….."

"그 말 꽃놀이 갔을 때도 들은 것 같은데?"

정곡을 찌르는 날카로운 한 마디에 하루토는 몸을 움츠렸다. 미안해서 어쩐다. 그러자 미사키가 웃으면서 팔꿈치로 그의 옆구리를 찔렀다.

"농담이야. 모처럼 나왔으니까 그런 표정 하지 마."

"미안해요."

"자, 이제 사과 그만해."

"네."

"자, 기죽지도 말고."

"네……."

사람들의 열기와 여름 공기가 한데 섞여서 역 구내는 독특한 불쾌함으로 가득 차 있었다. 다들 빨리 지상으로 나가고 싶어서 초조해했고 역무원은 목에 핏대를 세우며 "밀지 마세요!"라고 외쳐댔다. 10분이 넘는 시간이 걸린 후에야 지상으로 나오자 어느새 하늘은 군청색으로 물들어 있었다. 머지않아 불꽃놀이가 시작될 시간이다.

불꽃이 잘 보이는 곳을 찾아야 한다. 하지만 의욕과는 달리 아사쿠사역 주변은 사람들로 넘쳐났다. 교통도 통제되고 있어서 고마가타바시로는 건너편으로 건너갈 수가 없었다. 어쩔 수 없이 먼 길을 돌아아즈마바시에서 반대쪽으로 건넜지만, 스미다 공원은 사람으로 꽉 차 있어서 불꽃을 볼 수 있는 공간은 어디에도 없었다.

"조금 더 저쪽으로 가 봐요!"

하루토는 걸음을 재촉했다. 사람들을 헤치면서 불꽃을 볼 수 있을 만한 장소를 찾으면서 힘차게 나아갔다. 하지만 도로에는 앉아 있는 사람들까지 있는 통에 운치고 나발이고 아무것도 느낄 수가 없었다. 지금 이 순간 아사쿠사에는 하루토가 상상했던, 차분하게 불꽃놀이를 볼 수 있는 곳은 그 어디에도 없었다.

'이를 어쩌지! 이러다 불꽃놀이가 시작하겠다! 서둘러야 한다! 어서⋯⋯.'

"어라?"

하루토가 몸을 돌렸지만 미사키의 모습이 보이지 않았다.

'이런, 큰일 났다! 조급한 마음에 미처 챙기지를 못했어⋯⋯!'

허둥지둥 왔던 길을 돌아가며 그녀를 찾아다닌다. 하지만 그녀와 비슷한 사람만 눈에 띌 뿐 그녀의 모습은 보이지 않았다.

도대체 나는 무슨 짓을 한 것인가. 어렵게 불꽃놀이에 왔는데, 그렇게나 좋아했었는데, 이대로라면 죄다 물거품이 된다.

10분 정도 찾아 헤매다가 드디어 인파 속에서 미사키를 발견했다. 그녀는 당혹한 기색이 역력한 얼굴로 전봇대에 기대어 스마트폰을 들여다보고 있었다. 그녀가 수차례나 전화를 걸었는데 그것도 알아차리지 못한 것이다.

"미사키 씨!"

다급히 달려가자 그녀는 안도했다는 듯 웃어 보였다. 그러고는 살짝 화내면서 "왜 혼자서 가 버린 거야?"라고 하며 뾰로통한 표정을 지었다.

진전이 없는 관계에 마음이 급해져서 좋은 장소를 물색하는 데에만 정신이 팔린 나머지 그녀를 불안하게 해 버렸다…….

'나 지금 뭐 하고 있는 거냐…….'

"미안해요."

스스로가 한심해서 어깨를 축 늘어뜨리자 미사키는 "사람이 많으니 어쩔 수 없지"라고 하며 웃어 주었다.

"그래도, 이제 먼저 가 버리면 안 된다?"

이번에는 확실하게 곁을 지키리라…….

"저, 미사키 씨."

"응?"

"……손잡지 않을래요?"

왼손을 내밀었다.

"절대 놓지 않을게요."

미사키는 부끄러운 듯 고개를 끄덕이며 오른손을 내밀어 그의 손을 잡으려 했……지만 퍼뜩 그 손을 멈추었다. 그리고 주저하며 말했다.

"나 손이 무척 거칠어. 까슬까슬하고, 심하게 터 있고, 굳은살도 있고……. 잡았을 때 느낌이 별로 좋지 않을 거야. 그러니까……."

"그렇지 않아요."

하루토는 고개를 저으며 미소 지은 뒤 가만히 그녀의 손을 잡았다.

"이 손은 당신이 매일 열심히 살고 있다는 증거잖아요."

미사키가 고개를 들었다.

"그러니 저는 이 손이 좋아요."

그녀는 기쁘다는 듯 눈웃음을 지어 보였다.

"가요."

하루토가 그 손을 부드럽게 당겼다.

그리고 두 사람은 함께 걷기 시작했다. 이번에는 같은 보폭으로.

첫 번째 불꽃이 터졌을 때 두 사람은 집들이 늘어선 주택가 한복판을 걷고 있었다. 8층 높이의 아파트와 낡은 적갈색 빌딩 사이에서 불꽃이 화려하게 반짝인다. 하지만 건물에 가려 반밖에 보이지 않았다.

하루토는 가슴속으로 한숨을 내쉬었다. 좋은 곳에서 보여주고 싶었는데…….

하지만 미사키는 "역시 불꽃은 정말 예쁘다"라고 하며 흥분한 듯 하늘을 올려다보고 있다.

그 옆얼굴을 보고 하루토는 희미하게 미소 지었다.

피융……이라는 소리와 함께 밤하늘 높이 한 줄기 빛이 솟아오르더니 선명한 색채를 내뿜으며 국화와 모란꽃이 피어난다. 터져 나오는 갈채 소리. 그 소리에 힘을 받듯 불꽃들이 점점 더 화려한 빛으로 여름 하늘을 찬란하게 수놓았다.

"저, 불꽃놀이도 싫어했어요."

하루토는 하늘을 올려다보며 말했다.

"벚꽃도 불꽃놀이도 싫어해? 싫어하는 것도 많네."

미사키는 신기하다는 듯 웃었다.

"불꽃놀이 보러 가는 사람들은 불꽃을 보려는 게 아니라, 이 분위기에 취하고 싶어서 가는 거라고 내심 무시했어요."

여름의 열기를 가르며 하늘이 하얗게 반짝인다.

"이렇게 건물 사이로 볼 바에야 텔레비전 중계로 보는 게 훨씬 낫다고 생각했죠. ……하지만, 그건 잘못된 생각이었어요. 불꽃은 보는 장소가 중요한 게 아니라 어떤 사람과 보는지가 중요한 거였어요."

짙은 어둠을 가로지르는 섬광 속에서 하루토는 미사키를 보며 미소 지었다.

"빌딩 사이로 보이는 불꽃이라도, 미사키 씨와 함께 보면 무척 예뻐 보여요."

불꽃의 화사한 빛이 그녀의 볼을 붉게 물들였다. 하루토는 미사키의 손을 꽉 잡았다. 그리고 마주보는 두 사람. 호화찬란한 불꽃이 밤하늘을 수놓는다. 탄성이 울려 퍼진다. 그가 천천히 그녀의 입술로 다가간다.

"사람들이 보잖아……."

미사키가 부끄러운 듯 망설이자 하루토는 조용히 속삭였다.

"괜찮아요. 다들 불꽃을 보고 있으니까……."

두 사람은 불꽃에 몸을 숨긴 채 입을 맞췄다.

* * * * *

8월에 접어든 후로는 연일 이어지는 무더위에 녹초가 될 지경이었다.

최근 며칠간 바람도 거의 불지 않았던 탓에 밤이 되어도 무거운 열기가 갈 곳을 잃은 채로 방 안을 떠다닌다. 별 힘이 되어 주지 않는 선풍기만으로는 한여름의 열대야를 버틸 수 있을 것 같지가 않았다.

그 불꽃놀이 이후로 두 사람의 거리는 확연히 가까워졌다. 그는 드디어 경칭이 아닌 '미사키'라는 호칭을 쓰게 되었고, 왠지 모르게 어색하게 대하던 것도 제법 자연스러워졌다.

이름으로만 불리는 것은 어째서인지 몹시 기쁘다. 왜일까? 분명 그의 '특별한 사람'이 되었다는 기분이 들어서일 것이다. 이대로 평생 하루토의 특별한 사람으로 있을 수 있다면……. 응? 결혼을 말하는 건가? 아니야, 그건 너무 성급한 생각이다. 아직 사귄 지 3개월도 되지 않았으니까.

하지만 언젠가 그런 날이 왔으면 좋겠다. 물론 몇 년이 더 지난 후의 이야기이겠지만.

미사키는 아야노가 준 핸드크림을 바르면서 손바닥을 응시했다. 하루토가 좋아한다고 말해 주었던 거친 손. 미사키는 호호, 웃음을 지었다.

일상생활에서 만족도가 높아지면 일도 잘 풀린다. 어제는 새로운 손님이 머리를 잘 잘랐다고 칭찬을 해 주었다. 자신이 없어서 밤마다 연습을 해 왔던 쇼트커트였다. "남자친구도 좋아할 것 같아요"라고 하며 밝은 얼굴로 가게를 나서는 손님을 보자 가슴이 벅차오를 정도로 뿌듯했다. 이 일을 하길 잘했다는 생각이 드는 순간이었다. 점장도 "잘했어"라고 칭찬해 주었다. 일은 더없이 순조로웠다. 이것이 연애 파워의 산물이라고 하면 약간은 쑥스럽지만, 하루토를 만난 이후로 좋은 일만 생기고 있었다. 앞으로도 계속 이런 나날이 이어졌으면 좋겠다.

미사키는 창 밖에서 빛나는 달을 올려다보며 마음속으로 기도했다.

하지만 그 기도는 하늘에 닿지 않았다. 운명은 칠흑 같은 어둠처럼 고요히 다가오고 있었다…….

* * * * *

"……예식장 말이야, 웰스 도쿄 호텔이 어떨까?"

아야노의 말이 다카시의 귓전에서 튕겨나간다. 아야노는 이상하다는 듯 고개를 갸우뚱거리며 예식장 팸플릿을 다카시 얼굴 앞에 대고 흔들어 보였다.

"이봐, 듣고 있어?"

그 소리에 퍼뜩 제정신이 돌아와 "아아, 듣고 있어"라고 하면서 웃어 보였다.

"안 듣고 있잖아. 좋은 예식장은 금방 예약이 차 버린다니까? 다카시가 겨울이 되기 전에 결혼하고 싶다고 해서 팸플릿 모아온 건데."

아야노는 못마땅하다는 듯 수북이 쌓인 팸플릿을 들더니 카페 테이블 위에서 탕탕, 정리했다.

"아야노, 있잖아."

다카시가 커피 잔을 입으로 가져갔다.

"결혼식 말이야…… 조금 더 나중에 생각하면 안 될까?"

"무슨 뜻이야?"

아야노의 표정이 험악해졌다.

병원 이야기를 해야 할까? 미사키에게는 아직 의사가 연락을 했다는 말을 하지 않았다.

아야노는 미사키를 여동생처럼 예뻐한다. 하지만……

"너 지금 일이 많이 바쁘잖아. 나도 여름이 대목이기도 하고. 서로 바쁠 때 급하게 정하는 것보다 한숨 돌릴 수 있게 되면 천천히 찾는 게 좋을 것 같아서. 그러니까……"

"거짓말이지?"

다카시는 저도 모르게 시선을 피해 버렸다.

"다카시는 옛날부터 거짓말을 할 때 콧구멍이 커지고 눈도 못 맞추잖아. 숨기는 게 뭐야?"

"숨기는 거 없어."

"거짓말. 뭔가 숨기고 있는 게 분명해."

"아니라니까."

"왜 그렇게 빤히 보이는 거짓말을……"

"숨기는 거 없다고 몇 번을 말해!"

카페 손님들의 시선이 일제히 두 사람에게 꽂혔다. 다카시는 아차 싶어 얼굴을 찌푸렸다. 그리고 겁에 질린 표정을 하고 있는 아야노에게 고개 숙여 "미안해"라고 사과했다.

"아직은 말할 수 없어. 하지만 언젠가 꼭 이야기할게. 약속해. 그러니 부탁이야."

아야노는 다카시의 눈을 빤히 응시한다. 부정한 생각을 하고 있는 것은 아닌지 확인하려는 듯했다.

그러고는 "알았어"라고 중얼거리듯 말했다.

"그런데 이제 와서 결혼 안 하겠다고는 하지 마."

"바보야. 그런 말을 할 리가 있어?"

아야노가 그의 손을 잡았다.

"정말? 다카시는 작은 일로도 끙끙 앓으니까 걱정돼. 혼자 끌어안으려고 하지 마."

"알았어."

다카시는 희미하게 웃으며 아야노의 손을 힘주어 잡았다.

그래. 내가 쓸데없이 걱정하는 것이다. 그걸 확인하기 위해서라도 병원에서 연락이 왔다는 이야기를 미사키에게 해야 한다.

* * * * *

주말 이른 아침의 오다큐선은 인적이 드물어서 평일 출퇴근 시간대와는 전혀 다른 평화로운 공기에 둘러싸이곤 한다. 미사키는 좌석 깊숙이 앉아 창밖을 내다보았다. 언제나 전철을 타기만 하면 금세 졸음이 쏟아진다. 하지만 오늘은 달랐다. 긴장한 탓인지 몸이 굳어서 잠도 거부하고 있었다.

"괜찮아?"

옆에 앉아 있는 다카시가 걱정스러운 표정으로 말을 건넸다.

미사키는 바퀴소리에 묻힐 것만 같은 작은 목소리로 "응……"이라고 중얼거렸다.

그저께, 오빠가 대학병원에서 연락이 왔었다는 이야기를 해 주었다. 갑작스러운 말에 현기증을 느꼈다. 떨리는 손으로 병원에 전화를 걸자 가미야라는 의사가 "지난번 검사 결과를 보고, 조금 더 자세히 검사할 필요가 있다는 판단을 했습니다"라고 말했다.

"······저, 위중한 병인가요?"

— 너무 걱정하지 마세요. 만나서 자세히 말씀드리겠습니다.

부드러운 음성에 아주 조금은 안심이 되었다.

하지만 그때부터 오늘까지, 마음을 어딘가에 잃어버리고 온 것만 같은 기분이 들었다. 일도 전혀 손에 잡히지 않는다. 하루토에게 털어놓을까 생각해 보기도 했다. 하지만······ 역시나 망설여진다. 병원에서 제대로 진찰을 받은 후에 이야기하는 게 좋을 것이다. 괜스레 걱정만 끼칠 수도 있고.

두 사람은 신주쿠에 도착한 후 버스터미널에서 74계통 버스를 찾아 출발 직전의 버스에 올라탔다.

흘러가는 신주쿠의 거리를 내다보는데 이윽고 새하얀 벽으로 된 위압적인 건물이 가로수 너머로 모습을 드러냈다.

— 이번 정거장은 게이메이 대학병원 앞, 게이메이 대학병원 앞입니다.

안내방송을 듣고 하차 버튼을 누른다. 버스 정거장에서 올려다 본 병원은 무서울 정도로 차갑고 건조했다. 마치 피가 통하지 않는 거인을 마주한 것 같은 기분이었다.

접수처에서 설명을 듣고 선생님이 지정한 면회실로 가자 친절해 보이는 젊은 여성이 정중하게 길을 안내해 주었다. 그녀를 따라 소독약 냄새가 가득한 복도를 천천히 걸어간다. 다리는 납덩이처럼 무거워서 앞으로 나아가기를 거부하고 있었다. 면회실에 가까워지자 발이 떨어지지 않았다. 그러자 다카시가 미사키의 등을 가만히 어루만지면서 위로하듯 힘차게 고개를 끄덕여 보였다.

문 앞에 서서 심호흡을 한 후 문을 두드렸다.

"들어오세요."

수화기로 들었던 목소리다. 긴장감이 고조된다. 문을 열고 안으로 들어서자 새하얀 실내에 눈이 휘둥그레졌다. 하얀 가운을 입은 마른 체구의 남성이 의자에 앉아 있다. 가볍게 인사한 후 안내에 따라 맞은 편에 앉았다. 오빠도 옆 의자에 살짝 걸터앉았다.

"가미야라고 합니다."

무테안경 안에서 눈이 활 같은 곡선을 그렸다. 신사적이면서도 총명해 보이는 젊은 의사였다. 책상 위에 올려둔 깍지 낀 손가락은 가늘면서도 아름다워서 마치 피아니스트의 손가락을 보는 것 같았다.

미사키는 실내의 분위기에 압도되어 공포를 느꼈다. 가미야 외에도 여러 명의 의사와 간호사로 보이는 사람들이 함께 있었다. 어째서 이렇게 많이 모여 있는 것인가……. 내가 그렇게 나쁜 병에 걸렸나? 불안감이 자꾸만 커져 간다.

"토요일인데 죄송합니다. 다음 주에는 출장이 있어서요."

무어라 말을 해야 할지 몰라 그저 살며시 고개를 가로저었다.

"그리고 조금 특수한 케이스라서 하루라도 빨리 말씀드리는 게 좋겠다고 생각했습니다."

특수한 케이스? 미사키는 손이 떨리지 않도록 양팔을 움켜쥐었다.

가미야는 익숙한 손놀림으로 책상 끝에 설치된 노트북을 두드리더니 화면에 진료 기록 카드 같은 것을 띄웠다. 그리고 그 화면을 이쪽으로 보여 주었다.

"단도직입적으로 말씀드리겠습니다."

위가 뒤틀리는 것처럼 아파오고 손바닥은 땀으로 흠뻑 젖었다.

"미사키 씨는 조로증일 가능성이 있습니다."

"조로증……?"

낯선 단어에 저도 모르게 눈살이 찌푸려진다.

"유전자 검사를 해 보아야 확실히 알 수 있지만, 패스트포워드 증후군의 징후가 보입니다."

"패스트포워드 증후군?"

이해가 되지 않아 앵무새처럼 몇 번이고 되물었다.

"패스트포워드 증후군은 스무 살 이후에 발병합니다. 흰머리나 주름 등이 눈에 띄게 느는 것으로 시작해서 피부의 위축 및 경화, 백내장, 근육과 뼈가 약해지는 증상이 나타납니다."

창문에서 쏟아져 들어오는 여름 햇살이 그늘을 드리운다. 바닥까지 뻗어 있는 시커먼 그림자가 마치 자신을 노려보고 있는 것처럼 느껴졌다. 그 섬뜩함에 미사키의 몸이 떨리기 시작했다. 의사가 무슨 말을 하는지 귀에 잘 들어오지 않았다.

"저, 죄송합니다."

오빠가 끼어들었다.

"제가 머리가 나빠서 그러는데 좀 더 알기 쉽게 설명해 주실 수 없나요?"

곤혹스러워하는 다카시를 보고 가미야는 "잠깐 실례"라고 말하며 검지로 안경테를 밀어 올렸다.

"쉽게 말하자면 이 병은 '보통 사람보다 나이를 매우 빨리 먹는 병'입니다."

보통 사람보다 나이를 빨리 먹는다……. 당황스러운 마음에 눈동자가 갈 곳을 잃었다.

"패스트포워드 증후군은 같은 조로증인 베르너 증후군이나 길포드 증후군 등에 비해 노화의 속도가 현저히 빠르다는 것이 특징입니다."

"노화의 속도?"

떨리는 목소리로 미사키가 묻자 가미야는 정중한 어조로 말을 이어갔다.

"이 병이 발병하면 정상인보다 몇 배 빠른 속도로 노화가 진행되고, 방금 말씀드린 증상과 함께 면역력이 떨어져서 악성종양, 이른바 암이 빌병할 위험이 높아집니다. 그리고……."

가미야가 말하기 괴롭다는 듯 입을 다물었다. 그리고 미사키를 바라보았다. 미사키는 마음의 준비를 했다. 그는 얼마간의 침묵을 지킨 후에야 입술을 뗐다.

"발병하면 1년 이내에 외모도 노인처럼 변합니다."

미사키는 머리를 망치로 맞은 것 같은 충격에 휩싸였다. 입술이 떨리고 눈앞이 흐려진다. 속이 울렁거려서 당장이라도 쓰러질 것만 같았다.

"물론 미사키 씨의 경우, 아직 가능성이 추측되는 단계이고 실제로 그런 진단이 내려진 것은 아닙니다. 우선은 검사를 해서……."

"나을 수 있는 거죠?"

다카시의 목소리가 면회실 안에 울려 퍼졌다.

가미야는 아무 말이 없다.

"뭐라고 좀 해 봐요!"

애타는 마음에 다카시가 소리쳤다. 그 목소리에 가미야가 조용히 입을 열었다.

"패스트포워드 증후군은 전 세계적으로도 발병 사례가 극소수에 불과한 희귀 질환입니다. 밤낮으로 연구는 진행되고 있지만 원인조차 밝혀지지 않은 상황입니다. 그렇기 때문에 근본적인 치료법 또한 아직 확립되어 있지 않습니다."

믿을 수 없을 만큼 온몸이 떨려왔다.

"그게 무슨 소리야."

다카시가 날카로운 눈으로 가미야를 노려보았다.

"미사키가 곧 노인이 된다고? 웃기지 마. 이 녀석은 어릴 때부터 잔병치레도 거의 없었어. 몸도 건강하고 초중고 내내 결석한 적도 없다고. 그런데……."

다카시는 원통한 마음에 어금니를 꽉 물었다.

"병에 걸릴 리가 없잖아!"

"이 병은 유전질환이라서 원래 체력과는 관계가……."

"시끄러워! 뭔가 착오가 있었던 거야……. 그래, 착오가 있는 게 분명해!"

다카시는 애원하듯 가미야의 어깨를 흔들었다.

"실수지? 그런 거지? 당신 딱 봐도 기껏해야 나보다 서너 살 많은 것 같은데, 경험도 별로 없을 거 아냐? 그러니까 실수한 거야! 실수한

게 틀림없어!"

자신에게 말하듯 몇 번이나 끄덕인다. 하지만 가미야는 희망을 잘라내듯 다카시의 팔을 가운에서 떼어냈다.

"착오인지 아닌지 확인하기 위해서라도 한시라도 빨리 검사를 해야 합니다."

가미야의 강렬한 눈빛에 다카시는 할 말을 잃었다.

"오빠……."

미사키가 입을 떼자 면회실에 있던 모두가 그녀를 주목했다.

"나, 검사받을래."

"미사키……."

미사키는 애써 웃음 지으며 고개를 끄덕였다.

유진자 검사 일정을 정한 후 병원을 나섰다. 미사키는 다카시에게 "일하러 갈게"라고 말했다. 다카시는 오늘은 집으로 가야 한다고 강한 어조로 말했다. 하지만 "손님 예약이 잡혀 있어. 그리고 아직 확실한 것도 아니잖아. 괜찮아"라고 말하며 웃어 보였다. 그리고 미사키는 버스정거장을 향해 걸음을 재촉했다.

정오를 조금 지났을 무렵의 공원은 아이들의 웃음소리와 매미 울음소리로 가득했다.

미사키는 힘없이 벤치에 앉았다. 오빠에게는 그렇게 말했지만 도저히 일하러 갈 기분이 나지 않아 오늘은 휴가를 냈다. 주머니에서 스마트폰을 꺼내어 패스트포워드 증후군에 대해 검색해 보았다.

가미야가 말한 대로 이 병의 원인은 아직 밝혀지지 않았다. 유전자

결손이 원인이라고도 하고, 염색체 이상이라는 설도 있다. 치료법도 없어서 한번 발병하면 멈출 수가 없다. 정상인의 수십 배 속도로 노화가 진행되며 근력과 면역력이 단번에 떨어진다. 마치 시간을 빨리감기한 것 같은 양상 때문에 '패스트포워드(빨리감기) 증후군'이라 불리게 되었다고 한다.

화면에 뜬 글자들을 보고 있자니 마치 남의 일인 것처럼 느껴졌다.

'뭐야. 생각만큼 충격이 크지는 않네. 그렇겠지, 아직 확실히 밝혀진 것도 아니니까……'

다음 사이트를 열어보자 젊고 아름다운 외국인 여성의 사진이 보였다. 금발의 머리칼에 미소가 매력적인 여성이었다. 하지만 그 페이지의 스크롤을 아래로 내린 순간, 미사키의 눈에서 눈물이 흘렀다.

그곳에는 그 여성의 반년 후 모습이 있었다. 아름다웠던 금발은 색이 다 빠져서 볼품없는 백발이 되었고 얼굴에는 깊은 주름이 가득했다. 눈은 깊게 파여 있고 생기발랄했던 미소도 온데간데없었다. 그야말로 노파처럼 변해 버린 모습이었다.

'나도 곧 이렇게……'

그렇게 생각한 순간, 스마트폰을 들고 있는 손이 얼음장처럼 차가워졌다.

'발병하면 1년 이내에 외모도 노인처럼 변합니다.'

저주와도 같은 가미야의 말에 머리를 감싸 쥔 채 몸을 웅크렸다.

"거짓말……"

눈물이 볼을 타고 턱 끝까지 흘러내려 바닥으로 떨어진다.

"……거짓말이야……"

그 목소리는 마침내 통곡으로 바뀌어갔다. 뇌리에 새겨진 사진 속 여성의 잔상을 지워내듯 미사키는 크게 소리 내어 울었다. 목이 타는 것처럼 뜨겁다. 뺨을 타고 흘러내리는 눈물은 아플 만큼 따뜻하다. 그 모든 것들이 다 잔혹하게 말해 주는 것 같았다. 너는 불치병에 걸렸어. 그리고 곧 노파의 모습으로 죽어갈 거야.

살려줘……. 흐느끼면서 알아들을 수 없는 목소리로 외쳤다.

"부탁이야……. 살려줘……."

'살려줘, 하루토……. 부탁이야, 지금 당장 나 좀 살려줘…….'

하지만 그 목소리는 그에게 가닿지 않았다.

미사키는 아무도 없는 공원 한 구석에서, 혼자 끝없이 울었다.

* * * * *

혹시 프러포즈를 한다면 그녀는 어떤 표정을 지을까.

분명 "너무 일러"라고 하며 웃을지도 모른다. 그도 그럴 것이 우리는 사귄 지 아직 3개월 정도밖에 되지 않았으니까. 하지만 나는 남은 평생을 그녀와 함께하고 싶다. 앞으로도 계속…….

어느 날, 일을 마치고 하루토는 사와이, 그리고 선배들과 함께 저녁 식사를 겸해 스튜디오 가까이에 있는 선술집에 갔다. 세 사람이 이야기하는 광고업계의 실태를 들으면서 맥주를 홀짝이는데, 마코토가 흥미진진한 얼굴로 "아참, 하루토"하고 말을 걸었다.

"전에 말했던 그 여자 분이랑은 어떻게 됐어? 내가 레스토랑 소개해줬었잖아."

그렇다. 예전에 미사키와 식사했던 레스토랑은 마코토가 소개해준 곳이다.

느닷없는 질문에 입으로 가져가려던 풋콩을 떨어뜨렸다.

"어떻게 됐냐니……."

"잘 돼가고 있어?"

하루토는 "네, 뭐"라고 조심스레 말하며 풋콩을 입에 넣었다.

"덕분에……."

그러자 맞은편에 앉아 있던 다카나시가 테이블 아래에서 정강이를 힘껏 걷어찼다.

"아야! 왜 이러세요!"

"시끄러워 멍청아. 뭐가 덕분이야 멍청아. 일도 제대로 할 줄 모르는 주제에 우쭐대지 마, 멍청아."

"자꾸 멍청이라고 하지 마세요……."

"멍청이한테 멍청이라고 하는 게 뭐가 어때서 그래, 이 멍청아."

"그만. 질투는 적당히 해."

옆에 있던 마코토가 다카나시의 어깨에 손을 얹었다.

"누가 질투했다 그래."

다카나시는 어깨를 흔들어 그 손을 떨쳐냈다.

"……저기, 사와이 선생님."

보리소주를 마시며 웃고 있던 사와이가 고개를 갸웃거렸다.

"프러포즈는 어떤 타이밍에 하셨어요?"

"뭐? 프러포즈하려고?"

마코토가 화들짝 놀란다.

"아뇨, 아직 확실한 건 아니지만⋯⋯."

"야, 관둬. 너처럼 변변치 못한 놈이랑 결혼하고 싶어 하는 여자가 있을 것 같냐?"

"다카나시, 그런 식으로 좀 말하지 마! 그래서, 할 거야? 진짜 할 거야?"

"하려고 생각 중이에요⋯⋯."

멋쩍어하며 웃자 마코토는 "오⋯⋯!"라고 놀라워하며 박수를 쳤다.

"그래서 결혼하신 사와이 선생님의 의견을 듣고 싶어서⋯⋯."

"안 하는 게 좋을걸."

"네?"

즉답이었다. 퀴즈 방송에 나오는 무적의 챔피언만큼이나 날렵한 속도였다.

온화하고 자상한 사와이 선생님이라면 틀림없이 행복한 부부 생활을 하고 있을 것이라 생각했는데⋯⋯.

"결혼 같은 걸 하면 죽을 때까지 못 놀아."

사와이는 쾌활하게 웃었다.

'어? 이 사람, 알고 보니 얼굴만 온화하고 속은 쓰레기였어?'

"그리고 여자는 결혼하면 죄다 성격이 바뀌어. 상냥함은 사라지고 자기 생활을 사수하려는 병기가 된다고. 남자는 생활도 시간도 돈도 다 빼앗긴 채로 여자의 지배를 받게 되지. 이혼이라도 하게 되면 재산의 반을 가져가 버려. '이혼서류'라는 달콤한 말 뒤에는 끝없는 지옥이 기다린단 말씀이야. 그러니까⋯⋯."

"아, 알았어요! 이제 그만 하셔도 돼요!"

"게다가 하루토는 아직 젊잖아. 앞으로 더 멋진 사람을 만날 수도 있어."

그럴 일은 없다. 마음속으로 중얼거렸다. 그녀는 나의…….

하루토는 되받고 싶은 마음을 맥주와 함께 다시 삼켰다.

회식은 막차가 끊기기 직전에야 끝이 났다. 하루토는 술기운도 깰 겸 스튜디오가 있는 요요기우에하라에서 다이타바시에 있는 집까지 걸어가기로 했다. 스마트폰을 꺼내 보지만 미사키에게서는 연락이 없다. 최근 며칠 동안 미사키가 보내는 문자 수가 눈에 띄게 줄었다. 그런 이야기를 입에 올렸다가는 사내답지 못하다고 생각할까 봐 내색은 않고 있지만.

왜 연락이 없을까? 하루토는 시무룩해졌다.

혹시 내가 싫어진 걸까? 하지만 싫어할 만한 일은 하지 않았는데……, 뭘 꾸물거리는 거지. 보고 싶으면 전화해 보면 된다. 프러포즈도 할 생각이면서. 정신 차리자, 아사쿠라 하루토!

스스로를 꾸짖으며 전화를 걸었다. 통화 연결음이 길어지자 불안감이 커졌다. 이래도 될까? 자꾸만 소심해진다.

— 여보세요.

드디어 미사키가 전화를 받았다.

"아, 미안해. 자고 있었어?"

— 아니. 무슨 일이야?

그녀의 목소리가 왠지 어둡게 느껴졌다.

"다음 주 월요일에 혹시 시간 있어? 요즘 얼굴도 못 봤으니까 오랜만에 같이 바람이나 쐬러 갈까 해서. ……어때?"

미사키는 말이 없었다.

합격 발표를 기다리는 재수생처럼, 좋은 결과가 나오기를 기도한다.

— 그래. 좋아.

됐다! 안도의 웃음이 흘러나왔다.

— 마침 하고 싶은 이야기도 있었어.

"하고 싶은 이야기?"

— 만나서 할게.

그녀는 더 이상의 말은 하지 않았다. 전화를 끊고 하루토는 그 자리에 멈춰 섰다. 형체가 없는 바람처럼 불안감이 덮쳐왔다. 무슨 말을 하려는 것일까……. 그는 핸드폰 화면을 보면서 한동안 꼼짝 없이 서 있었다.

8월 하순의 월요일, 두 사람은 오랜만에 재회했다. "어디 가고 싶은 곳 있어?"라고 묻자 그녀는 바다를 보고 싶다고 말했다. 하루토는 "올해는 바다에 한 번도 못 갔거든"이라고 말하며 쓸쓸한 표정을 짓는 미사키의 손을 끌어당겼다.

"가자."

"괜찮겠어?"

"물론이지."

원래 이럴 때 '바다까지 드라이브'하는 것이 데이트의 정석일지도 모른다. 하지만 하루토에게는 자동차면허증이 없다. 이럴 줄 알았으면 고등학교 졸업할 때 미리 따 둘 것을. 하루토는 쇼난신주쿠라인의 마주보는 좌석에 앉으면서 깊이 후회했다. 여전히 이때다 싶을 때 결정을 내리지 못하는 자신이 한심하다. 이래서야 제대로 프러포즈를 할 수 있을까? 애초에 반지도 없이 프러포즈해도 되는 것인가?

물론 오늘을 위해 반지를 사려고 생각했었다. 하지만 반지를 사러 갔다가 미사키의 손가락 사이즈를 모른다는 사실을 깨달았다. 점원에게 "어떻게든 안 될까요?"라고 하면서 매달렸지만 사이즈를 모르고서는 반지를 살 수 없다는 말을 듣고 맥없이 발길을 돌렸던 것이다.

역시 프러포즈는 더 나중에 하는 것이 좋겠다. 하루토는 맞은편에 앉아 있는 미사키를 자신 없이 바라보았다.

'아니야! 쇠뿔도 단김에 빼라는 말도 있잖아? 역시 오늘 프러포즈하자!'

후지사와역에 도착하자 튜브와 비치볼을 든 대학생 그룹이 얼마 남지 않은 여름을 만끽하며 떠들어대고 있었다. 그렇게 들떠 있는 학생들과 함께 노면전차 에노덴에 올라탔다. 미사키는 여전히 바닥으로 시선을 내리깐 채 얼굴을 마주치지 않았다. 그녀의 옆얼굴을 볼 때마다 불안감이 커져 갔다.

전철은 집들이 늘어선 주택가 한복판을 느긋하게 달려갔다. 야나기코지역, 구게누마역, 쇼난해안공원역을 지나 에노시마역에 정차하자 아까 같이 탔던 그 학생들이 내렸다.

전철은 고시고에역을 출발한 후 굽이진 작은 민가들 사이를 누비고 나아갔다. 그렇게 한동안 더 달리다가 "이번 역은 가마쿠라고교 앞입니다"라는 방송이 흘러나오고 급커브를 돌았다.

"바다······."

미사키가 엷은 웃음을 지었다. 시선 저편에는 푸르른 바다가 펼쳐져 있다. 태양의 빛을 받아 해수면이 스팽글을 아로새긴 것처럼 반짝거리며 빛나고, 그 일렁이는 빛 위를 윈드서핑 세일 몇 척이 떠다니고 있었다.

"잠깐 걸을까?"

하루토의 제안에 그녀는 끄덕이며 "응"이라고 답했다.

에노덴에서 내려 국도를 넘어 해안으로 나아갔다. 오랜만에 모래사장을 걸으니 왠지 향수에 젖어드는 듯한 기분이 들었다. 그녀는 눈이 부신 듯 실눈을 뜨고 온통 푸른빛으로 가득한 하늘과 바다를 내다보았다. 산뜻한 바람이 바다 저편에서 불어와 미사키의 데님스커트를 살랑인다. 그녀는 머리카락을 귀 뒤로 넘기면서 "걸을래?"라고 말했다. 바람에 날아갈 것만 같은 자그마한 목소리였다.

하루토는 바닷가를 걷는 그녀의 등을 보며 조심스레 "할 이야기가 있다고 했었지?"라고 물었다. 줄타기를 하듯 파도의 끝에서 신중하게 걸어가는 미사키. 그 뒷모습이 왠지 슬퍼 보였다.

"미사키?"

그녀는 몸을 돌렸다.

"안 할래······."

"응?"

"안 하는 게 낫겠어."

"그렇지만······."

"별 대단한 이야기도 아니었어. 일하다가 좀 힘든 일을 겪어서 상담하려고 했던 것뿐이야."

"그럼 이야기 해 봐. 혼자 고민하지 말고."

"이제는 괜찮아."

"정말?"

"정말이야."

미사키가 웃으며 말했다.

하루토도 그 미소에 안도하며 함께 웃었다.

"사실 조금 불안했어. 내가 싫어진 건 아닌가 하고."

"……왜 그런 생각을 했어?"

"요즘 얼굴도 통 못 봤고, 오늘 미사키 모습도 평소와 달라 보여서."

하루토의 자책하는 듯한 표정을 보고 미사키의 입가에 웃음이 새어나왔다.

"그럴 리가 없잖아?"

미사키가 하루토의 손을 잡아서 파도 쪽으로 끌어당겼다. "위험해!"라고 소리치며 피한 덕에 간발의 차이로 옷이 젖는 것은 면했다.

"싫어질 리가 없잖아……."

파도 소리에 묻힌 그 목소리에 하루토가 "응?"하고 고개를 갸웃거렸다. 그러자 미사키는 "아무것도 아냐"라고 말하며 환하게 웃었다.

두 사람은 이나무라가사키의 정자에서 쉬어가기로 했다. 미사키는 조금 전보다 말수가 늘더니 어린 시절에 바다에서 오빠 다카시에게 튜브를 빼앗기고 물에 빠졌다는 이야기를 해 주었다. 그런 그녀의 모습을 보고 하루토는 안심했다. 다행이다. 내가 알던 그 미사키의 모습이다…….

"하루토, 배고프지 않아?"

시계 바늘이 어느덧 2시를 가리키고 있었다.

"그러고 보니 아침부터 아무것도 안 먹었네."

프러포즈만 생각하느라 식욕도 전혀 느끼지 못했다.

두 사람은 해안가에 있는 텍사스 요리점에 들어갔다. 하루토는 그곳에서 햄버거를, 미사키는 잠발라야를 주문했다.

"배는 왜 고픈 걸까?"

식사를 기다리는 동안, 바다 저편에 떠 있는 소나기구름을 보면서 미사키가 불쑥 중얼거렸다.

"무슨 뜻이야?"

"사람은 어떤 상황에서든 배가 고프구나, 하는 생각이 들어서."

"어떤 상황에서든?"

"응······."

미사키는 말을 우물거렸다.

"왜, 혼났을 때도 실패했을 때도 어쨌든 결국 배는 고프잖아."

"듣고 보니 그렇네. 실은 나도 어제 선배한테 혼났는데, 그 후에 도시락 열심히 먹다가 '실수한 주제에 속 편하게 밥이 넘어가냐'면서 또 혼났어."

"둘 다 직장에서 혼나기만 하네."

미사키는 쿡쿡거리며 웃었다.

햄버거는 늘 먹던 패스트푸드점에서 파는 것과는 비교할 수 없을 정도로 맛있었다. 그녀는 "나도 한 입만"이라고 하며 햄버거를 베어 먹었다. 그러고는 "맛있어"라고 말하더니 입가에 묻은 소스를 닦으며 싱긋 웃었다.

디저트로 아이스커피를 마신 후 가게를 나서자 태양은 조금 전보다 더 기울어진 듯했다.

"배부르다."

만족스러운 듯한 미사키에게 하루토가 "이제 뭐 할래?"하고 물었다.

"유이가하마까지 가자."

미사키는 바다 저편을 가리켰다.

그리고 두 사람은 소소한 대화를 나누며 바닷가에 나 있는 국도를 천천히 걸었다. 피곤해지면 근처에 있는 카페에서 잠깐 쉬면서 차가운 레몬 스쿼시로 더위를 쫓았다. 그리고 다시 에노덴을 타고 이동했다.

유이가하마에 도착한 것은 저녁 무렵이 되어서였다. 사람이 별로 없는 모래사장에는 여름의 끝자락을 느낄 수 있는 적막한 분위기가 감돌고 있었다. 두 사람은 해안가로 떠밀려 온 유목(流木)에 앉아 하얀 파도 저편에서 서핑을 즐기고 있는 사람들을 한동안 바라보았다.

미사키가 살며시 어깨에 기대더니 하루토의 얼굴을 올려다보았다. 그 눈동자에는 물기가 서려 있는 것처럼 보였다. 석양이 그녀의 눈동자 속에서 빛나고 있다. 입술을 가까이 가져가자 그녀가 가만히 눈을 감았다. 수차례 키스를 나눈 후 하루토는 미사키를 꽉 끌어안았다. 그녀의 머리칼에서 아주 살짝 바다 내음이 느껴졌다.

"오늘따라 적극적이네."

하루토의 품 안에서 미사키가 웃었다.

"놀리지 마."

"미안."

바람이 멈추고 주위에는 고요가 내려앉았다. 파도소리만이 두 사람 귓가에 메아리쳤다.

"미사키, 있잖아……."

"응?"

"나랑 결혼해 주지 않을래?"

"뭐……?"

"물론 지금 바로 해달라는 건 아니야. 나는 아직 어시스턴트고, 미사키도 가게 내고 싶다는 꿈이 있으니까. 그래도 나는 앞으로도 계속 미사키랑 같이 살고 싶어."

하루토는 미소를 머금으며 미사키를 바라보았다.

"너와 평생을 함께하고 싶어."

머리카락이 그녀의 표정을 가렸다. 얼마간의 시간이 흐른 후 미사키는 입을 가리고 웃기 시작했다.

"진지하게 프러포즈하는 거니까 웃지 마."

하루토가 씁쓸하게 웃자 미사키는 떨리는 목소리로 "미안해"라고 말했다.

"갑자기 이상한 소리 하니까 그렇지."

어지간히 재미있었는지 그녀는 손끝으로 눈물까지 닦아낸다.

"우리 사귄 지 아직 3개월밖에 안 됐어. 너무 급한 거 아냐?"

미사키는 자리에 서서 오렌지빛 바다를 내다보았다.

"그리고, 앞으로 더 귀여운 여자를 만날지도 모르잖아. 나보다 예쁘고 멋진 여자도 발에 채도록 많으니까. 서두르지 않는 게 좋아."

하루토는 미사키 옆에 나란히 섰다.

"그럴지도 모르지……."

너보다 멋진 사람이 지천에 널려 있을지도 모른다. 예쁘거나 귀여운 사람도 분명 많이 있을 것이다. 하지만…….

"그래도 내가 좋아하는 건 미사키야."

그 말에 미사키의 눈이 석양처럼 빨갛게 물들어갔다.

"사귄 지 3개월밖에 안 되기도 했고, 너보다 멋진 사람이 많을 수도 있겠지만, 미사키는 나의……."

하루토는 얼굴 가득 미소를 피웠다.

"마지막 연인이라고 내 멋대로 생각하고 있어."

미사키의 표정이 아주 조금 어두워졌다. 그리고 그녀는 촉촉한 눈망울로 "고마워……"라고 말하더니 살며시 웃었다.

"좀 멋없나?"

하루토가 부끄러웠는지 뒷머리를 만지작거렸다.

"많이 멋없어. 깜짝 놀랐네."

미사키는 두 손으로 입을 가리고 웃더니 한 번 더 바다 너머로 시선을 던졌다. 하루토는 그녀의 뒷모습을 바라보았다. 어떤 대답이 돌아올지, 불안하고 긴장되는 마음에 가슴이 조여든다.

어스름이 깔리기 시작하던 그때, 미사키는 중얼거렸다.

"조금만 생각할 시간을 줘……."

그렇게 말하는 얼굴에서는 웃음기를 찾아볼 수 없었다.

* * * * *

그가 프러포즈를 해 주었을 때 "응"이라고 대답하고 싶었다.

이루 말할 수 없이 기뻤다. 나도 하루토와 함께 있고 싶다. 앞으로도 계속.

그날, 사실대로 말할까 생각했다. 나의 병에 대해서 솔직하게 전부다. 하지만 막상 하루토의 얼굴을 보니 입이 떨어지질 않았다. 그에게서 미소가 사라질 것만 같았기 때문이다. 그리고 혹시 내가 그 병에 걸린 것이 맞다면, 노파가 된다는 것을 알게 된다면, 나를 싫어하게 될 것 같으니까.

실망시키고 싶지 않다. 추한 모습을 보이고 싶지 않다. 노파가 되어가는 모습은 절대, 절대로 보여주고 싶지 않다. 하루토에게만은…….

더위도 한풀 꺾인 상쾌한 오후. 미사키는 검사 결과를 듣기 위해 병원을 찾았다. 다카시가 같이 가겠다고 했지만 혼자 가겠다며 끝까지 버텼다. 만약 최악의 결과를 듣게 된다면 오빠는 이성을 잃을 것이다. 끝나면 바로 연락하겠다는 약속을 받아내고서야 다카시는 마지못해 허락했다.

진찰실에 들어서자 지난날과 마찬가지로 의사 가미야와 함께 여러 명의 의료진과 카운슬러가 동석해 있었다. 가미야는 오늘도 온화했다. 그 목소리에 한 줄기 희망이 깃들었다. 하지만.

"검사 결과, 안타깝게도 미사키 씨는 패스트포워드 증후군이 맞았습니다."

가슴 깊은 곳에서 노화라는 시계 바늘이 째깍째깍 소리를 내며 움직이기 시작하는 것을 느꼈다.

진단의 근거와 향후 예상되는 질환의 진행 양상에 대해 자세히 설명해 주었지만, 그 목소리들은 미사키의 귓가에서 튕겨져 나갔다. 마치 깊은 물속에 잠긴 듯 눈앞은 캄캄하고 아무 소리도 들리지 않았다. 옆에 앉아 있던 카운슬러 여성이 부드럽게 무어라 말한다. 분명 위로해 주고 있는 것이리라. 하지만 미사키의 마음에는 아무런 울림도 느껴지지 않았다.

"선생님, 저……."

미사키는 허벅지 위에 올려둔 손을 꽉 붙들었다.

"지금 이 모습은 얼마나 유지되나요?"

가미야는 대답하기 난처해하는 모습이었다.

"개인차가 있기 때문에 예측하기는 어렵습니다. 하지만 평균적으로 말씀드리자면……."

심호흡을 한번 하더니 말을 이어간다.

"아마 겨울이 되면 이미……."

겨울……. 충격이 가슴을 관통한다. 앞으로 수개월 만에 노파가 되어 버릴 것이다. 겨울이면 지금 내 모습으로는 있을 수 없다. 이 모습으로 살 수 있는 시간은 아주 조금밖에 남지 않았다.

"어째서 노화를 막을 수가 없는 거죠? 뭔가 방법이 있지는 않을까요? 수술은요? 골수이식이라든지 그런 걸로 고칠 수는……."

"유감스럽습니다."

가미야는 말을 잘랐다.

"그럼······."

미사키의 목소리가 덜덜 떨렸다.

"저는 이대로 할머니가 될 수밖에 없다는 뜻인가요?"

가미야는 아무 말이 없다.

"그렇게······ 죽어가는 건가요?"

"어려운 질환이지만, 방금 말씀드린 대로 진행 속도에는 개인차가 있습니다. 미사키 씨의 경우 조기에 발견하기도 했으니 비교적 좋은 경과가 나타날 가능성도 충분히 있습니다. 저희 의료진도 최선을 다하겠습니다. 그러니 같이 힘을 냅시다."

가미야의 미소는 무척이나 따뜻했다. 그 미소가 미사키의 마음을 더욱 아프게 했다.

병원을 나와 다카시에게 전화를 걸었다. 패스트포워드 증후군 진단을 받았다는 사실을 전하자 오빠는 한동안 말이 없었다.

"선생님 말로는 앞으로 몸이 약해질 테니까 일은 그만두는 게 좋을 거래."

— 그렇구나.

"아쉬워······."

병원 현관에 있는 기둥에 몸을 기댔다.

"이제야 점장님께 쇼트커트 칭찬을 받았는데······."

이제야 스타일리스트가 되었는데. 아직 많이 부족하지만, 조금씩 실력도 늘어가고 있었는데. 점장님과 손님들에게 드디어 칭찬도 들었는데······.

자신의 가게를 갖고 싶다는 꿈이 이런 식으로 허망하게 끝나 버릴 줄이야⋯⋯.

"오빠."

미사키의 눈가에 눈물이 그렁그렁 차올랐다.

"⋯⋯속상해⋯⋯."

— ⋯⋯미사키.

"속상해⋯⋯."

더 많은 사람들을 예쁘게 해주고 싶었다. 기쁘게 해주고 싶었다. 그날, 초등학생이었던 나에게 마법을 걸어준 미용사처럼 누군가를 행복하게 해주고 싶었다.

하지만 노파가 되어갈 나에게 그것은 이미 불가능하다. 누군가를 예쁘게 해주기는커녕 나 자신은 추해질 테니까⋯⋯.

미사키는 신주쿠역으로 가서 게이오선에 몸을 실었다. 다이타바시역에서 내려 고슈 가도를 걸어 널찍한 사거리에서 횡단보도를 건넜다. 얼마 동안 주택지를 걷자 작은 공원이 눈에 들어왔다. 그 맞은편에 하루토가 사는 건물이 있다. 여기에 온 것은 처음이다. 예전에 근처까지 와 본 적이 있었는데 그때 하루토가 주소를 알려 주었었다.

벨을 눌러보지만 반응은 없었다. 아직 일하는 중일 것이다. 미사키는 그가 돌아오기를 기다리기로 했다.

음료를 사려고 가까운 상점에 들어서니 맥주에 시선이 꽂힌다. 의사가 술을 마시면 안 된다고 했지만 마시지 않고서는 견딜 수가 없었다. 미사키는 맥주 한 캔을 사들고 하루토 집 앞 계단에 앉아 홀짝이기 시작했다.

입안에 홉의 쌉싸래한 맛이 퍼지자 후우, 숨을 내뱉었다. 술을 마시는 것도 이것이 마지막이겠지. 특별히 술을 좋아하는 것은 아니지만 그런 생각을 하니 왠지 슬프다.

어느덧 주변 경치가 석양에 빛나고 하늘도 구름도 도로 저편에 있는 공원의 벚나무도 불에 타는 듯 붉게 물들었다. 매미 울음소리가 공허하게 귓전을 때린다. 미사키는 텅 빈 맥주 캔을 계단 한쪽에 세워두었다.

"……미사키?"

하루토의 목소리다.

애써 웃으면서 고개를 들었다.

"무슨 일이야?"

그는 조금 당혹스러워하는 듯했다.

"갑자기 와서 미안해."

"전화를 하지 그랬어. 무슨 일 있어?"

"아무 일도 없어. 갑자기 놀라게 해 주고 싶었거든."

"깜짝 놀랐어. 저, 집에 들렀다 갈 거지?"

"왜? 돌려보내려고?"

"아니, 그게 아니라! 방 좀 정리해도 될까?"

그는 10분 정도가 지난 후에 안으로 들어오게 했다. 텔레비전, 책꽂이, 2인용 소파가 놓여 있는 깔끔한 방은 급히 정리한 것치고는 제법 정리정돈이 잘 되어 있었다.

미사키는 책꽂이 위에서 카메라를 발견했다. 손에 들어보니 꽤나 묵직하다.

"그 카메라, 도쿄에 올 때 아버지가 주신 거야."

하루토가 손에 보리차를 들고 왔다.

이 카메라에는 내가 모르는 시절을 살았던 하루토의 추억이 담겨 있다. 나는 그에 대해 아는 것이 거의 없다. 24년을 살아온 그의 몇 개 월밖에 알지 못한다. 그리고 그의 미래도…….

"나도 사진 찍어 보고 싶어."

아파트 건너편에 있는 공원. 하루토가 카메라의 설정을 맞춘 후 미사키에게 건네주었다.

"이대로 셔터만 누르면 돼?"

"이 레버를 당겨서 필름을 감아야 해."

그렇게 말하고는 셔터 버튼 쪽에 있는 레버를 당겨 주었다.

"이제 찍으면 돼."

파인더에 눈을 대고 서툴게 초점을 맞춰 본다. 파인더를 통해 보는 풍경은 왠지 평소보다 더 부드러워 보였다.

공원 한쪽에 있는 미끄럼틀에 렌즈를 맞추고 천천히 셔터를 누른다. 찰칵…… 기분 좋은 소리가 울려 퍼지자 보고 있던 풍경을 오려낸 것 같은 기분이 들었다.

"지금 제대로 찍은 거 맞아?"

하루토는 미소 지으며 끄덕였다.

"많이 찍어도 돼?"

"당연하지."

"신난다."

미사키는 장난감을 받은 어린아이처럼 셔터를 눌러댔다. 모래밭, 그네, 벤치 옆에 피어 있는 작은 꽃, 여러 풍경을 차례차례 사진에 담았다.

필름 카운터를 보니, 이제 필름이 한 장밖에 남지 않았다.

"한 장밖에 안 남았네……."

"그럼 같이 찍자. 우리 지금까지 한 번도 사진 같이 찍은 적 없잖아."

하루토의 말에 표정이 어두워졌다. 혹시 주름이 눈에 띄면 어떡하지……. 그렇게 생각하니 무서워졌다. 그래서 그에게 카메라를 들이대고 마지막 한 장을 찍어 버렸다.

"다 써 버렸어."

장난스럽게 웃으며 넘기자 하루토는 "한 장 정도는 같이 찍어주지"라고 하며 토라진 듯 입술을 삐죽거렸다.

"미안해. 나 사진발 잘 안 받는단 말이야."

"그렇지는 않을 텐데. 넌 네가 생각하는 것보다 훨씬 귀여워."

그 말에 가슴이 저며서 아무 말도 나오지 않았다.

미사키는 다 찍은 카메라를 하루토에게 건넸다. 그리고 입을 열었다.

"하루토. 얼마 전에 프러포즈 해 준 거 말이야……."

제대로 대답하자. 받아들일 수 없다고 말해야 한다. 하지만 말을 하려고 할수록 마음이 완강하게 거부한다. 나도 같은 마음이라고 말하고 싶어진다.

"괜찮아."

하루토가 조용히 고개를 저었다.

"응?"

"그 이후에 생각해 봤어. 내가 좀 성급했던 게 맞아. 아직 제몫을 제대로 해내지 못하는 지금의 나로서는 미사키를 행복하게 해 줄 수도 없을 거고. 미사키가 받아들이지 못하는 그 마음 잘 알아."

아니다, 그런 게 아니다……. 나도 하루토와 함께 있고 싶다. 계속 같이 있고 싶다. 하지만…….

하루토는 손 안의 카메라를 보며 만면에 미소를 띠었다.

"나, 일 더 열심히 할게. 지금보다 더 노력할게. 그래서 언젠가 미사키가 바로 받아주고 싶어지는 남자가 될 거야. 그러니까 조금만 더 시간을 줘."

그의 미소에 눈물이 핑 돌았다. 이내 죄책감이 가슴을 뒤덮었다.

하루토에게는 아무 잘못도 없다. 나쁜 것은 나다. 전부 다 나 때문인데…….

"이제 갈까?"

뒤돌아 걷는 그에게 차마 아무 말도 할 수 없었다.

시계 바늘이 밤 11시를 가리킬 즈음, 하루토가 "시간 괜찮아?"라고 물었다.

미사키는 소파에 앉아 무릎을 끌어안고 카펜터스의 〈Yesterday Once More〉를 귓결에 듣고 있었다. 시간은 왜 이렇게 빨리 흐르는 걸까……. 오디오에서 흘러나오는 달콤하고도 애절한 노랫소리에 노그름한 아픔이 느껴졌다.

"……나 오늘 자고 가도 돼?"

"응? 오빠가 걱정하시잖아."

"괜찮아."

"그래도……"

더 이상 아무 말도 하지 못하도록 입술로 그의 입술을 막았다. 그리고 그의 손가락 사이로 사르르 깍지를 끼고 응석부리듯 손을 잡았다. 손바닥을 통해 그의 온기가 느껴진다. 이대로 영원히 느끼고 싶은 온기가…….

하루토가 무언가 말하려 했다. 하지만 미사키의 젖은 눈망울을 보고 할 말을 잃은 듯했다. 미사키는 눈을 감고 그의 가슴에 얼굴을 묻었다.

나는 지금, 이 세상의 그 누구보다도 하루토와 가까이 있다. 하지만 이 거리는 앞으로 점점 멀어질 것이다. 다시는 이렇게 만지지 못할 만큼 멀어질 것이다. 그러니 지금 이 순간만큼은 같이 있고 싶다. 하루토 곁에…….

그날 밤, 두 사람은 하나가 되었다. 살과 살이 맞닿으면서 온기가 전해진다. 그의 형태를 느낀다. 행복했다. 잊고 싶지 않은 순간이었다. 미사키는 카메라 셔터를 누르듯 이 시간을 기억 속에 깊이 새겼다.

미사키는 커튼 사이로 쏟아지는 신선한 아침햇살에 천천히 눈을 떴다. 하루토의 향기를 느끼며 그가 옆에 잠들었다는 것을 떠올린다. 몸을 돌려 잠이 든 하루토의 얼굴을 바라보았다. 아이처럼 숨소리를 내고 있다. 어떤 꿈을 꾸고 있을까. 손끝으로 볼을 어루만지며 살며시 웃었다. 행복이 녹아내리고 그만큼 달콤한 아픔이 가슴속에 퍼져나갔다.

'있잖아, 하루토. 혹시 그래 줄 수 있다면……'

미사키의 눈에서 눈물방울이 떨어졌다.

'가끔이면 돼. 가끔이어도 좋으니까, 나를 떠올려 줘……'

언젠가 하루토가 누군가와 결혼하고 나이를 먹어가면서 행복하게 살아가는 동안, 아주 잠깐이면 되니까, 그런 여자도 있었지 하고 생각해 줬으면 좋겠다.

너무 이기적이라는 것을 잘 안다.

알지만…… 그래도, 부탁하고 싶다.

'나를 잊지 말아 줘……'

미사키는 그의 볼에 살며시 입을 맞추었다. 눈물이 그의 뺨으로 떨어졌다.

갑자기 사라지면 분명 너는 화를 내겠지. 나쁜 여자라고 생각할 거야. 하지만 그래도 괜찮다. 앞으로 변해 갈 모습을 너에게만은 보여주고 싶지 않으니까.

하루토는 지금의 나만 기억해 줬으면 좋겠다.

너와 또래였던 나의 모습을 기억해 줬으면 좋겠다.

'미안해, 하루토.'

미사키는 눈물을 흘리며 미소 지었다.

"같이 나이 들어갈 수 있다면 좋을 텐데……"

그런 당연한 것조차 해 줄 수 없어서 미안해…….

미사키는 하루토가 깨지 않도록 조심스레 방을 나왔다.

계단을 내려가 아침 해가 내리쬐는 길을 천천히 걸어간다.

그러다 문득 발을 멈추고 하루토의 집을 올려다보았다.

"……안녕, 하루토."

미사키는 다시 걷기 시작했다. 더 이상 뒤를 돌아보는 일은 없었다.

서늘한 기운을 품은 가을바람이 미사키 옆을 지나갔다.

그 차가운 바람이 한 계절의 종말을 예고했다.

어느덧 여름도 끝나가고 있었다.

제
3
장

가을

미사키와 연락이 끊긴 지 1주일이 지났다.

전화를 해도 문자를 해도 답이 오지 않는다. 최근 들어 전화나 문자를 주고받는 빈도수가 줄기는 했지만 이렇게까지 연락이 되지 않는 경우는 없었다.

수신 이력에서 미사키의 번호를 불러와 수십 번째 전화를 건다. 건조한 통화 연결음이 다섯 번, 열 번 길어질 때마다 불안함이 뭉게뭉게 피어오른다.

왜 받지 않는 걸까……. 한숨을 내쉬며 전화를 끊었다. 문자를 보내보기로 했다.

[연락이 되지 않아 걱정됩니다. 한 마디라도 좋으니 답장 주세요. 기다릴게요.]

자신이 봐도 사내답지 못한 문장이다. 하지만 속만 태울 수도 없는 노릇이다. 하루토는 답장이 오기를 기도하면서 발신 버튼을 눌렀다.

스마트폰을 테이블에 올려놓고 창문을 열었다. 사늘한 가을의 밤바람이 불어들자 몸이 바르르 떨렸다. 창가에 서서 올려다본 하늘에는 휘영청 밝은 달이 떠 있었다. 하지만 하루토의 눈에는 그 달빛이 무척이나 애처로워 보였다. 창문을 닫고 테이블 위에 있는 스마트폰으로 시선을 돌린다. 아무것도 모른다는 듯 조용히 잠들어 있는 전화가 그저 야속할 뿐이었다.

그로부터 며칠이 지났지만 여전히 미사키에게서는 아무런 연락이 없었다. 무슨 일이 있는 것이 분명하다. 더 이상은 기다릴 수가 없게 되어 집으로 찾아가 보기로 했다.

정오가 지난 우메가오카에는 대학생과 유모차를 끌고 나온 엄마들의 모습이 보였다. 한없이 한가롭고 평온한 공기에 둘러싸인 광경이었다.

하루토는 이른 시간에 아리아케야에 가서 유리문으로 가게 안을 들여다보았지만, 사람의 모습은 보이지 않았다. 가게 옆으로 걸음을 옮겨 안쪽 계단을 올라가 뒷문 인터폰을 눌렀다. 하지만 문도 침묵을 지킬 뿐이었다. 아무도 없는 것인가? 하지만 오늘은 월요일이다. 즉, 미사키가 쉬는 날이다.

"……네."

다카시의 목소리다. 하루토는 펄쩍 뛰어오르며 문으로 달려들었다.

"하루토입니다! 미사키 씨 계세요?"

긴 침묵이 이어지자 참지 못하고 문을 두드렸다.

"형님! 문 좀 열어 주세요!"

다카시가 얼굴을 내밀었다. 눈빛에서 명백한 적개심이 느껴진다.

"미사키는 일하러 갔어."

"하지만 오늘은 월요일이잖아요?! 쉬는 날……."

"일하러 갔다고 하면 그런 줄 알아."

거칠게 문을 닫……으려 했지만, 하루토가 잽싸게 문을 잡았다.

"잠시만요! 벌써 1주일도 넘게 연락이 안 돼요! 미사키 씨한테 무슨 일이 있나요?"

다카시는 성가시다는 듯 머리를 북북 긁으며 쥐어뜯더니 눈도 마주치지 않고 "미사키는 너 만나기 싫대"라고 뱉어냈다.

"무슨 뜻이에요?"

"말 그대로야. 다시는 오지 마."

쾅 소리를 내며 문이 닫혔다.

하루토는 자전거를 끌면서 다카시의 말을 곱씹어 보았다. 하지만 아무리 생각해 봐도 도무지 이유를 모르겠다. 미사키가 왜 그런 말을 했을까? 내가 뭔가 실수라도 했을까? 만나기 싫어한다는 느낌은 조금도 받지 못했는데…….

아니지……. 하루토는 그 자리에 멈춰 섰다. 바다에 갔을 때 그녀의 모습이 왠지 이상했다. 일하다 힘든 일을 겪었다고 했지만 어쩌면 나와 이별을 하려고…….

고개를 가로저으며 그 생각을 떨쳐낸다. 그럴 리가 없다.

어찌 됐든 미사키를 만나서 직접 이야기를 들어 보고 싶었다.

"……그만뒀다고요?"

하루토는 다음날 페니레인 미용실을 찾아갔다가 예상치도 못한 점장의 말에 말문이 막혔다.

"언제요?"

"9월 초야. 지인이 하는 미용실에서 일하게 됐다고 하던데."

점장은 불쾌하다는 듯 입을 비쭉거리며 말했다.

"그 미용실은 어디 있습니까?"

"몰라. 전화로 관두겠다고 일방적으로 통보받았으니까."

"일방적으로?"

"남자친구인 너한테 할 말은 아니지만 우리도 곤란해. 갑자기 이렇게 그만두다니, 사회인으로서 너무 몰상식한 행동 아니야? 도망치듯이 전화도 냅다 끊어 버리고 말이야. 여기 일손이 부족하다는 것도 잘 알고 있으면서."

마치 이 세상에서 미사키가 증발해 버린 듯한 기분이 들었다. 눈앞에서 일어나는 이 상황에서 지금 꿈을 꾸고 있는 것이 아닐까 하는 생각마저 들었다.

믿을 수가 없는 기분을 질질 끌고 집으로 돌아와 침대에 쓰러지듯 누워 천장을 바라보았다. 하릴없는 마음이 한숨으로 흘러나왔다.

미사키가 일을 그만뒀다. 그렇게나 일을 열심히 했는데. 가게에 갖는 애착이 크다고도 말했었는데. 점장이 거짓말을 하는 것 같지는 않았다. 하지만 미사키는 그런 식으로 그만 둘 사람이 아니다. 무슨 이유가 있는 것이 분명하다. 그런데 무슨 일이 있는 걸까?

아무리 생각해 보아도 짐작 가는 구석이 없다. 답답한 마음에 베개에 얼굴을 묻었다.

'미사키, 지금 어디에서 뭐 하는 거야……'

어둠의 장막이 내려앉았을 때쯤 스마트폰이 울렸다. 깜빡 잠이 들었던 하루토는 화면을 보자마자 벌떡 일어났다.

"여보세요, 미사키?"

전화기 너머로 미사키의 기척을 느꼈다. 하지만 그녀는 말이 없다.
한 번 더 이름을 부르자 그제야 "응······."하고 대답하는 소리가 들려
왔다.

오랜만에 듣는 목소리에 아주 조금은 마음이 가벼워지는 듯했다.

"왜 연락 안 했어? 얼마나 걱정했는지 알아?"

— 미안.

"어제 미사키 집에 갔었어."

— 오빠한테 들었어.

미사키의 목소리에서는 예전과 같은 발랄함이 느껴지지 않았다.
뭔가 깊은 고민이 있는 듯 자그마한 음성이었다. 그 목소리를 듣고 있
자니 숨이 막히는 것 같았다. 하루토는 스마트폰을 꽉 쥐었다.

"나를 만나기 싫다는 게 사실이야?"

대답을 기다리는 동안 자신의 심장이 요동치는 소리가 들리는 듯
했다.

— ······좋아하는 사람이 생겼어.

"뭐?"

— 전문학교 다니던 시절의 선배야. 1년 전까지 만나다가 취직한
후에 서로 바빠서 헤어졌었거든. 마음속으로는 항상 이 사람을 좋아
했었어.

무슨 말을 하는지 이해가 되지를 않아 혼란스러웠다.

— 그리고 최근 오랜만에 연락을 받았어. 선배가 얼마 전에 자기 가
게를 열었으니까 같이 일하자고 하더라고. ······나랑, 다시 시작하고

싶다고……

"그게 무슨 소리야……."

— 지금 그 사람이랑 같이 있어.

"거짓말이지?"

— 거짓말 아니야.

"갑자기 그런 말을 하면 내가 믿을 것 같아?"

— ……여보세요?

핸드폰 너머로 남자의 목소리가 들려왔다.

— 미사키 씨와 교제 중인 가미야라고 합니다.

교제 중? 당혹스러움과 분노의 감정이 정수리에서부터 폭포처럼 떨어진다.

— 이렇게 됐습니다. 죄송합니다.

"이렇게?"

— 미사키 씨를 빼앗은 것 말입니다.

남자의 차분한 목소리가 신경을 건드린다.

— 하지만 받아들이세요. 미사키 씨는 저와 함께하고 싶어 합니다.

스마트폰을 들고 있는 손이 분노로 부들부들 떨렸다.

— 미안해, 하루토.

미사키가 다시 전화를 받았다.

"만나서 이야기하자."

— 앞으로는 못 만날 거야.

"왜?"

미사키는 입을 다물었다.

— ……남자친구가 싫어하니까.

"그렇게 네 마음대로 하는 게 어디 있어!"

— 나, 지금 남자친구한테만 진실하면 돼. 다른 남자가 나를 어떻게 생각하든 상관없어. 그러니까 이제 다시는 하루토 만나는 일 없을 거야. 이제 연락하지 마.

"그게 뭐야……. 좋아했던 남자랑 다시 시작할 테니까 연락하지 말라니……."

감정을 억누르지 못하고 어금니를 꽉 물었다. 그리고 저주하듯 말을 내뱉었다.

"너 진짜 최악이구나……."

전화 너머에서 미사키는 어떤 표정을 짓고 있을까. 옆에 있는 남자와 함께 청승맞은 나를 비웃고 있을까? 그렇게 생각하니 도저히 견딜 수가 없다.

— 어떻게 생각하든 좋을 대로 해.

미사키의 목소리가 떨리고 있었다. 나의 말에 화가 난 것일지도 모른다. 하지만 지금 화를 내야 할 사람은 네가 아니라 나다.

— 하루토, 이제 나를 잊어…….

둘이 함께했던 모든 시간을 죄다 없었던 일로 하자는 말처럼 들렸다. 참을 수 없을 정도로 격렬한 고통이 온몸을 짓눌렀다.

전화를 끊은 후, 현실을 받아들일 수 없다는 비참한 감정과 허망함이 휘몰아쳤다. 창밖을 보니 달은 조금 전보다도 더 기울어 있다. 마치 갈 곳을 잃은 영혼처럼 밤하늘의 한복판에서 외로이 빛나고 있었다.

"등신아!"

촬영 현장에 다카나시의 욕설이 울려 퍼진 후에야 하루토는 퍼뜩 정신을 차렸다. 카메라 배터리를 스튜디오에 두고 와 버린 것이다.

이성을 잃은 다카나시가 하루토의 멱살을 움켜잡았다.

"요즘 왜 이렇게 실수만 하나? 이 일이 만만해!"

나가 떨어져서 엉덩방아를 찧자마자 "금방 가지고 오겠습니다!"라고 외친 뒤 스튜디오를 박차고 나갔다.

온힘을 다해 자전거 페달을 밟으면서 형편없는 자신의 모습에 한숨을 내뱉었다. 요 며칠간 도통 일에 집중하지 못하고 있다. 실연이라는 개인적인 사정 때문에 일에 차질을 빚어서는 안 되지만, 미사키와의 갑작스러운 이별에 스스로도 어찌할 바를 모르는 상태였다.

그녀는 지금 다른 남자와 같이 있다. 나에게 지어 주었던 미소를 그 녀석에게 보여 주고 있다. 그렇게 생각하면 분한 마음에 셀 수 없이 많은 유리 조각이 가슴을 찌르는 것 같은 고통을 느꼈다.

하루토는 분노를 주체하지 못하고 기어를 올렸다. 그와 동시에 클랙슨 소리가 울려 퍼졌다. 시야의 오른쪽에서 자동차가 튀어나온다. 브레이크를 잡는다. 안 돼, 부딪치겠다. 무심결에 눈을 질끈 감았다.

간발의 차이로 자동차는 코앞에서 멈춰 섰다. 운전석에서 남자가 "신호 똑바로 봐!"라고 고함쳤다. 빨간불이었다. 고개 숙여 사과하고 보도로 돌아온 후 한심함에 한숨이 새어나왔다.

'나 지금 뭐 하는 거냐……'

배터리를 가지고 다시 스튜디오로 돌아온 후에야 촬영이 시작되었다. 덕분에 작업은 한 시간이나 지연되었다. 상당한 시간을 허비해 버렸지만 어찌어찌 하루 만에 촬영을 끝낼 수 있었다.

"정말 죄송합니다!"

촬영이 끝나고 제일 먼저 사와이에게 가서 허리 숙여 사과했다.

"요즘 실수가 너무 잦은 것 같아."

"죄송합니다! 내일부터는……."

"그냥 그만둬도 돼."

"네?"

"무슨 일이 있었는지는 모르겠지만, 제대로 일할 생각이 없는 사람을 끌어안고 있을 여유는 없어. 자네가 아니어도 어시스턴트 하고 싶어 하는 사람은 많아."

"잠깐만요! 내일부터, 아니 지금 당장 정신 똑바로 차리겠습니다! 그러니 제발 자르지는 말아주세요! 부탁드립니다!"

사와이는 휴우, 깊은 한숨을 내쉬고는 하루토에게 날카로운 시선을 보냈다.

"마지막 기회야."

처음 보는 사와이의 차가운 표정에 꿀꺽 침을 삼켰다.

철수 작업이 끝난 후 기자재를 가지고 스튜디오로 돌아왔다. 카메라를 손질하면서 오늘의 실수를 반성하고 있는데 등 뒤에서 "하루토"라고 부르는 소리가 들렸다. 고개를 돌리자 퇴근한 줄 알았던 마코토가 문 앞에 서 있었다.

"마코토 선배, 아직 안 가셨어요?"

"두고 온 게 있어서."

그녀는 그렇게 말하더니 자신의 책상에서 서류를 꺼내 들었다. 하루토는 미안했는지 깍지 낀 손에 힘을 준 채 고개를 숙이고 있었다. 그러자 마코토가 "그 표정은 뭐야"라고 하며 웃었다.

"오늘 정말 죄송했습니다."

깊숙이 고개를 숙이자 마코토가 서류뭉치로 머리를 때렸다.

"잠깐 시간 돼? 가볍게 한잔 어때?"

마코토가 손으로 잔을 기울이는 시늉을 했다.

"어, 벌써 11시인데요?"

"그러게. 누구 덕분에 늦게 끝나서 그렇지 뭐……."

마코토가 짓궂은 표정으로 말하자 하루토가 또 다시 "죄송합니다" 라고 말하며 꾸벅거렸다. 그녀는 "장난이야"라고 하며 웃었다.

"집이 다이타바시라고 했지? 우리집은 에이후쿠초니까 중간쯤에서 어때?"

얼마 후 두 사람은 메이다이마에역 가까이에 있는 선술집으로 들어갔다.

평일 밤 11시를 넘은 시각이기도 해서 2층 자리는 거의 대절한 것이나 다름없었다. 두 사람은 역 승강장이 보이는 창가 자리에 앉았다. 차디찬 맥주가 나오자 마코토는 "수고했어"라고 말하더니 거의 한입에 다 마셔 버렸다.

"아, 맛있다!"

마코토가 천진난만하게 웃으며 말했다.

"요즘엔 퇴근길에 꼭 맥주를 마시게 된다니까. 아마 조만간 배가 나올 거야."

"네……."

"암울하다, 암울해! 무슨 일이야? 요즘 계속 어두워 보이던데."

아무 대답도 할 수 없는 하루토의 심정을 살펴보듯 그녀는 고개를 절레절레 흔들며 커다란 맥주잔을 비웠다.

"뭐, 이럴 때는 대부분 실연당한 케이스던데. 맥주 더 주세요!"

실연이라……. 다른 사람 입에서 들으니 더욱 실감이 난다. 나는 실연당했다.

"전에 그 프러포즈하겠다던 친구?"

"아, 네."

"왜 헤어졌어?"

하루토는 씁쓸하게 웃었다.

"예전부터 좋아하던 사람이 있었대요."

"으악! 너 진짜 불쌍하게 차였구나?"

마코토는 물수건으로 입을 막고 폭소했다.

"저기요! 웃지 마세요!"

"아니, 그렇잖아. 사와이 선생님한테 프러포즈 조언해 달라더니, 그게 언제 적 일이라고 그새 딴 남자한테 뺏겨?"

"상처에 소금 뿌리지 마세요……."

하루토가 맥주를 쭉 들이키더니 "제가 생각해도 초라하기는 해요"라고 말하며 애써 웃었다.

큰일이다, 눈물이 날 것 같다. 이런 곳에서 울면 꼴불견이다. 참아야 된다. 참아야 한다, 아사쿠라 하루토.

하지만 꾹꾹 누르려 했던 부정적인 감정들이 파도처럼 밀려왔다.

미사키는 지금 그 남자와 같이 있을까? 나는 눈곱만큼도 생각하지 않고 그 녀석이랑 키스하고 끌어안으면서 희희낙락거리고 있겠지……. 아, 진짜! 짜증난다!

"맥주 추가!"

자포자기하는 심정이 되어 술을 들이켰다. 새로 받은 맥주를 단숨에 비우고 평소에는 잘 마시지도 않던 정종에도 손을 뻗더니 거기에 위스키소다까지 내리 세 잔을 위 속에 들이부었다. 덕분에 거나하게 취해 버렸고 취기를 빌려 속에 담아 두었던 설움을 토해내기 시작했다.

"아…… 형편없어! 진짜 한심해요, 저는! 예전 남자친구한테 여자친구를 뺏겼다고 일도 제대로 못 해서 사와이 선생님한테 폐나 끼치고…… 저는 정말 최악이에요! 반성의 의미로 온몸에 불경 문구를 문신으로 새기고 싶은 심정이에요!"

"그만해라. 괴담 귀 없는 호이치로 오해받아."

하아, 한숨을 내쉬며 테이블에 푹 엎드리더니 힘없는 목소리로 말했다.

"항상 신기하다고 생각했어요. 사와이 선생님이 왜 저를 선택하신 건지. 제대로 할 줄 아는 것도 없는 부스러기 같은 놈을 말이에요."

"그거야 모르지만, 일에서 저지른 실수는 일로 만회할 수밖에 없다고 생각해."

"하지만……."

"하지만이 아니야. 어이, 부스러기, 고개 들어 봐."

하루토는 기어들어가는 목소리로 대답하면서 몸을 일으켰다.

"실연당한 기분 잘 알아. 나도 그런 적 있거든. 하지만 상대에게 새

사람이 생기는 일은 생각보다 흔해."

"흔한 일……."

"사람은 연애하면서 행복을 느끼다가도 한창 자랄 나이인 어린애처럼 자꾸만 더 바라게 되는 동물이잖아? 그 친구가 마침 더 큰 사랑을 원하고 있던 때에 전 남자친구가 연락을 했을 수도 있어. 연애라는 건 타이밍이 중요하니까."

"그럴 사람은 아니에요……."

앵돌아진 표정을 보고 마코토는 "귀엽네"하며 웃었다. 그녀는 손으로 턱을 괴고 초승달 같은 눈으로 미소 지으며 이쪽을 빤히 바라보았다.

"하루토는 의외로 순정남이구나. 헤어진 사람이 첫 여자친구였어?"

"아뇨, 전에도 만난 사람은 있었어요. 그런데……."

"그런데?"

"저, 지금까지 진심으로 여자를 좋아해 본 적이 없었어요. 고등학교 때 여자친구는 있었지만 별로 안 좋아했다고나 할까, 그쪽에서 먼저 고백을 해 오니까 대충 '괜찮겠지' 생각해서 만났었죠. 그런 마음이 그 친구 눈에는 다 보였는지 결국 차였어요. 하지만 헤어졌을 때 별로 속상하지는 않았어요. 그냥 그런가 보다 싶었죠. 그러니 이렇게 진심으로 누군가를 좋아해 본 건 미사키가 처음이에요."

위스키 잔을 단숨에 들이키자 위의 바닥까지 불에 타듯 뜨거워졌다.

"스물넷이나 먹고 한심한 이야기이긴 하지만, 좋아하는 사람한테 데이트 신청을 하는 게 그렇게 긴장되는 일인지 몰랐어요. 거절당하면 어쩌지, 남자친구가 있으면 어쩌지, 그런 생각에 끙끙대느라 소심해졌었죠. 누군가를 좋아하게 된다는 게, 이렇게 무서운 일이라는 걸 지금까지는 몰랐어요."

미사키는 그런 용기 없는 나를, 거짓말쟁이에다 한심한 나를 받아들여 주고 좋아해 주려고 했다. 나를 조금씩 좋아해 주고 있는 것 같다는 느낌도 받았었다. 하지만 그것은 내 착각이었을지도 모른다. 그녀는 예전 사람을 잊기 위해 나를 만났던 것뿐일지도 모른다⋯⋯.

"빨리 잊는 게 좋아."

마코토가 매실주가 든 잔을 기울였다.

"남자는 연애할 때 이상을 꿈꾸지만 여자는 훨씬 냉정하거든. 다음 사람을 만나면 예전 남자친구는 생각도 안 나. 이름이 미사키라고 했지? 그 친구도 분명 그럴 거야. 그러니까 하루토도 빨리 잊어버려."

하루토의 깊은 한숨에 테이블 위에 있던 냅킨이 두둥실 떠올랐다.

"이렇게 잊히는 건가⋯⋯."

창밖으로 보이는 역의 조명이 하나둘씩 꺼진다. 막차가 떠나자 플랫폼도 잠에 빠져들었다. 오늘이라는 날이 또 이렇게 끝나 버렸다. 이렇게 하루하루 흘러서 미사키와 함께했던 시간보다 더 많은 세월이 눈처럼 쌓이면 언젠가 그녀를 잊을 수 있게 될까?

"하루토."

고개를 들자 마코토는 전에 없던 진지한 표정으로 쳐다보고 있었다.

"잊게 해 줄까?"

"네?"

탕, 유리잔이 넘어지는 소리가 났다.

마코토가 테이블 너머로 불쑥 다가오더니 하루토의 팔을 끌어당겨 입술을 포갰다. 미지근하면서도 부드럽게 젖어 있는 감촉이 느껴졌다.

갑작스러운 상황에 무슨 일이 일어났는지 파악할 수가 없었다.

그럼에도 그녀의 입술에서는 무척이나 달콤한 맛이 났다.

* * * * *

9월도 중순을 넘어가자 여름 더위도 한풀 꺾이면서 시원한 밤이 이어졌다.

하루토를 마지막으로 본 지도 어느덧 한 달이 다 되어간다. 눈가의 주름과 팔자주름은 그때보다 깊어졌다. 피부의 탄력도 눈에 띄게 떨어지기 시작했고 새로 자라는 머리카락은 거의 다 흰머리였다. 노화는 고요하게, 그리고 확실하게 미사키의 몸을 좀먹어 가고 있었다. 그래도 아직 체력적으로는 그렇게까지 몸이 늙어간다는 느낌을 받지는 않았다.

아침에 일어나면 거울로 자신의 얼굴을 확인한다. 어제 자기 전보다 주름이 더 깊어지지는 않았을지, 흰머리가 늘지는 않았을지, 두려워하며 거울을 본다. 그리고 거울 속에 비치는 젊은 자신을 보고 안도한다. 다행이다, 아직은 오늘도 어제와 같은 모습이다……. 그리고 거울을 통해 스스로에게 "괜찮아"라고 말을 건넨다. 이것이 미사키의 일과였다.

병원을 찾아 온갖 검사를 하는 것도 일상이 되어가고 있었다. 이 날은 근육량과 골밀도를 측정했다. 패스트포워드 증후군이 발병하면 노화와 함께 근력이 떨어지고 뼈에도 구멍이 숭숭 뚫려 버린다. 그리고 보행 곤란 등의 증상이 나타나면서 결국에는 움직일 수 없게 된다.

병원 대합실에서 이름이 불리기까지의 시간은 말 그대로 고통이었다. 혹여나 "노화가 진행되고 있습니다"라는 말을 듣는다면……. 그런 공포심이 가슴속에서 쥐처럼 뛰어다녔다.

곁눈질로 옆자리를 보니 등을 구부린 노파가 돌처럼 가만히 순서를 기다리고 있다. 나도 곧 이런 모습이 되겠지? 그렇게 생각하자 마음이 무너져 내릴 것만 같았다. 미사키는 눈을 꽉 감고 애써 다른 생각을 하면서 의식을 다른 곳으로 돌렸다.

진찰실에 들어서자 가미야가 평소처럼 조용히 미소 지으며 맞아주었다. 그리고 "근육량도 골밀도도 그렇게 많이 떨어지지는 않았습니다"라고 안심이 되는 말을 해 주었다.

다행이다……. 온몸에서 힘이 빠져나갔다.

"그래도 혹시 나중에라도 몸 상태에 변화가 있거나 고열이 나면 참지 말고 얘기해 주세요."

"저, 선생님……."

"네, 말씀하세요."

"지난번에는 감사했습니다."

가미야는 하루토 이야기를 한다는 것을 바로 알아차린 듯 고개를 내저었다.

"가까운 사람에게 부탁하면 왠지 들킬 것 같아서요. 부탁할 수 있는 사람이 선생님밖에 없었어요."

씁쓸하게 웃는 미사키에게, 가미야는 "도움을 드릴 수 있어서 다행입니다"라고 말하며 미소 지어 보였다. 하지만 그 미소는 이내 사라졌다.

"그런데 정말 그렇게 해도 괜찮으시겠어요?"

속마음을 확인하는 듯한 질문을 했다. 미사키의 얼굴이 어두워졌다.

"패스트포워드 증후군뿐만 아니라 모든 질환에서 가장 중요한 건 가까운 사람들의 정신적인 지지예요. 어떨 때는 그 어떤 약보다도 효과가 있죠. 미사키 씨의 마음은 잘 알겠지만 그래도 연인 분께 사실대로 이야기하는 게⋯⋯."

"괜찮습니다."

미사키가 도중에 끼어들었다.

"이제 됐어요."

그리고 가미야를 보며 미소를 띠었다.

"이미 마음먹었어요. 그리고 그 사람 말고도 저를 지탱해 주는 사람들이 있어요. 오빠도 있고, 오빠 여자친구도 있고. 그러니까 정말 괜찮아요."

가미야는 작게 끄덕였다. 하지만 왠지 납득하지 못한 표정이었다.

미사키는 병원을 나선 후 버스와 전철을 갈아타서 우메가오카로 돌아왔다.

어느새 마스크 없이는 밖을 돌아다닐 수도 없게 되어 버렸다. 다른 사람에게 주름을 보여주기는 싫기 때문이다.

가까운 약국에서 처방전을 내고 면역력을 높여주는 약과 주사로 된 골다공증 약을 받았다. 처음에는 스스로 주사를 놓아야 한다는 것이 왠지 무서웠지만 지금은 익숙해졌다.

손에 든 비닐봉투를 보면서 또 한 번 생각한다.

'나 정말 환자 맞구나……'

집에 들어서자 다카시와 아야노가 스키야키를 만들어 놓고 기다리고 있었다. 미사키가 병에 걸렸다는 사실을 안 이후로 아야노는 매일같이 집으로 찾아왔다. 기쁘면서도 괜히 폐를 끼치고 있는 것 같아 미안하기도 했다. 하지만 그런 말을 했다가는 분명 언니도 기분이 좋지는 않을 테니 죄책감을 가슴 깊은 곳에 묻어두고 있었다.

오랜만에 먹는 스키야키는 입에서 살살 녹는 기분이 들 정도로 맛있었다. 다카시가 고기를 죄다 먹어 버리는 바람에 두 여자는 꿍얼거리면서도 오랜만에 즐거운 한때를 보냈다.

"일 좀 더 나중에 그만둘걸 그랬어."

식사를 끝낸 후 아야노가 깎아 준 사과를 먹으면서 미사키는 한숨을 내쉬었다.

일방적으로 통보해 버린 것도 지금껏 내내 후회하고 있다. 일손이 모자랐으니 자신이 갑자기 그만두면 피해를 끼치게 된다는 것도 잘 알고 있었다. 하지만 다음 사람을 구하기도 전에 노화가 진행되어 버린다면? 그래서 자신의 병을 알게 된다면? 그리고 그 사실이 나중에 가게를 찾아 올 하루토의 귀에 들어간다면……. 겁이 나서 사실대로 말할 수 없었다.

"좋은 타이밍이었다고 생각해."

다카시가 녹차를 홀짝이면서 말했다.

"무리해서 일했다면 바로 열이 났을걸. 몸을 생각한다면 빨리 그만두는 게 정답이지."

"그래도 매일 집에만 있는 것도 힘들어. 자꾸 안 좋은 생각만 하게 되고……."

두 사람의 얼굴이 어두워졌다. 미사키는 가라앉은 분위기를 바로 알아채고 "이상한 얘기해서 미안해"라고 말하며 웃었다.

"아, 오빠. 나 이제 가게 일 도울래."

"가게 일?"

"응. 청소도 하고, 재료도 다듬고. 그 정도 일은 할 수 있으니까."

"그래도……."

주저하는 다카시에게 아야노가 "괜찮아. 도와달라고 해"라고 하며 등을 두드렸다. 오빠는 "그럴까"라고 말하면서 하얀 이를 드러내고 웃었다.

"그럼 내일부터 돕는다? 내가 일하는 만큼 두 사람은 결혼식 준비도 하고 그래."

그 말에 다카시와 아야노가 서로의 얼굴을 마주보았다.

"왜 그래?"

"결혼식 말인데, 조금 더 미루기로 했어."

"응?"

"지금은 좋은 예식장을 잡기가 힘들거든."

"이 녀석이 하늘이 무너져도 유명한 예식장에서 하고 싶다고 우겨서 말이야."

"무슨 말을 그렇게 해! 다카시도 내 마음대로 하라고 해놓고서는!"

"그러기야 했지만 네가 선택하는 예식장은 죄다 너무 비싸다고. 타협이라는 걸 좀……."

"나 때문이야?"

미사키의 말에 두 사람이 멈칫했다.

"내가 병에 걸려서 결혼식 미루는 거야?"

불안한 눈빛으로 오빠를 쳐다보자 "무슨 소리야"라고 하며 딱밤을 날렸다.

"그럴 리가 있겠냐."

"그래. 너무 깊게 생각했네."

"정말?"

아야노는 샘물처럼 맑은 목소리로 "정말이야"라고 말하며 끄덕였다.

거짓말이다. 나를 생각해서 미루는 것이다. 내가 병 따위에 걸리는 바람에…….

하지만 그런 기분을 감추고 "그렇다면 다행이고. 걱정했잖아"라고 하며 크게 웃었다.

역시 나는 두 사람에게 피해만 주고 있다…….

미사키는 방으로 돌아와 손거울을 들여다보았다. 오늘 하루 동안은 주름이 늘지 않았다. 안도의 한숨을 내쉬며 거울을 엎자마자 아야노가 "미사키"라고 하며 노크하더니 안으로 들어왔다. 그리고 기초화장품 샘플을 내밀며 "자, 이거"라고 말했다.

"매번 미안해."

"미안해할 거 없어. 어차피 회사에서 남는 걸 가져오는 거니까."

요즘 들어 미사키는 집요하리만큼 스킨케어에 공을 들이고 있다. 조금이라도 노화를 늦추고 싶다는 생각이 그녀를 채찍질하고 있었던 것이다. 하지만 역시 좋다고 소문난 화장품은 가격도 비싸다. 스킨,

로션, 크림 등 좋은 화장품을 제대로 갖추려 들면 돈이 아무리 많아도 부족한 법이다. 화장품 회사에 다니는 아야노에게 그런 속내를 털어놓았더니 "괜찮으면 우리 회사 샘플 써 봐"라고 하며 남는 화장품을 가지고 와 주었다.

미사키는 방금 받은 샘플을 써 보면서 "아아"라고 하며 괜히 과장스럽게 한숨 쉬었다.

"이상한 병에 걸려서 내 인생 손해보고 있어."

아야노는 테이블에 턱을 괴고 앉아 웃고 있었다. 무리해서 웃을 때 나오는 표정이다.

"원래대로라면 지금쯤 하루토의 청혼을 받아서 오빠가 엄청 반대하고 있어야 하는데."

아야노는 아주 잠깐 슬픈 표정이 됐지만, 립글로스를 발라 반짝거리는 입술에 미소를 머금으며 말했다.

"아마 다카시는 절대 허락 안 했을걸?"

"그랬겠지? 하루토는 분명 오빠한테 두들겨 맞았을 거야."

"에이. 설마 때리기야 했겠어?"

"언니가 뭘 몰라서 그래. 오빠라면 때리고도 남아."

아야노는 잠깐 생각하더니 "그렇겠네"라고 말하고는 호호거리며 웃었다.

인생에는 분기점이 있다. 지금 내가 바로 그 분기점에 서 있다. 병에 걸린 인생과 병에 걸리지 않은 인생. 병에 걸리지 않은 인생이라면 분명 더 행복했으리라. 상상하면 가슴이 아프다. 하지만 하루토와의 이별을 결심한 것은 자신이었다. 그러니 후회하면 안 된다.

아야노가 돌아간 후, 미사키는 서랍을 열어 벚꽃 색깔의 가위 케이스를 꺼냈다.

'미사키 씨 색깔이라는 생각이 들었어요.'

'내 색깔?'

'벚꽃 같은…… 미사키 씨의 색깔.'

그의 미소를 떠올리면 역시 여전히 그를 좋아하고 있다는 생각이 든다.

보고 싶다는 생각이 자꾸만 고개를 든다.

'너 진짜 최악이구나…….'

일방적인 이별 통보에 그가 화난 말투로 했던 말이다. 그 말이 맞다. 내가 생각해도 최악이다. 그렇게 모진 이별 방법을 택했으니까.

'미안해, 하루토…….'

미사키는 가슴에 잔영처럼 남아 있는 그의 미소가 도망가지 않도록 가위 케이스를 꼬옥 끌어안았다.

다음 날부터 미사키는 가게 영업 준비를 돕기 시작했다. 야채를 자르기도 하고 닭꼬치용 고기를 꼬치에 꽂기도 한다. 고등학생 시절에는 이렇게 곧잘 도왔었다. 사고로 부모님이 돌아가신 후 오빠는 대학교를 자퇴하고 이 가게를 이어받았다. 처음에는 일이 익숙지 않아서 어느 정도 궤도에 오르기까지 남매가 힘을 합쳐 간신히 가게를 꾸려 나갔었다. 이렇게 둘이서 영업 준비를 하다 보니 왠지 옛날로 돌아간 것 같아 기분이 묘했다.

미사키는 바지런히 일했다. 일을 돕는 시간만큼은 병에 대해서 생각하지 않을 수 있었다. 그래서 다카시가 걱정할 정도로 바쁘게 움직였다.

단골손님들 앞에 얼굴을 비추기는 싫어서 문을 열기 전과 닫은 후에만 일을 도왔다. 최근 가게에서 잘 안 보이는 이유는 '남자친구와 같이 살고 있기 때문'이라고 다카시가 둘러댔다.

영업 준비를 다 끝내면 산책을 나간다. 꼼꼼하게 화장을 한 얼굴 위에 마스크까지 쓴 채로 사람들 눈에 띄지 않도록 한 시간 정도 조용히 주변을 걷는다. 가미야도 "근력이 떨어지지 않도록 매일 꾸준히 운동하세요"라고 했었다.

괜찮다, 아직 난 괜찮다……. 스스로에게 그렇게 되뇌면서 미사키는 해 질 녘의 거리를 하염없이 걸어 다녔다. 안간힘을 다해 노화라는 물살을 거스르기라도 하듯.

9월이 빠르게 지나가고 10월이 되자 몸에도 변화가 일어나기 시작했다.

어느 날 아침, 거울을 본 순간 모골이 송연해졌다. 주름이 전보다 눈에 띄게 늘어났고 피부도 칙칙해져서 생기가 사라져 있었다. 볼을 지탱하는 근육도 힘을 잃기 시작해 볼살이 처진 것처럼 보였다.

손거울을 든 팔이 떨려왔다.

늙어가고 있다……. 그렇게 실감할 수밖에 없었다.

그날부터 미사키는 외모의 변화에 민감해졌다. 조금이라도 희끗희끗해졌다 싶으면 염색을 하게 되었고, 화장도 예전보다 더욱 공들여서 하게 되었다. 목욕을 한 후에는 스킨케어에만 한 시간 이상을 쏟았고, 무언가에 홀린 것처럼 피부에 좋다는 음식만 찾아 먹게 되었다.

하지만 병원에서 검진을 받으면 근육량과 면역력이 떨어졌다는 말을 들을 뿐이었다. 그때마다 가슴이 공포심으로 죄어드는 것 같았다.

어느 날 정오를 넘긴 시각, 미사키는 멍하게 텔레비전을 보다가 문득 생각했다.

텔레비전에 나오는 이 사람은 어제도 같은 얼굴이었다. 오빠도, 아야노 언니도, 모두 어제와 변함없는 모습을 유지하고 있다. 나만 변하고 있다. 나만 다른 사람들보다 수십 배나 빠른 시간 속을 살아가고 있다. 어째서 나만……

개그맨들의 우스꽝스러운 모습에 공연히 짜증이 나서 무심결에 리모컨을 집어던졌다.

"왜 그래?"

부엌에서 점심을 준비하고 있던 다카시가 무슨 일 있냐는 듯 미사키 쪽으로 왔다. 미사키는 퍼뜩 정신을 차리고 "아니, 아무것도 아냐"라고 말하면서 웃어 보였다. 이렇게 억지웃음을 만들어내는 일에도 이제는 제법 익숙해졌다.

외모가 늙어가면서 체력도 현저하게 떨어지고 있었다. 요즘에는 가게 일을 돕기가 벅차다. 서서 일하다 보면 다리와 허리가 아파온다. 근육이 줄어서 몸을 지탱하기가 힘들어진 것이다. 하지만 그런 이야기를 했다가는 분명 다카시가 걱정할 것이다. 그래서 무리하면서 일을 계속 도왔다. 일을 하지 못하게 되면 방에서 병마만 붙들고 있어야 한다. 그렇게 되면 지금보다 더욱 더 노화를 실감하게 될 것이다. 그러니 미사키는 밝은 목소리로 "오빠, 더 도울 일은 없어?"라고 물으며 애써 밝게 웃었다.

하지만 그렇게 계속 무리한 탓에 어느 날 고열에 쓰러지고 말았다. 다카시는 걱정하면서 병원에 가자고 했지만 미사키는 고개를 흔들며 싫다고 거부했다.

병원에는 정말 가고 싶지 않다. 내가 환자라는 것을 실감하게 되니까…….

"괜찮아. 자고 일어나면 괜찮아질 거야."

그렇게 말하고 도망치듯 이불 속으로 파고들었다.

열이 떨어지지 않아 몽롱한 상태로 벽에 붙은 달력을 바라보았다. 10월 첫째 주가 끝나 버렸다. 달력을 채운 숫자들을 응시하다가 문득 어떤 사실을 떠올렸다.

다음 주는 부모님의 기일이었다.

다행히 열은 떨어졌고, 오빠와 함께 성묘를 하러 갔다.

다카시는 기일이라는 것을 완전히 잊고 있었는지 "진짜 그렇네"라고 하며 익살맞게 웃었다. 하지만 미사키는 그 말이 거짓말이라는 것을 금방 알아챘다. 오빠는 나를 배려해서 성묘하기를 주저했던 것이다. 죽음을 연상시키게 될 테니까…….

역 앞에 있는 꽃집에서 꽃을 사들고 묘소로 향한다. 이렇게 둘이서 성묘하러 온 것도 정말 오랜만이다. 미용사로 일하는 동안은 너무 바빠서 시간을 맞출 수가 없었다. 그러니 하늘에 계시는 부모님이 남매가 함께 왔다고 기뻐하실 것이 분명하다.

솔개가 높은 가을 하늘을 유유히 날아다니고 있었다. 바람은 제법 쌀쌀해서 겨자색 카디건만으로는 으슬으슬하다. 손을 마주 비비고 있는데 묘비를 닦던 다카시가 그 모습을 보더니 걸치고 있던 점퍼를 벗어 어깨를 덮어 주었다.

그리고 두 사람은 향에 불을 피우고 두 손을 모았다.

'……아빠, 엄마, 나 병에 걸렸어. 나을 수가 없는 병이래. 남들보다 빨리 나이 들어 버리는 병이야. 요즘에는 주름도 늘었고 체력도 많이 떨어졌어. 조금씩 몸이 불편해지는 느낌이 들어. 이런 이야기를 하면 두 분 다 많이 슬프겠지만, 오늘만 할게……. 아빠, 엄마, 왜 나를 건강하게 낳아주지 않았어? 병에 걸리지 않는 몸으로 낳아주지. 건강하게 태어나고 싶었는데……. 미안해. 말이 너무 심했지. 난 불효녀야. 하지만 자꾸만 그런 생각이 들어. 건강하게 태어났다면 얼마나 좋았을까 하는 생각. 나 진짜 못됐다, 그치. 그래서 벌 받은 건가봐.'

"미사키?"

오빠의 목소리에 눈을 떴다.

"이제 가자."

하지만 미사키는 꼼짝도 하지 않는다.

"왜 그래?"

"……내년 이맘때쯤이면 나도 이 무덤 안에 있겠네."

다카시는 마지못해 웃으며 "이상한 소리 하지 마"라고 중얼거렸다.

"……이상한 소리?"

"그런 생각하지 마. 쓸데없는 소리하면 화낸다?"

"생각할 수밖에 없어……."

미사키의 목소리가 희미하게 떨렸다. 그리고는 주먹을 꽉 쥐더니 입을 열었다.

"그런 생각이 드는 게 당연하잖아!"

분노가 입 밖으로 흘러나왔다. 하지만 이내 "미안해"라고 하며 고개를 숙인다.

역시 나는 최악이다. 다른 사람한테 짜증내고 화풀이하다니. 이런 인간이라서 병에 걸린 것이다.

그러자 다카시가 미사키의 어깨를 감싸 안았다.

"안 죽어."

따뜻한 음성이었다. 너무나도 부드러워 눈물이 쏟아질 것만 같았다.

"넌 안 죽어. 절대 안 죽을 거야."

미사키는 공허하게 웃었다.

"의사 선생님 이야기 제대로 안 들었구나? 이 병은 고칠 수가 없어. 그러니까……."

"시끄러워……."

오빠의 목소리는 슬픔을 간신히 짓누르는 것처럼 떨리고 있었다.

"내가 어떻게든 할 거야."

"……오빠."

"무조건 어떻게든 할 테니까……."

그 목소리가 가슴을 파고들면서 눈시울이 뜨거워진다.

"지금까지도 그랬잖아. 어린 시절 동네 녀석들이 너를 괴롭혔을 때도…… 아버지 어머니가 돌아가셨을 때도…… 미용사가 되고 싶다고 했을 때도…… 다 내가 어떻게든 해 왔잖아……."

어깨 위에서 느껴지는 오빠의 손은 큼지막하고도 따뜻했다. 지금껏 나를 지탱해 주었던 오빠의 손이다.

오빠는 코를 훌쩍이며 웃었다.

"내가 같이 있을 테니 걱정하지 마. 그러니까 다시는 그런 말하면
안 된다?"

"죄송해요……."

미사키는 사과했다. 낳아주신 부모님께, 키워준 오빠에게, 몇 번이
고 죄송하다며 사과했다.

"가서 맛있는 거 먹자."

다카시가 미사키의 머리를 쓱쓱 쓰다듬었다.

"뭐 먹고 싶어?"

"오빠가 해 주는 볶음밥……."

"그래? 그럼 깜짝 놀랄 만큼 맛있게 만들어 주지."

그렇게 말하며 웃어 보이는 다카시를 향해, 미사키도 "응"이라고 대
답하며 미소 지었다.

오빠의 미소를 보자 아주 조금은 마음이 가벼워지는 것 같았다.

* * * * *

'……오빠는 내 영웅이야.'

어릴 때 미사키가 내게 했던 말이다. 미사키는 나보다 여섯 살이나
어린데, 매번 이웃 개구쟁이들에게 '술집 딸'이라는 놀림을 받고 울고
는 했다. 그래서 나는 동생이 괴롭힘을 당하고 있다는 이야기를 듣자
마자 곧장 튀어가 녀석들을 혼쭐내 주었다. 그리고 주저앉아서 울고

있던 동생에게 손을 내밀었더니 미사키는 웃는 얼굴로 말해 주었었다.

오빠는 내 영웅이야……라고.

그 목소리를, 그 미소를, 나는 지금도 선명하게 기억하고 있다.

노화의 진행을 막을 수 있는 방법은 없을까. 다카시는 포기하지 않고 그 방법을 찾아다녔다. 병원은 믿을 수 없다. '패스트포워드 증후군은 치료법이 없다'는 말만 되풀이하니 말이다. 그래서 민간요법 중 미사키에게 맞을 만한 방법이 있지는 않을지 찾아다녔다. 서두르지 않으면 증상이 악화되어 버린다. 최근 들어 주름이 부쩍 늘었다. 이제 더는 스물네 살로 보이지 않았다. 이대로라면 다음 달에는 더 늙어 버릴 것이다. 서둘러야 한다…….

그러던 어느 날 다카시는 전자파 치료법이라는 것을 발견했다. 각종 난치병을 앓았던 사람들이 한번쯤 시도해 보는 방법이라고 한다. 홈페이지에는 치료 후 증상이 호전되었다는 치료자의 경험담이 올라와 있었다.

이 방법이라면 효과를 기대할 수 있을지도 모른다. 다카시는 희망을 품고 요코스카에 있는 치료원에 전화를 걸었다. 원장은 듣기 좋은 음성을 가진 남자였다. 여동생이 패스트포워드 증후군이라고 이야기하니 자기 가족의 일인 양 경청해 주었다.

— 병원이라는 곳은 가이드라인 내에서만 치료를 해요. 저도 옛날에는 대학 병원에서 일했었죠. 하지만 그런 융통성 없는 치료로는 환자의 고통을 줄여줄 수 없어요. 그런 생각으로 지금의 치료원을 열게 된 겁니다.

그 말이 맞다. 다카시는 수화기를 든 채 맞장구를 치면서 수도 없이 끄덕였다.

"전자파 치료로 동생을 살릴 수는 없나요?"

— 돕고 싶은 마음이야 굴뚝같지만, 어느 치료든 사람에 따라 맞을 수도 있고 안 맞을 수도 있어요. 실제로 치료를 해 보지 않은 상태에서는 뭐라 말씀드리기 어렵습니다.

"그렇군요……."

— 그런데 저희 병원에는 동생 분과 같은 병을 앓는 분도 계세요.

"정말입니까?!"

— 네. 이 치료로 눈에 띄게 효과를 보셨죠. 전자파로 세포가 활성화되면서 노화가 멈췄다고 말씀하셨어요.

다카시는 곧장 예약을 잡았다. 특수한 기기를 사용하기 때문에 보험이 적용되지 않아서 전액 자비로 부담해야 했다. 하지만 지금은 돈을 따질 때가 아니다. 다카시의 가슴속에서 샘물처럼 희망이 솟아올랐다.

그로부터 며칠 후, 다카시는 미사키를 데리고 치료원을 찾았다. 전철로 가기에는 체력적으로 무리가 있을 테니 아야노의 자동차를 빌렸다.

두 사람은 고속도로를 타고 요코스카로 향했다. 얼마나 달렸을까. 앞 유리 너머로 바다가 보이기 시작했다. 차창 사이로 들어온 바닷바람이 비강을 간질인다. 반짝거리는 바다와 산들로 에워싸인 거리를 보고 있노라니 왠지 이곳이야말로 미사키를 구해 줄 꿈의 나라인 것처럼 느껴졌다.

요코스카의 중심지에서 우라가 방면으로 더 달렸다. 집들이 뒤얽혀 있는 주택지를 달리다보니 치료원이 눈에 들어왔다. 철물점과 편의점 사이에 있는 아담한 건물. 파란 간판에는 '유순도 치료원'이라고 적혀 있었다.

"여기야?"

미사키는 처음 와 보는 곳에 긴장한 듯한 모습이었다. 다카시는 동생을 안심시키기 위해 "걱정 말라니까"라고 하며 활짝 웃어 보였다.

실내로 들어서자 다다미 여덟 장 정도의 대합실에 접수 카운터가 있고, 진찰실은 그 안쪽에 있었다. 로비에는 마음에 안정을 주는 차분한 음악이 흘러나오고 있었으며 벽에는 환자들의 체험담이 붙어 있었다.

여러 명의 환자가 대합실의 긴 의자에 앉아 잡지를 읽거나 스마트폰을 들여다보고 있다. 저마다 병을 앓고 있어서인지 하나같이 안색이 나빠 보였다.

예약했다고 말하자 문진표를 건네받았다. 미사키가 증상에 대해 자세하게 써 내려간다. 다카시는 자꾸만 엉덩이가 들썩거리려는 것을 꾹 참고 있었다. 빨리 치료를 받게 해 주고 싶다. 노화가 멈췄을 때 미사키가 지을 미소를 생각하면 벌써 기분이 좋아진다.

문진표 작성이 끝나고, 얼마 후 미사키의 이름이 불렸다. 첫 진료이기도 하니 다카시도 함께 진찰실에 들어가기로 했다.

"마에노 원장입니다."

수화기에서 들은 것과 같은 목소리였다. 흰 가운을 입은 남자가 의학 서적이 늘어서 있는 책상을 보고 앉아 있다. 풍채가 좋으면서도 온

유해 보이는 인상이었다. 마에노 원장은 문진표를 보면서 미사키에게 이것저것 질문하더니 여기저기 촉진을 한 후에 "그럼 치료를 시작합시다"라고 말하며 두 사람을 옆방으로 안내했다.

칸막이로 구분된 세 개 정도의 공간에는 각각 간이침대가 놓여 있고, 그 발치에는 커다란 기계가 설치되어 있었다. 아무래도 이것이 전자파를 흘려보내는 기계인 모양이다.

미사키가 긴장한 표정으로 침대에 눕자 마에노는 기계에 달린 패드를 양손 양발에 장착했다. 침대 아래에는 특수한 매트가 깔려 있어서 팔, 다리, 그리고 등까지 전자파를 흘려보낼 수 있도록 되어 있었다.

치료가 시작되자 다카시는 대합실로 나와서 긴 의자에 앉아 미사키를 기다렸다. 기다리는 시간 동안 심장이 평소보다 더 빨리 뛰는 것 같은 느낌을 받았다. 휴우, 크게 한숨을 내쉬자 옆에 앉아 있던 노인이 힐끔 쳐다보았다. 살짝 고개 숙이며 사과한 후 그저 시간이 흘러가기만을 기다렸다.

미사키는 한 시간 정도가 지난 뒤에 나왔다. 다카시가 잽싸게 다가가 "어땠어?"라고 물었다.

"아직은 잘 모르겠어."

곤혹스러워하는 미사키. 그러자 마에노가 와서 만면의 미소를 띠며 말했다.

"효과가 바로 나타나지는 않을 테니 치료를 계속 해 보시죠. 그래도 오늘 치료만으로도 세포들은 제법 활성화됐을 겁니다."

다카시는 수차례 허리를 숙여 감사의 인사를 했다.

카운터에 앉아 있던 중년 여성이 "오늘 비용은 초진료 포함해서 5

만4천 엔입니다"라고 말하자 다카시는 뒷주머니에 넣어 둔 지갑에서 지폐를 꺼내 카운터 위에 올렸다. 미사키가 불안한 눈빛으로 이쪽을 보고 있다. 하지만 다카시는 그 시선을 눈치채지 못한 척하면서 수납을 마쳤다.

"······그렇게 비싼지 몰랐어."

집으로 가는 차 안에서 미사키가 말했다.

"돈 걱정하는 거야? 바보 같기는. 아껴 놨다가 뭐에 쓰려고. 이걸로 병을 막을 수만 있다면 싼 거지. 돈은 신경 쓰지 마."

터널로 들어서자 차 안이 오렌지색으로 물들었다. 곁눈질로 보니 미사키는 착잡한 표정을 짓고 있었다. 다카시는 화제를 돌리려고 다른 이야기를 하기 시작했다.

그날부터 일주일에 두 번, 많으면 세 번까지 미사키를 요코스카의 치료원에 데리고 갔다. 한 시간 정도 치료를 받은 후에 비타민이 농축된 링거도 맞았다. 치료비는 많이 나오면 8만 엔을 넘을 때도 있었지만 그래도 매주 거르는 일이 없었다. 집에서도 간단히 전자파 치료를 할 수 있는 매트가 있으니 써 보라는 권유를 듣고 망설임 없이 50만 엔이라는 거금도 지불했다. 전부 다 동생을 위해서였다. 분명 이 치료가 미사키의 노화를 막아줄 것이다. 그렇게 믿어 의심치 않았다. 하지만 그렇게 돈을 쓰다 보니 순식간에 통장이 텅텅 비어 버렸다. 예금 잔고는 머지않아 바닥을 찍을 기세였다.

그런 나날이 한 달 남짓 이어지고 10월 말이 되었다······.

결국 미사키의 노화를 늦추지 못했다. 머리카락은 자주 염색을 해서 새까맸지만, 볼을 지탱하는 근육은 힘을 잃어서 누가 얼굴 전체를 아래로 잡아당긴 것처럼 축 늘어졌다. 고양이처럼 커다랗던 눈망울도 눈꺼풀의 근력이 떨어진 탓에 전보다 작아졌다. 얼굴 전체의 인상이 어두워져 버렸다. 화장으로 노화를 가리는 것도 이제는 한계에 다다른 상태였다.

물론 미사키도 자신의 변화를 느끼고 있었다. 그래서 언제부터인가 거울을 보지 않게 되었다. 말수도 줄었고 웃는 일도 별로 없었다. 그 발랄했던 미소는 완전히 자취를 감추어 버렸다.

그런 미사키를 보면 가슴 깊은 곳에서 초조함이 솟구쳤다. 뭐라도 해야 한다. 치료 횟수가 적어서일까? 치료를 더 자주 받게 해야겠다. 매일 가자. 그러면 분명히 효과가 나타날 것이다. 다카시는 무언가에 홀린 것처럼 점점 그런 생각에 빠져가고 있었다.

어느 날 밤, 가게 문을 닫고 매출을 집계하고 있는데, 아야노가 찾아왔다.

"잠깐 얘기 좀 할까?"

그녀의 표정이 심상치 않다.

무언가 할 말이 있는 듯한 그 눈빛에 계산기를 두드리던 손을 멈췄다.

"전에 말했던 그 치료, 언제까지 받게 할 생각이야?"

"언제까지라니, 그게 무슨 뜻이야?"

다카시가 미간을 찌푸렸다.

"효과가 있어 보이지는 않던데……."

그 말에 다카시의 눈이 날카로워진다.

"치료 시작한 지 거의 한 달이 지났지? 그런데 효과가 전혀 없는 것 같아. 누가 봐도 미사키 상태는 전보다 더 악화되고 있고, 게다가 근력도 약해져서 걸을 때도 힘들어하잖아. 이 이상 밖으로 데리고 다니는 건……."

"그만해."

다카시가 불쑥 내뱉었다.

"시작한 지 얼마 되지도 않았어. 원래 효과가 바로 나타나지는 않아."

"그렇지만 벌써 2백만 엔도 넘게 썼잖아! 그렇게 돈을 들이부었는데도 효과가 없었다면 앞으로도!"

"목소리 낮춰. 이러다 미사키 깨겠어."

"미사키를 생각하는 마음은 알겠지만, 이런 걸 계속해봤자 의미 없다고! 더 냉정해지란 말이야!"

다카시는 테이블 위에서 주먹을 움켜쥐었다.

"너는 남이라서 그렇게 말할 수 있는 거야."

"……뭐라고?"

아야노의 얼굴이 점점 붉어졌다.

"나는 미사키를 위해서라면 얼마를 쓰든 상관없어. 고작 2백만 엔이잖아. 그 정도 돈 가지고 투덜거리지 좀 마."

아야노는 고개를 숙인 채 꼼짝도 하지 않았다.

"집에 가. 더 이상 미사키 일에 참견하지 마."

아야노에게 등을 보이자 뒤에서 목소리가 들려왔다.

"나도……, 나도 미사키 살리고 싶어……."

애써 참으려 했지만 긴 속눈썹이 위아래로 움직이자 눈물이 뚝뚝 떨어졌다.

"같은 여자니까…… 매일 늙어간다는 게 얼마나 무서운지 너무 잘 아니까……."

이윽고 아야노는 둑이 터진 것처럼 울기 시작했다. 아야노가 이렇게 우는 모습을 보는 것은 처음이었다. 다카시의 가슴도 미어지도록 아파왔다.

"그리고 남이라고 생각한 적 없어……. 미사키는 나한테도 동생이나 마찬가지야……. 그러니까…… 그러니까 살리고 싶은 게 당연하잖아!"

"미안해."

다카시가 볼을 타고 흘러내리는 눈물에 손을 뻗었다. 하지만 아야노는 그 손을 뿌리쳤다.

넘쳐흐르는 눈물을 보니 마음이 괴롭다. 하지만……. 다카시는 입가에 힘을 주고 말했다.

"그래도 이해해 줬으면 해. 조금만 더 해 보고 싶어. 지금 치료를 그만뒀다가 나중이 돼서 그때 조금 더 해 볼걸, 그런 후회를 하고 싶지 않아서 그래. 그리고 어쩌면 앞으로 효과가 나타날지도 모르잖아? 그러니까……."

아야노는 말없이 가게를 나가 버렸다. 하지만 후회는 없다. 미사키를 위해서라면 할 수 있는 모든 것을 다 할 것이다. 그렇게 마음먹었다. 아버지와 어머니 몫까지 내가……. 이러한 사명감이 다카시의 마음을 움직이고 있었다.

다카시는 11월이 된 후에도 미사키를 요코스카에 데리고 갔다. 아야노와는 그날 이후로 한 번도 연락을 주고받지 않았다. 그래서 렌트카를 빌렸다.

고속도로에서 빠져나와 국도를 달리는 동안 미사키는 아무 말도 하지 않았다. 계속해서 진행되는 노화에 매일같이 가슴이 난도질당하고 있었던 것이다. 동생은 여느 때와 다름없이 마스크로 얼굴을 가린 채 창밖의 흘러가는 경치를 바라볼 뿐이었다. 그 모습에 가슴이 저며왔다. 다카시는 애써 밝은 척했다. 어제 단골손님과 나눴던 시시껄렁한 이야기를 하면서 웃기도 하고 이따금씩 콧노래를 부르기도 했다. 하지만 미사키는 조금도 웃지 않았다.

다카시는 이곳에 올 때마다 이용하는 유료 주차장에 차를 세운 뒤 미사키를 부축해서 치료원 쪽으로 걸어갔다. 아야노의 말대로 미사키는 최근 걷는 것조차 힘들어하는 상태가 되었다.

"괜찮아?"

다카시가 미사키의 가늘어진 팔을 붙잡고 몸을 받쳐주었다. 미사키는 "응"이라고 짤막하게 대답한 후 힘겹게 숨을 쉬면서 불안한 걸음으로 한 발짝 한 발짝 걸었다. 다리를 끌면서 걷는 동생을 보면 무어라 형언할 수 없는 감정이 치솟는다. 칼이 가슴을 갈기갈기 찢는 것 같은 기분이었다.

힘내……. 조금만 더 힘내……. 마음속으로 말을 걸면서 치료원까지 걸어갔다.

그런데, 치료원에 다다른 다카시의 표정이 굳어 버렸다.

셔터가 내려와 있다. 하지만 오늘은 휴진일이 아니다. 예약도 제대로 했다.

대체 어떻게 된 일인가. 다카시는 눈살을 찌푸리며 핸드폰으로 전화를 걸었다. 신호는 가지만 받지를 않는다. 불길한 예감이 엄습하면서 등이 식은땀으로 흠뻑 젖었다. 미사키는 다카시의 팔을 잡은 채로 불안한 듯 이쪽을 올려다보고 있다.

"무슨 일이지? 이상하네. 쉬는 날인가?"

안심시키려고 애써 웃어 보지만 얼굴에 경련이 일어났다.

"무슨 일이야?"

옆에 있던 철물점 주인이 얼굴을 내밀었다.

"저, 이 치료원 오늘……."

"아, 거기 원장이라면 어제 경찰이 잡아갔어."

"네?"

"사기꾼인 것 같던데? 고작 전기 흘려보내면서 수십만 엔씩 가로챘다고 하더라고. 해도 너무했지."

다리에 힘이 풀리는 기분이었다. 갑자기 어지러워서 비틀거리자 미사키가 옷을 끌어당겨 주었다.

"오빠, 괜찮아?"

"이거 어쩌지. 하하하……."

미사키는 슬픈 눈으로 그저 조용히 다카시를 바라보았다.

두 사람은 바다가 보이는 공원 벤치에 앉았다.

서편으로 넘어가기 시작한 태양이 바다 저편에 있는 미군 기지를 잔잔히 비추고 있다. 고래처럼 거대한 잠수함이 오렌지색으로 빛나는 바다 위에 유연히 떠 있었다.

다카시는 캔에 든 주스를 다 마셔 버리더니 껄껄 웃으면서 "진짜 너무하네"라고 말했다.

"진짜 이런 사기가 있구나. 돈을 좀 쓰기는 했지만 빨리 알아서 다행이야."

미사키는 "응……"이라고 말하며 밀크티 캔을 두 손으로 꼭 쥐었다.

"그런 표정 짓지 마. 괜찮다니까. 금방 다른 좋은 치료원 찾아줄게."

동생은 아무 말이 없다. 머리카락이 얼굴을 가리고 있다.

"미사키?"

"……이제 됐어."

다카시의 얼굴에서 미소가 사라졌다.

"이제 괜찮으니까."

미사키가 이쪽을 보며 웃었다.

"치료법 같은 거 안 찾아봐도 돼."

"그런 말 하지 마. 노화를 늦출 수 있는 치료가 어딘가에 분명 있을 거야. 찾을 때까지 조금 더 힘내자. 응? 여기서 관두면 아깝잖아."

"아니. 정말 괜찮아. 더 이상 나한테 돈 안 썼으면 좋겠어. 2백만 엔은 너무 과했어. 아야노 언니가 화를 내는 것도 당연해."

"너……."

다카시의 표정이 딱딱해졌다.

"듣고 있었어?"

미사키는 잠자코 웃었다. 깊이 팬 주름과 함께 만면의 미소를 띠고 있다.

'억지로 미소를 만들어내고 있구나……'

"나 더 힘낼게!"

미사키는 이를 드러내 보이며 웃었다.

"병은 마음먹기에 달렸다고들 하잖아. 그러니까 병 따위에 지지 않을 거야. 내 힘으로 고쳐 보겠어."

강한 척하고 있다는 것을 알고 있기에 더욱 마음이 아프다. 무리해서, 최선을 다해서 밝아 보이려 하고 있다. 늙어간다는 두려움에 짓눌리면서도, 그럼에도 나를 생각해서 무리하고 있다.

'나에게 힘을 주고 있다. 원래라면 내가 힘을 줘야 하는데……'

다카시는 속상한 마음에 표정이 일그러진 채로 고개를 떨궜다.

"오빠?"

널찍한 어깨가 파르르 떨린다. 끝끝내 울음이 터지고 말았다. 다카시는 고개 숙인 채 울기 시작했다.

"미사키……"

떨리는 두 손을 무릎 위에 얹은 채 꽉 쥐었다.

"해 줄 수 있는 게 없어서 미안해……"

미사키의 눈동자에 고인 눈물이 석양을 받아 반짝인다.

"내가 너를 살려야 하는데…… 그런데…… 아무것도 못 해 줘서……. 제대로 된 치료조차 해 주지 못해서……. 나는…… 정말 나는……."

속상함과 죄책감이 밀려와 이루 말할 수 없을 정도의 눈물이 쏟아졌다.

"형편없는 오빠여서 미안해……"

다카시는 눈물 콧물 범벅이 된 채로 울음을 그치지 않았다.

"미안하다…… 정말 미안해……."

미사키는 주머니에서 손수건을 꺼냈다.

"으이그, 더럽기는."

그리고 웃으면서 눈물을 닦아 주더니 "그런 생각하지 마"라고 말하며 다카시의 머리를 어루만졌다. 어린 시절, 괴롭힘을 당해 울고 있던 미사키의 머리를 다카시가 어루만져 주었듯이. 이번에는 미사키가 오빠의 머리를 가만히 쓰다듬어 주었다.

"오빠는 내 영웅이란 말이야."

'아니야. 이제 나는 너의 영웅이 아니야. 아무것도 해 줄 수 없는 나는…….'

"그러니까 오빠가 있어 주면 병도 이길 수 있어."

미사키는 자신에게 말하고 있는 듯했다.

"절대 지지 않을 거야!"

늙고 싶지 않다. 젊은 모습으로 있고 싶다. 미사키는 그렇게 말하고 싶은 듯 애써 눈물을 참고 있었다. 그런데, 그런데, 오빠란 작자가 울어서 어쩌자는 것인가……. 다카시는 대충대충 눈물을 닦았다. 아직은 할 수 있는 일이 있을 것이다. 미사키를 위해서 해 줄 수 있는 일이.

다카시는 저물어가는 태양을 바라보며, 가슴속으로 굳게 생각했다.

* * * * *

1년 만에 입어 본 데님 블루종 점퍼에서 작년 가을의 향기가 아주 희미하게 느껴졌다.

그때는 미사키를 알게 된 지 얼마 안 됐을 무렵이라 그녀가 눈치채지 못하도록 거울 속으로 바라보기만 했었다. 하지만 가위질을 하는 진지한 표정, 잠깐씩 보여 주는 사랑스러운 미소에 가슴이 따뜻해지고는 했다.

10월 달력을 떼어내자 미사키와 함께 했던 시간이 또 다시 그만큼 과거로 밀려나 버린 듯한 기분이 들었다. 이렇게 하루하루 물 흐르듯 지내다 보면 나도 언젠가는 너를 떠올리지 않을 수 있을까.

미사키와 헤어진 지 두 달이 지났다. 지금도 여전히 그녀를 생각한다. 함께 갔던 영화관, 카페. 편의점에서 그녀가 좋아하던 젤리가 눈에 들어올 때마다 왼쪽에 서서 웃어 주던 그녀를 떠올리게 된다. 지금 뭐 하고 있을까? 거칠어졌던 손은 이제 괜찮아졌을까? 새 남자친구와 행복하게 지내고 있을까……하고. 잊어달라는 말을 들은 주제에 아직도 한심하게 그런 생각이나 하고 있는 자신의 모습에 한숨이 새어나왔다. 그래서 지난주에는 그녀를 끊어내기 위해 새로운 미용실에서 머리를 잘랐다. 하지만 완성된 머리 스타일을 보고 또 한 번 생각해 버렸다.

'미사키가 더 잘 잘랐는데…….'

하루토는 세면대 거울에 비치는 새로운 머리 모양을 보면서 작은 한숨을 내쉬었다.

사와이에게 호된 꾸지람을 들은 이후로 하루토는 모든 정신을 일에 쏟을 수 있도록 신경 썼다. 더 이상 짐이 되는 일은 없어야 한다.

가뜩이나 일이 서투르니 그 누구보다도 크게 대담하고 부지런히 움직이자. 매일 출근 시간보다 훨씬 빨리 스튜디오에 가서 촬영을 준비하고, 비품이 부족하지는 않은지 몇 차례에 걸쳐 확인했다. 덕분에 다카나시가 고성을 지르는 일도 전보다 줄었다.

이날, 하루토는 일을 마치고 스태프들과 함께 스튜디오 근처에 있는 선술집에서 가볍게 한잔하게 되었다.

맥주가 나오기 무섭게 다카나시가 헤어진 이유를 물어왔다. 다카나시는 미사키와 헤어졌다는 사실을 알고 나서부터 연예정보 프로그램 리포터라도 된 것처럼 이것저것 꼬치꼬치 캐물어댔다.

"왜 헤어졌어?", "이유가 뭐야?", "다른 남자가 생겼대?", "아니면 네 성적 취향이 변태 같아서 질린 거 아냐?"

하루토는 빡빡머리를 들이대다시피 하면서 가까이 다가오는 다카나시 때문에 난감해하다가 마코토와 눈이 마주쳤다. 그 순간 괜히 화들짝 놀라며 시선을 피해 버렸다.

그 키스 이후로 두 사람은 다소 어색한 관계가 되었다. 일을 할 때는 평소처럼 대화를 주고받지만 쉬는 시간이라든지 이렇게 다 같이 식사를 할 때면 묘하게 신경 쓰여서 눈을 마주치기가 힘들었다. 마코토는 그렇게 데면데면하게 구는 하루토를 난처해하는 모습이었다.

하지만⋯⋯. 하루토는 생각했다. 갑자기 키스를 해 왔으니 신경이 쓰일 수밖에. 그 키스는 무슨 뜻이었을까. 마코토 선배가 나를 좋아한다는 뜻일까? 억측? 아니면 그냥 술김에? 그녀는 유능한 사진작가인데다 일도 잘하고 상당한 미인이기까지 하다. 나이 차이가 두 살밖에 안 나는데도 어른스러운 분위기를 풍기니 분명 인기도 많을 것이다.

실제로 마코토가 담당하고 있는 출판사의 직원이 그녀를 좋아한다는 소문도 있다. 그런 사람이 나처럼 일도 못 하는 한심한 놈을 좋아할 리가 없다.

"그래서, 너는 다른 좋아하는 여자 없어?"

다카나시가 손가락에 묻은 타르타르소스를 날름거리며 물었다. 그 질문에 마코토의 시선도 하루토에게 꽂혔다.

"어때? 하루토."

그녀의 짓궂은 미소에 갑자기 땀이 비오듯 흐른다.

"지금은 없다고 봐야……."

"흐음, 없구나."

마코토가 눈을 흘겼다.

"아니, 그게 뭐랄까……."

"뭐 이리 미적지근해! 냄비에 얼굴을 처넣어서 익혀 버릴까 보다!"

난처한 마음에 맥주를 들이키는데, 사와이가 "하루토, 요즘 일 열심히 하고 있는데 연애할 겨를이 어딨어"라고 말하며 도와주었다. 생각지도 못한 칭찬에 화들짝 놀라 맥주를 뿜을 뻔했다.

"아, 아직 많이 부족합니다!"

흥분해서 벌떡 일어나다가 테이블에 허벅지를 부딪치고 말았다.

"당연하지 멍청아! 이제 겨우 쓰레기에서 벌레로 승격된 거야!"

다카나시가 혀를 차며 말했다.

상당히 무례한 말이었지만, 하루토는 벌레로 승격된 것마저도 기뻤다.

"그런데 하루토는 앞으로 어떻게 하고 싶어?"

그 질문에 미소가 걸렸다.

"네? 앞으로요?"

"나야 이대로 어시스턴트를 계속 해 주면 좋지만, 자네 인생을 생각하면 여기에 머무르면 안 될 거 아냐."

"내 인생……."

"다카나시는 2월에 동료랑 사진전을 연다고 했고, 마코토도 풍경 스냅 촬영 의뢰가 계속 들어오고 있어. 다들 각자 살 길을 찾고 있단 말이지. 내 어시스턴트만으로는 인정받는 사진작가가 되기는 힘들 거야."

그 말이 맞다. 일이 이제야 손에 익었다고는 해도, 나의 앞날에 대해서는 전혀 생각해 보지도 않은 채 살아가고 있었다. 다카나시 선배, 마코토 선배 모두 바쁜 일정 속에서 자신만의 사진을 찍고 있다. 하지만 나는 여전히 제자리에 머물러 있다. 말단 직원에다가 제일 힘도 없는 내가 아무것도 하지 않는다면, 두 사람과의 차이는 좁히려야 좁힐 수가 없을 것이다.

"하루토는 어떤 사진을 찍고 싶어?"

대답할 수가 없었다. 나는 어떤 사진을 찍고 싶은 걸까……?

그날 밤은 괴로움에 좀처럼 잠들 수가 없었다.

미사키에게 어울리는 남자가 되겠다는 생각으로 다시 잡았던 카메라. 하지만 '어울리는 남자가 되겠다'는 막연한 생각만으로 그저 앞만 보고 일했었다. 그런 남자가 프러포즈를 하니 차이는 것도 당연하다.

그리고 미사키랑 헤어진 후에는 '그녀에게 어울리는 남자가 되겠다'는 목표조차 잃어 버렸다. 그럼 나는 앞으로 무엇을 하고 싶은 걸까? 어떤 사진을 찍고 싶은 걸까?

하지만 아무리 생각해 보아도 대답을 찾을 수는 없었다.

그날을 계기로 하루토는 쉬는 날을 이용해 자신의 사진을 찍기 시작했다. 스스로가 어떤 사진을 찍고 싶은지는 알지 못했다. 하지만 휴일이라고 마냥 집에서 뒹굴거리고 있을 여유는 없다. 다카나시 선배도 마코토 선배도 쉬는 날에는 자신들만의 활동을 한다. 그러니 나도……라고 생각하면서 무언가에 떠밀리듯 거리로 나가 사진을 찍기 시작했다.

그렇게 찍은 사진들을 사와이에게 한 번 봐 달라고 부탁했다. 말단 조무래기가 감히 그런 부탁을 하는 것이 건방지다는 것은 잘 알고 있다. 하지만 프로 사진작가로서 제일선을 달리고 있는 사와이에게 자신의 역량을 평가받고 싶었다.

사와이는 하루토가 찍은 사진을 스튜디오 테이블에 올려두고 한동안 말없이 응시했다. 이런 식으로 작품을 보여주는 것은 면접 이후로 처음이다. 긴장감으로 다리가 떨렸다.

"이건 그냥 종이네."

"종이?"

"풍경이 찍혀 있을 뿐인 종이야."

사와이는 머그컵에 든 커피를 홀짝이면서 앉은 채로 옆에 서 있는 하루토를 올려다보았다.

"이 사진만 봐서는 자네가 뭘 찍으려고 한 건지 전혀 모르겠어. 그저 닥치는 대로 거리 풍경만 찍어댄 사진에서 울림이나 감동을 느낄 수 있을까? 굳이 말하자면 '저 지금 급해요'라는 감정밖에 느껴지지 않아."

빙긋 웃으며 말하는 사와이에게 아무런 말도 할 수 없었다.

"브레송이 이런 말을 했지. '사진을 찍는다는 것은 머리와 눈, 심장을 동일한 조준선 위에 놓는 것이다'."

앙리 카르티에 브레송은 20세기를 대표하는 프랑스의 사진작가다.

"프로로서 사진을 찍으려면 재능과 기술도 당연히 중요해. 하지만 사진에는 사진작가의 성격과 인간성이 적나라하게 드러나. 중요한 것은 '찍는 사람의 마음'이라고 생각해."

"찍는 사람의 마음?"

"셔터를 누르는 순간, 무슨 생각을 하고 어떤 염원을 담아내려는지……. 그런 마음이 사진에 영혼을 불어 넣어주는 것일지도 몰라."

"염원……."

"자네는 사진에 어떤 염원을 담고 싶나?"

그 말이 닻이 되어 가슴 깊은 곳에 묵직하게 떨어졌다.

늦은 밤, 스튜디오에 홀로 남아 본인의 사진과 사와이가 찍은 사진을 나란히 두고 비교해 보았다. 풍경 사진과 스마트폰 광고 사진이니 비교하기 힘들지도 모르지만, 그래도 사와이가 찍은 사진에는 무어라 형언할 수 없는 '박력'이 살아 있었다. '영혼이 담겨 있다'는 느낌을 받았다. 찍는 사람이 소원하는 에너지와 메시지가 확실하게 느껴졌다.

그에 비해……. 하루토는 자신의 사진을 빛에 비추어 보았다.

"염원이라……."

실제로 이 사진을 찍을 때, 내 마음속에는 염원은커녕 전하고 싶은 메시지조차도 없었다.

나는 무엇을 소원하면서 사진을 찍어야 하는 것일까.

"······일찍 왔네?"

마코토의 목소리에 눈을 떴다. 블라인드 사이로 쏟아져 들어오는 아침 햇살을 보고서야 저도 모르게 잠이 들어 버렸다는 사실을 깨달았다.

"안녕하세요."

"혹시 스튜디오에서 잤어? 일이 그렇게 많이 남아 있었어?"

"아뇨, 저도 모르게 잠이 들어서······."

"뭐 한 거야."

마코토는 의자를 빼면서 고개를 절레절레 흔들며 웃었다.

"사와이 선생님이 사진으로 꾸짖으셔서 우울했던 거지?"

"네?"

"어제 퇴근길에 사와이 선생님이랑 다카나시 씨랑 밥 먹었거든."

'그 자리에서 들었구나······.'

"그래도 사와이 선생님이 너 약간 칭찬하셨어."

그 말에 잠이 싹 달아났다.

"왜요?"

"사진을 봐 달라고 가지고 오는 자세만큼은 기특하다고. 여태껏 시키는 대로만 할 줄 알던 하루토였는데 한 단계 발전했네."

"그래도 사진은 엉망이었어요······."

"아 맞다. 하루토, 주말에 시간 있어?"

"있긴 해요."

"그러면 사진 찍으러 가자."

마코토는 그렇게 말하며 부드럽게 미소 지었다.

주말이 됐다. 인적이 드문 이른 아침의 게이오선 다카오산입구행 특급 전철.

하루토는 졸린 눈을 비비면서 차창 너머로 펼쳐진 가을 하늘을 멍하니 바라보았다.

시계 바늘은 7시 50분을 가리키고 있다. 아무리 그래도 외출하기에는 이른 시각이다. 하루토는 입이 찢어져라 하품을 했다.

— 이번 역은 다카오산입구, 다카오산입구, 종점입니다. 1번선 도착, 출구는 오른쪽입니다.

승강장에 내려서자 도심과는 비할 수 없을 정도로 차디찬 바람이 불어왔다. 하루토는 황급히 데님 블루종 점퍼의 앞 단추를 잠그고 몸을 움츠렸다. 왜 여기에서 만나자고 한 것일까? 왜 다카오산입구지? 그런 의문을 품었지만, 개찰구를 나와 강 건너에 있는 산들을 바라본 순간 의구심은 눈 녹듯이 사라졌다.

푸르른 하늘 아래에서 붉은 빛과 황금 빛깔의 잎이 울긋불긋 반짝이고 있다. 신선한 햇살 아래에 펼쳐진 그 광경은 마치 아름답게 채색된 값비싼 도자기를 보는 듯했다. 하루토는 무언가에 이끌리듯 배낭에서 카메라를 꺼내어 수차례 셔터를 눌렀다.

약속된 시간이 5분 정도 지났을 무렵, 개찰구로 몰려나오는 사람들 틈에서 "하루토"라고 부르는 익숙한 목소리에 뒤를 돌아보았다.

"그 차림새는 뭐예요?"

하루토의 입이 떡 벌어졌다.

마코토는 이른바 '등산녀 패션' 차림을 하고 있었다. 몽벨의 진청색 콜로라도 파카, 트래킹 백, 머리에는 등산용 모자까지 쓰고 있었다. 산을 타겠다고 작정한 듯한 차림새였다.

"등산을 해야 하니까 그렇지. 이 정도는 당연한 거 아냐?"

그녀는 뽐내듯이 두 팔을 벌리고 웃었다.

"등산?"

"자, 어서 가자."

마코토는 하루토의 블루종 점퍼 소매를 끌어당겼다.

그로부터 두 사람은 버스를 타고 한동안 이동했다. 이윽고 거리가 한산해지더니 밭과 공터가 펼쳐졌다. 그 광경에 왠지 불안함이 커진다. 나를 어디로 데려가는 것일까. 다카오산을 하이킹하면서 단풍 사진을 찍는 것이 아니었나? 게다가 조금 전 '등산'이라는 발언은 대체……. 곁눈질로 보자 마코토는 콧노래를 흥얼거리며 멀리 있는 산들을 내다보고 있었다. 그 미소에 하루토는 왠지 더 불안해졌다. 진바 고원아래 정거장에 내려서 와다토게 방면을 향해 진바 가도를 걸어가는 동안 길은 어느새 비포장 산길로 바뀌었다.

"저, 다카오산은 케이블카를 타고 올라가는 곳이 아니었나요?"

"그런 건 오모테산도 코스야. 여기는 진바산 코스니까."

"진바산 코스? 그 코스는 몇 시간짜리에요?"

"여섯 시간 정도?"

"여섯 시간!"

충격적인 답변에 뒤로 넘어갈 뻔했다.

"이 산길을 여섯 시간이나 올라야 한다는 말입니까?"

"그래. 남자니까 투덜거리지 마."

'선배고 뭐고 한마디 하고 싶다……'

그런 하루토를 본체만체하면서 그녀는 삼나무 숲으로 둘러싸인 급경사를 성큼성큼 올라갔다. 필사적으로 뒤를 쫓아 보지만 금방 허벅지가 당기기 시작했다. 남은 하루가 걱정될 뿐이었다.

그로부터 한 시간 이상을 들여 진바산 정상에 도착했다. 평소 운동 부족으로 비실비실해진 몸뚱이가 비명을 지른다. 내일은 보나마나 근육통으로 고생할 것이다. 그래도 산등성이 너머로 후지산이 보이자 미소가 새어나왔다.

하루토는 마코토 옆에 나란히 서서 웅장한 자연을 사진 속에 담아냈다. 그녀의 눈은 평소보다 빛나고 있었다. 옆에만 있어도 사진 찍는 일을 얼마나 즐거워하는지 느낄 수 있었다.

"의외예요."

"뭐가?"

그녀는 파인더를 들여다보던 눈으로 하루토를 보면서 물었다.

"마코토 씨 취미가 등산이라는 거."

"취미까지는 아니야. 뭐, 학생 때는 가끔 이렇게 산에 올라서 풍경 사진을 찍기도 했지. 그래도 요즘엔 바빠서 잘 못 와."

"마코토 씨는 광고 사진을 찍고 싶어 하는 사람일 거라 생각했어요."

"예전엔 풍경 사진 포토북을 출간하고 싶다고 생각했어. 하지만 예술 사진으로는 이 세계에서 버티기 어렵잖아? 그리고 일단은 먹고 살아야 하니까 광고 사진을 시작한 거지."

그녀가 지금의 일을 하게 된 경위를 들은 것은 처음이었다. 뛰어난 재능을 가진 마코토 씨도 자신이 원하는 일을 하지 못하고 있다. 그만큼 사진의 세계는 살벌하다. 그런 생각이 들자 바짝 긴장되는 느낌이었다.

"그래도 언젠가는 전 세계를 돌아다니면서 내 사진을 찍고 싶어. 그게 내 꿈이야."

마코토는 쑥스러워하며 웃었다.

꿈이라……. 그 울림에 묘한 그리움이 느껴졌다. 나가노의 시골에서 일류 사진작가가 되겠다는 꿈을 꾸던 시절의 내 모습. 도쿄에만 가면 무언가 바뀔 것이라 막연히 여겼었다. 인생이 역동적으로 움직이기 시작할 것이라 믿었다. 하지만 하루토에게 도쿄는 꿈이 이루어지는 곳이 아닌, 자신의 한계를 깨닫게 한 곳이었다.

마코토 선배에게는 찍고 싶은 사진이 있다. 이루고 싶은 꿈이 있다. 하지만 나는 찍고 싶은 사진도 없이 그저 사진 일을 계속하고 있다. 이대로라면 목표가 없는 아르바이트생 시절과 별반 달라진 것이 없지 않은가. 하지만 조급해하면 할수록 답이 보이지 않았다. 깊은 정적으로 둘러싸인 숲속에서 눈을 가리고 걷는 것 같은 기분이었다.

두 사람은 한 시간 정도 주변을 산책하면서 새와 나무들 사진을 찍었다.

"좀 이르긴 하지만 밥 먹을까?"

벤치에 앉자 그녀는 직접 만들어 온 주먹밥을 나눠 주었다.

"맨손으로 주무르지는 않았어. 랩으로 싸서 만든 거니까 괜찮아. 다른 사람이 만든 주먹밥을 못 먹는 사람도 있잖아."

"저는 그런 거 상관없어요."

"그럴 것 같았어."

마코토는 싱긋 웃으며 말했다.

그녀가 만든 주먹밥은 놀라우리만큼 맛있었다. 소금 간과 안에 들어 있는 명란젓의 굽기도 절묘하게 잘 맞아 떨어졌고, 반찬으로 가져온 닭튀김도 상당히 맛있어서 깜짝 놀랐다.

"마코토 선배 요리 잘하시네요."

"뭐야. 요리 못 할 거라고 생각한 거야?"

"네."

"너무하네."

"농담이에요."

하루토가 웃었다. 그리고 표정이 살짝 어두워지더니 자조 섞인 말투로 "요리도 잘하시고 사진도 잘 찍으시다니 부러워요"라고 말했다.

"아직 고민 중이야? 하루토는 고민하는 게 취미구나."

"찍고 싶은 게 뭔지 모르겠다는 건 사진작가로서는 치명적이지 않나요?"

"그런가?"

"그렇죠."

"그러면 더 고민해 보면 되잖아."

"네?"

"그럴 때는 끝까지 고민하는 사람이 승자가 되는 것 같아."

하루토는 그 말의 의미를 이해할 수 없어 그저 입만 벌리고 있었다.

"나도 고민 많이 해. 내가 찍고 싶은 사진이 뭘까, 이 사진에 의미가 있을까, 등등. 아마 앞으로도 계속 고민할 거야. 근데 있잖아…….”

마코토는 진지한 표정으로 먼 산을 향해 시선을 던졌다.

“고민을 하기 때문에 사진을 계속 찍고 싶다는 생각이 들어. 그렇게 고민하고, 망설이고, 괴로워하는 모든 시간과 노력들도 내 작품의 일부가 될 거라 믿으니까…….”

마코토가 하루토의 등을 힘차게 때렸다.

“그러니까 하루토도 고민 많이 해 봐. 찍고 싶은 사진이 뭔지 알게 될 때까지 말이야.”

마코토 선배도 고민하면서 사진을 찍고 있다……. 답이라는 것은 그리 쉽게 찾아지는 것이 아니다. 끊임없이 고민하면서 계속해서 찍어 나가야 한다. 그렇게 고민한 시간들은 나의 발자국이 되어줄 것이다.

“알게 되면 나한테도 얘기해 줘. 하루토가 어떤 사진을 찍고 싶은지 말이야.”

하루토는 엷게 웃으며 끄덕였다.

오후 3시를 넘긴 무렵, 드디어 다카오산에 도착했다.

엄청난 피로에 무릎이 달달 떨리고 옷은 모두 땀으로 흠뻑 젖었다. 하지만 기분은 산을 오르기 전보다 맑았다. 불교 사원 야쿠오인에서 기도를 드리고 조금 더 사진을 찍은 후에 산을 내려가기 시작했다.

하산길에 하루토는 어떤 나무를 보고 발을 멈췄다.

벚나무다……. 가지 끝에는 벚꽃과 닮은 꽃이 피어 있었다. 추위 때문에 꽃잎이 많이 떨어졌지만 연한 복숭앗빛 꽃이 가지에 매달리듯 피어 있다.

'왜 이 계절에 벗꽃이 피어 있을까?'

자리에 서서 나무를 올려다보는데, 앞서가던 마코토가 "왜 그래?"하며 뒤를 돌아보았다.

"이 나무 왠지 벗나무랑 비슷하다는 생각이 들어서요."

"벗나무 맞아. 이름이 아마 주가쓰자쿠라(十月桜)일걸?"

"주가쓰자쿠라……."

"보통 이맘때면 꽃이 다 떨어져야 하는데. 아직 피어 있었구나."

꽃이 떨어져가는 주가쓰자쿠라를 올려다보며 미사키와 함께 걸었던 벗나무 가로수길을 떠올린다. 그녀와 보냈던 날들이 뇌리를 스치자 어슴푸레한 통증이 가슴 전체로 퍼져 나갔다. 그리고 마지막으로 그녀가 했던 말이 가슴속에 메아리쳤다.

'하루토, 이제 나를 잊어…….'

지금이 그때일지도 모른다. 나에게는 해야 할 일이 있다. 사진에 몰두하고 싶다. 내가 찍고 싶은 사진이 무엇인지 찾고 싶다. 하염없이 과거에 끌려 다닐 것이 아니라, 앞으로는 미래를 보고 걸어가고 싶다.

하루토는 주머니에서 스마트폰을 꺼내들고 지금까지 지우지 못했던 미사키의 번호를 삭제했다. 마음은 아팠지만 새롭게 다시 시작할 수 있을 것 같다는 기분이 들었다.

그리고 꽃이 지고 있는 주가쓰자쿠라에게서 등을 돌렸다.

멀어져 가는 그를 붙잡으려는 듯 연분홍빛 꽃잎이 가만히 떨어졌다.

* * * * *

병실 천장도 이제 익숙해져 버렸다…….

미사키는 침대에 누워서 멍하게 생각했다. 낮이지만 커튼이 쳐져 있어서 병실 안은 어두웠다. 11월 끝자락의 차가운 공기가 창문 틈으로 스며들자 몸도 떨려온다. 이불을 어깨까지 끌어 올리려 했지만 손에 힘이 들어가지 않았다. 미사키는 짜증스러운 마음을 한숨으로 뱉어낸 후 자신의 오른손을 바라보았다.

'너무하네…….'

최근 한 달 사이에 빠른 속도로 노화가 진행되었다. 특히 손의 주름은 예전보다 훨씬 많아져서 피골만 남은 상태가 되어 버렸다. 마치 수백 살은 된 듯한 나무의 표면 같아서 보기만 해도 역겨워졌다.

미사키는 손을 천장 높이 들어서 손등을 가만히 쳐다보며 생각했다. 그 여름날, 하루토가 이 손을 잡으면서 해 주었던 말을.

'이 손은 당신이 매일 열심히 살고 있다는 증거잖아요.'

'그러니 저는 이 손이 좋아요.'

'하루토……. 네가 좋아한다고 말해 주었던 그 거친 손은 이제 없어져 버렸어. 이렇게나 쭈글쭈글하고 볼품없는 손이 되어 버렸어…….'

가슴이 먹먹해지면서 눈가에 눈물이 차올랐다.

손이 이 정도니 분명 얼굴은 더 형편없어졌을 것이다. 하지만 무서워서 거울은 못 보겠다. 혹시라도 흉측한 노파의 모습이라면……. 그렇게 생각하자 칠흑 같은 어둠 속으로 빨려 들어가는 것 같은 공포감에 휩싸였다. 미사키는 그 공포를 떨쳐내기 위해 자세를 바꿔 누운 뒤 마음속으로 주문을 외웠다.

괜찮다. 분명 괜찮을 것이다. 나는 아직 그렇게까지 늙지는 않았을 것이다…….

볼에 걸린 머리카락에 시선이 꽂힌다. 염색물이 빠져 버린 머리카락은 거의 다 하얗게 새어 버렸다. 자신에게 되뇌던 주문이 어른거리며 사라져간다.

"염색하고 싶어……."

더 이상은 흰머리를 보고 싶지 않다. 미사키는 도망치듯 눈을 감았다.

미사키가 입원한 것은 약 한 달 전의 일이었다. 면역력이 떨어지면서 폐렴이 발병한 것이다. 그래서 가미야의 제안으로 한동안 입원하기로 했다. 치음에는 다인실에서 지냈지만 참견하기 좋아하는 아주머니가 커튼을 벌컥 열어젖히더니 "이거 먹어"라고 말하며 귤과 매실장아찌를 내밀었다. 뚫어지게 쳐다보는 시선과 수군거리는 사람들 소리에 스트레스를 받은 나머지 1주일도 되지 않아 위염까지 생겨 버렸다.

오빠는 그런 여동생을 위해 1인실로 옮겨 주었다. 하지만 미사키는 생각했다.

'……또 돈을 많이 쓰게 해 버렸네. 빨리 퇴원해야 하는데.'

하지만 그 마음과는 달리 몸이 좋아지는 일은 없었다.

어느 날 아침, 눈을 뜨자 오른쪽 눈의 시야에 안개가 낀 것처럼 탁하게 보였다. 백내장이 시작된 것이다. 패스트포워드 증후군의 주요 증상 중 하나였다. 어느새 목소리를 내는 것도 버거워졌고 근력도 점점 약해져서 다리가 나뭇가지처럼 앙상해졌다.

가미야의 지시에 따라 재활치료도 열심히 받았다. 다른 사람들의 시선은 두려웠지만 이대로 있으면 걷지도 못하게 될 것이다. 그러니 죽을힘을 다해 근력 트레이닝을 계속했다.

"힘내요! 조금만 더!"

재활치료 선생님의 응원을 받으면서 노인들 틈에 섞여 보행훈련을 하는 나날이었다. 한심하다, 꼴 보기 싫다……. 그런 마음과 싸우면서도 '내 발로 걸을 거야'라는 생각에 이 악물고 고통을 견디며 훈련을 이어갔다.

"앞으로는 지팡이를 씁시다."

하지만 어느 날, 접이식 지팡이를 건네받았다. 재활훈련을 한 보람도 없이, 스스로의 발로는 더 이상 몸을 지탱할 수가 없게 되어 버린 것이다.

지팡이를 받은 날 밤, 미사키는 비참한 심정에 밤새 울었다.

나는 확실히 늙어가고 있다. 오늘보다 내일, 내일보다 모레, 계속해서 약해질 것이다.

그래도 미사키는 병 따위에 지지 않을 거라 생각하면서 스스로에게 용기를 주었다.

병은 마음먹기에 달렸다. 무기력해지면 병이 나를 집어삼킬 것이다. 괜찮다, 나는 아직 그렇게까지 늙지 않았다. 겉모습도 분명 그렇게 심각하지는 않을 것이다…….

하루토가 준 가위 케이스를 움켜쥐면서 매일 밤 스스로에게 그렇게 되뇌었다.

"미사키 씨, 식사 시간입니다."

이시바시 이쿠미라는 간호사가 밝은 목소리로 식사를 가져다주었다. "남기지 말고 다 먹어야 해요"라고 말하면서 그녀는 테이블 위에 쟁반을 올려두었다. 병원 밥은 왜 이렇게 맛이 없어 보일까. 음식을 앞에 두고도 전혀 식욕이 생기지 않는다.

"배가 별로 안 고파."

미사키는 가슴속에 쌓인 숨을 뱉어내듯이 불평했다.

"안 돼. 다 먹어야지."

"조금만 더 맛있어 보였으면 좋겠는데."

"그렇기는 해. 우리 병원 식사는 맛이 없기로 유명하니까."

"간호사가 그런 말을 해도 되는 거야?"

"선생님한테는 말하면 안 된다?"

이쿠미는 손으로 입을 가리고 웃었다. 그 미소를 보고 있노라면 마음이 누그러진다. 그녀의 나이는 스물넷이다. 동갑이라 그런지 간호사 중에서 가장 잘 맞았다. 어느덧 이렇게 농담을 주고받을 수 있는 사이가 되었다. 답답한 입원생활이지만 그녀와 담소를 나눌 때만큼은 마음이 편안해졌다.

"커튼 열어보는 게 어때? 석양이 무척 예뻐."

이쿠미가 커튼에 손을 뻗자 미사키는 "하지 마!"라고 비명을 지르듯 작게 외쳤다.

이쿠미가 눈이 동그래져서 돌아보았다.

"왜 그래?"

"커튼이 닫혀 있는 게 좋아……."

커튼을 열면 내 모습이 유리창에 비친다. 만약 더 늙은 모습이라면……. 그렇게 생각하니 두려움에 온몸이 미세하게 떨려왔다.

"이쿠미 간호사님."

미사키가 화제를 돌리려는 듯 이쿠미를 불렀다.

"염색하고 싶어요."

"염색?"

"머리카락, 까맣게 염색하고 싶어."

미사키는 창피하다는 듯 손끝으로 흰머리를 어루만졌다.

"그래? 그럼 금방 확인해 볼게."

늙고 있다는 느낌을 주는 모든 것을 내 시야에서 없애고 싶다. 흰머리도, 주름투성이인 손도 보고 싶지 않다. 염색을 할 수 있다면 이 불안과 초조도 약간은 줄일 수 있을 것이다.

문을 두드리는 소리가 들린 후 "미사키?"라고 부르는 아야노의 목소리가 들려왔다. 정장 차림의 아야노가 들어온다. 퇴근길에 곧장 병원으로 와 준 모양이다. 이쿠미는 아야노에게 가볍게 인사를 한 후 밖으로 나갔다. 문이 닫히자 아야노는 미소를 지으며 "열은 좀 내려갔어?"라고 물었다.

"많이 좋아졌어."

"다행이다. 아, 이거 가져왔어."

아야노는 하얀 장갑을 내밀었다. 이제 손의 주름을 보지 않아도 된다. 감사의 인사를 한 뒤 양손에 장갑을 끼자 마음까지 검게 물들였던 검버섯이 조금은 사라진 듯한 기분이 들었다.

"그리고 이것도."

테이블 위에 영양제를 한가득 올려놓는다. 미사키가 인터넷으로 주문한 것들을 집에서 가지고 와 준 것이다. 플라센타, 폴리페놀, 카로티노이드. 노화 억제 효과가 있다는 영양제는 닥치는 대로 복용했다. 그 덕분에 미용사로 일하며 모아두었던 돈을 거의 다 써 버렸지만, 조금이라도 노화를 늦출 수 있기를 바라는 마음에 영양제를 꾸준히 먹고 있었다.

"그런데, 무리해서 이렇게 많이 먹을 필요는 없지 않을까?"

아야노가 둥근 테이블 옆에 앉으면서 희미하게 웃었다.

그 말에 미사키의 눈초리가 매서워졌다.

"무슨 뜻이야?"

아야노는 말실수를 눈치챈 듯 검은 머리칼을 흔들며 사과했다.

"미안해. 그런 의미는 아니야. 내가 무심했어⋯⋯."

안다. 잘 알고 있다. 아야노 언니는 모아둔 돈이 없어지는 것을 걱정해준 것이다. 하지만 자꾸만 그 말이 불쾌하게 들린다. 이런 걸 먹어 봐야 어차피 노화를 막을 수는 없다고 말하는 것처럼 들린다. 알고는 있지만⋯⋯. 하지만 어제와 마찬가지로 여전히 예쁜 아야노 언니에게 그런 말을 들으면 왠지 자꾸 화가 치밀어 오른다.

"어차피 언니는 모르잖아. 예쁘고 주름도 하나 없으니까."

미사키는 이 말을 내뱉자마자 후회했다. 홧김에 심한 말을 해 버렸다.

곁눈질로 보자 아야노는 슬픈 표정을 하고 있었다.

몸이 마음처럼 움직이지 않게 된 이후, 사소한 일로도 곧잘 화를 내게 되었다. 텔레비전에 나오는 예쁜 연예인을 볼 때마다, 복도에서 가

넙게 자신을 앞질러가는 젊은 간호사의 등을 볼 때마다, 마음속에서 초조함의 불길이 커져갔다.

죄다 불행해졌으면 좋겠다. 나처럼 빨리 늙었으면 좋겠다. 그런 생각으로 노려보게 된다. 하지만 그런 생각을 하는 순간, 비열한 자신의 모습을 깨닫고 자기혐오에 빠져들었다.

'너 진짜 최악이구나…….'

하루토의 말대로, 나는 정말 최악의 인간이 되어 버렸다.

짙은 어둠이 깔린 병원은 고요하다. 공기가 흘러가는 소리가 귓가에 울리는 듯한 느낌이 든다. 그 정적에 몸을 맡기면 마음이 차분해진다. 이대로 아침이 오지 않았으면 좋겠다. 그럴 수 있다면 늦지 않고 모든 것을 끝낼 수 있으리라.

애정을 담아 가위 케이스를 몇 번이고 쓰다듬으면서, 미사키는 하루토를 생각하고 있었다. 생각하지 않으려 해도 자꾸만 그의 미소가 떠오른다.

그리고 스마트폰으로 하루토가 다니고 있는 스튜디오 홈페이지에 들어가 보았다.

지금 뭐 하고 있을까? 아직 일하는 중일지도 몰라. 바빠서 끼니도 제대로 못 챙기고 편식을 하고 있는 것은 아닐까? 머리카락이 덥수룩해지지는 않았을까? 이제는 다른 미용실에서 자르겠지……. 그렇게 생각하니 왠지 질투가 난다. 그의 머리를 더 많이 잘라주고 싶었다. 그와 함께 하고 싶은 것들이 아직 많이 있었다.

미사키는 가위 케이스에서 가위를 꺼내보았다. 예전에는 무게감이 전혀 느껴지지 않았다. 하지만 지금은 손에 들린 가위가 제법 묵직하다.

손끝으로 가위를 잡고 가만히 눈을 감는다. 미용실 의자에 앉아 있는 하루토의 모습을 떠올린다. 그리고 그때처럼 가위를 움직여본다.

그는 나의 첫 손님이었다. 너무나도 긴장한 나머지 제대로 자를 수 있을지 불안했다. 하지만 하루토는 "엄청 깔끔해졌고, 뭐랄까, 조금은 잘생겨진 것 같은 기분이 들어요"라고 말해 주었다. 그 말이 기뻤다. 나의 커트에 기뻐해 주는 사람이 있다니. 그때까지의 노력이 아주 조금은 보상받는 듯한 느낌이 들었었다.

그런데 지금은……. 미사키는 손을 내렸다. 지금은 가위가 너무 무겁다. 그때처럼 가위를 움직일 수가 없다. 그렇게나 열심히 연습했었는데…….

가위가 침대 조명의 빛을 받아 반짝거린다. 그 반짝임은 예전에 자신이 추구했던 꿈처럼 눈부셨다. 하지만 이제 미용사로는 돌아갈 수 없다. 내 가게를 열겠다는 꿈도, 누군가를 예쁘게 만들어 주고 싶다는 꿈도, 이제는 이룰 수가 없다.

병은 몸을 불편하게 할 뿐만 아니라 마음과 인생까지도 좀먹는다. 돌아갈 수 없는 그 시절을 떠올리면서 미사키는 가위 케이스를 꽉 움켜쥐었다.

그날 밤은 시계소리가 신경 쓰여서 좀처럼 잠들 수 없었다.

시간이 흘러가는 것을 의식하면 불안함에 호흡이 불안정해진다. 늙고 있다……. 그런 생각이 마음을 어지럽힌다. 미사키는 탁상시계의 건전지를 뺀 후 화장실에 가기 위해 지팡이에 손을 뻗었다.

걷는 속도가 느려진 이후로 조금이라도 요의를 느끼면 바로 화장실에 가기로 마음먹었다. 스스로 움직일 수 있는 동안은 누군가의 도움을 받고 싶지 않다. 기저귀를 차거나 누군가의 부축을 받아서 용변을 보는 상황은 생각도 하기 싫다.

병실을 나와 지팡이를 짚고 어두운 복도를 천천히 걸어갔다. 한 발짝 한 발짝 발을 내디디는 것이 고통스러워 금방 숨이 찼다. 수 미터를 걷자 움직이기가 힘들어져서 손잡이를 붙들고 선 채로 오도 가도 못 했다. 근력이 떨어져 허리에 가해지는 부담이 커진 바람에 심각한 요통에 시달리고 있었다.

어째서……. 미사키는 이를 꽉 물었다. 어째서 이런 몸이 되어버린 것인가. 움직여……. 하지만 다리는 꼼짝도 하지 않았다. 분노가 치밀어 올라 억지로 발을 옮기려다가 결국 넘어져 버렸다. 차가운 복도에 볼품없이 엎드린 내 모습. 이 얼마나 보기 흉한 몰골인가. 그래도 일어나기 위해 양팔에 힘을 준다. 그때였다.

"염색은 힘들다고 말해야 하는데."

바로 옆에 있는 특수욕실에서 목소리가 들려왔다. 익숙한 목소리다. 이쿠미였다. 그녀가 누군가와 이야기를 하고 있었다. 아마 동료일 것이다.

"말하기 힘든 건 알겠지만 무리인 건 무리라고 확실히 말해야 돼."

"미사키 씨, 흰머리 엄청 신경 쓰고 있어."

"아무리 시간이 흘러도 유지하고 싶은 게 젊음이라는 거잖아."

"그건 그렇지. 미사키 씨도 아직 스물넷밖에 안 된 거 알아? 나라면 절대 못 견딜 거야. 이 나이에 그런 할머니가 되다니."

할머니……. 충격이 온몸을 관통했다. 이루 말할 수 없는 분노가 끓어올라 온몸의 털이 거꾸로 솟는다.

다들 나를 할머니라고 생각하고 있다…….

미사키는 바닥에 엎드린 채로 주먹을 질끈 쥐었다.

억울하다……. 이쿠미는 나와 같은 나이인데도 살고 있는 시간은 전혀 다르다. 그녀는 젊은 모습으로 앞으로 몇 십 년을 더 살 수 있다. 좋아하는 옷을 입고, 좋아하는 음식을 먹고, 좋아하는 일을 하면서 살아갈 수가 있다. 그런데 나는…… 나는!

"어머, 벌써 시간이 이렇게 됐네. 이제 가야겠다."

이쿠미와 동료의 발소리가 들렸다.

오지 마……. 부탁이니까 지금은 오지 마……. 마음속으로 외쳤다. 하지만.

"세상에, 괜찮아요?"

특수욕실에서 나온 이쿠미가 황급히 뛰어왔다. 이쿠미의 시선이 미사키의 바지로 향한다. 젖어 있다. 화장실에 가지 못한 바람에 바지를 적시고 말았다.

이쿠미는 신경 쓰지 말라며 어깨에 부드럽게 손을 얹더니 "휠체어 가져 올 테니까 잠깐만 기다려"라고 말한 후 어디론가 뛰어갔다. 창피함을 견딜 수가 없어서 고개를 푹 숙였다. 끔찍해……. 미사키는 온힘을 다해 자신을 저주했다.

이쿠미가 미사키를 침대에 눕히고 바지와 속옷을 갈아입혀 주었다.

이렇게 얄미운 사람에게 추태를 보이다니.

'처참하다…….'

이쿠미가 더러워진 속옷을 손에 들고 "푹 쉬어"라고 말하며 미소 지었다. 그 미소는 가위처럼 미사키의 마음을 갈가리 찢었다.

"커튼 좀 열어 줘……."

천장을 보면서 중얼거렸다.

"응? 하지만 지금은 밤인데……."

"상관없어."

그녀는 의아하다는 표정을 지었지만 미사키의 말대로 커튼을 젖혀 주었다. 그녀가 나간 후 미사키는 리모컨으로 침대 등받이를 세워서 몸을 일으켰다. 그리고 미사키는 유리창으로 자신의 모습을 보았다.

그곳에는 완전히 변해 버린 모습이 비쳐 있었다. 미라처럼 푸석푸 석한 얼굴, 움푹 파인 눈두덩이, 주름으로 뒤덮인 피부는 나무껍질처 럼 당장이라도 벗겨져 나갈 것 같았다. 유리창에 비치는 모습은 인간 이라기보다는 말라비틀어진 쥐처럼 볼썽사나운 생명체로 보였다.

"진짜네……."

미사키는 맥없이 웃었다.

'할머니라는 소리를 들어도 할 말이 없겠어…….'

자신은 지금 뭐 하고 있는 것일까. 이런 역겨운 모습으로, 비열한 생각까지 하면서, 도대체 무엇을 위해서 살아 있는 것일까.

미사키는 가만히 눈을 감았다.

'이제 지쳤어…….'

배 위에 올려둔 가위 케이스에 손을 얹자 하루토의 목소리가 귓가 에 아른거렸다.

'귀여워요.'

언젠가 하루토가 해 준 말이다. 민얼굴을 보았을 때, 유카타를 입은 모습을 보았을 때, 나에게 귀엽다고 말해주었다. 지금껏 그런 말을 들어본 적이 없었으니 정말 뛸 듯이 기뻤었다. 자꾸만 그 말을 듣고 싶었다. 계속해서 그렇게 말해 주기를 바랐다. 하지만…….

미사키의 눈가에서 한 줄기 눈물이 흘러내렸다.

'이제 더 이상은 그렇게 말해주지 않겠지…….'

지금의 추한 자신의 모습을 본다면 다시는 귀엽다는 말을 해 주지 않을 것이다…….

* * * * *

아야노는 본인이 다니고 있는 화장품 회사의 책상에 앉아 깊은 한숨을 내쉬었다. 그리고 테이블 위에 있는 샘플에 손을 뻗는 순간, 노파처럼 변해 버린 미사키의 모습이 떠올랐다.

'만약 내가 미사키와 같은 병에 걸렸다면…….'

다카시가 미사키의 병에 대해 이야기했을 때는 고약한 농담이라고 생각했다. 보통 사람의 수십 배 속도로 나이가 드는 병, 그런 병이 이 세상에 있으리라고는 상상조차 해 보지 않았다. 다카시와 교제한 지 6년, 녀석은 엉뚱한 구석도 있지만 거짓말을 할 사람은 아니다. 그러니 그 말이 사실이라는 것을 바로 알아챌 수 있었다. 하지만, 그것이 얼마나 괴로운 일인지는 가늠하기 어려웠다. 늙어가는 미사키의 모습을 보기 전까지는…….

'어차피 언니는 모르잖아. 예쁘고 주름도 하나 없으니까.'

주름이 가득한 얼굴로 했던 그 말은 지금도 가슴을 짓누른다. 30대를 눈앞에 두고 거울을 볼 때마다 10대 때에 비해 피부 탄력이 확연히 떨어졌다는 것을 통감하고 있었다.

하지만 미사키의 눈에는 지금 내 모습도 젊어 보이는 것이다……

업종 특성상 젊음을 유지하고 싶어 하는 여성들의 목소리를 자주 듣는다. 여성이 아름다워지고 싶어 하는 마음은 본능이라고 해도 좋다. 특히 사랑하는 사람 앞에서는 언제까지나 예뻐 보이고 싶어 하는 것이 여자의 마음이다. 하지만 미사키는 겨우 스물넷이라는 나이에 그럴 수가 없게 되어 버렸다. 다른 사람보다 몇 십 배나 빠른 속도로 시계 바늘이 움직인다는 공포감과 매일 마주해야 한다. 그 고통이 얼마나 클지, 같은 여자로서 뼈저리게 이해한다. 아니, 이해할 수 있다고 생각했다. 하지만 정작 나는 아무것도 이해하지 못했다. 무시무시한 속도로 나이 들어간다는 것은 손톱을 하나하나 뜯어내는 것보다도 고통스러운 일이다. 좋아하는 사람에게 병에 대해 이야기하지도 못하고, 오롯이 혼자서 늙어가는 고통과 마주하고 있다. 연인에게 미움을 받는 한이 있더라도 노화가 된 모습을 보여주고 싶지는 않다고 생각하고 있다. 사실은 그와 더 오랜 시간을 보내고 싶었을 텐데. 자신을 계속 좋아해 주기를 바랐을 텐데……

미사키는 살아갈 의욕을 잃어가고 있었다. 침대에 누워 있는 모습은 마치 썩어 문드러진 고목 같았다. 멍하니 천장만 바라보는 공허한 눈망울에 아무런 말도 건넬 수 없었다.

다카시도 피폐해지고 있었다. 하나뿐인 혈육이 시들어가는 모습을 지켜볼 수밖에 없는 고통은 상상을 초월하는 것이었다. 가게에 있을 때는 씩씩한 척했지만 혼자가 되면 밤마다 거의 뜬눈으로 지새웠다. 어렵기만 한 의학 서적을 뒤적거리면서 미사키를 도울 수 있는 방법이 없는지 죽기살기로 찾아 헤매는 나날이었다. 아야노가 쉬어야 한다고 말을 해 보아도 소용이 없다. 미사키에게 남겨진 시간이 얼마 되지 않는다는 것을 피부로 느끼고 있기 때문이리라. '조로증 환자 모임'에 이야기를 들으러 가고, 여러 의료 기관에 연락하기도 하면서 동생을 구하기 위해 분주히 뛰어다녔다. 하지만 그때마다 돌아오는 것은 희망이 아닌 절망이었다. 아야노는 그런 연인의 모습을 보는 것이 괴로웠다.

어느 토요일 정오 무렵, 직접 만든 도시락을 가지고 아리아케야에 들어선 아야노는 바닥에 쓰러져 있는 다카시를 발견했다. 구급차를 부르기 위해 핸드폰을 꺼내자 다카시가 희미하게 "괜찮아"라고 말했다. 의식이 돌아온 것이다. 그리고 힘없이 일어나 수도꼭지를 열어 물을 마셨다. 살이 빠져서 앞가슴도 얄팍해지고, 힘차고 다부졌던 얼굴도 핏기가 없이 초췌해졌다. 영락없는 환자의 모습이었다.

"무리하지 않는 게 좋아. 오늘은 가게 쉬는 게 어때?"

"걱정 마. 잠깐 빈혈이 있었던 것뿐이야."

미심쩍은 민간요법에 모아둔 돈을 거의 다 써 버린 터라 금전적인 여유도 없다. 그러니 가게 문을 닫을 수는 없었다. 의료보험 지원은 받고 있었지만 1인실 입원비를 충당하려면 상당한 돈이 필요했다. 일과 간병을 병행하는 것에 서서히 한계를 느끼고 있었다.

"이거 써."

아야노는 가방에서 통장과 도장을 꺼내며 말했다.

"3백만 엔 정도 있어. 미사키 치료비에 보태."

하지만 다카시는 "이걸 받을 리가 없잖아"라고 하며 통장을 되밀었다.

"미사키 다음 주에 퇴원하잖아. 환자용 침대도 준비해야 하고. 그리고 또 쓰러지기라도 하면 미사키는 본인 탓이라고 생각할걸?"

힘없이 의자에 걸터앉는 다카시의 어깨를 흔들며 말했다.

"그러니까, 응? 사양하지 말고 써."

"그래도 너, 그 돈 결혼식 준비하려고 모은 돈이잖아."

결혼은 하나의 꿈이기도 했다. 물론 지금도 다카시와의 결혼을 꿈꾸고 있다. 하지만 그런 꿈보다 중요한 것이 있다. 그러니 아야노는 다카시의 손에 통장을 쥐어 주었다.

"나도 미사키에게 힘이 되어 주고 싶어."

아야노는 부드러운 미소를 지어 보였다.

미사키의 퇴원일이 다가왔다. 다카시는 집에서 환자용 침대를 받은 후 맛있는 음식을 해놓기로 했고, 미사키를 데리러 가는 것은 아야노가 하기로 했다.

운전 중 차 안에서 흘러나오는 조니 미첼의 〈Little green〉을 들으며 아야노는 미사키와 처음 만났을 때를 떠올렸다.

그때 미사키의 나이는 열여덟이었다.

'작고 고양이처럼 귀여운 아이.'

이것이 아야노가 느낀 첫인상이었다. 고등학생이었던 미사키는 낯을 많이 가려서 친해지기까지 제법 시간이 걸렸지만, 한번 마음을 연 이후로는 아기 고양이처럼 잘 따라 주었다. 외동딸이었던 아야노는 '여동생이 있다면 이런 느낌이겠지'하고 생각했다.

진로에 대한 고민으로 상담을 해 준 적도 있었다. 미용사가 되고 싶다는 꿈은 있지만 오빠에게 학비를 부탁하기는 미안하다며, 전문학교에 가고 싶다는 이야기를 꺼내지 못하고 있었다. 그래서 아야노는 다카시에게 은근슬쩍 미사키의 생각을 귀띔했다. 둔감한 다카시는 "뭐야, 그런 얘기는 그냥 바로 하지 그랬어!"라고 하며 흔쾌히 진학을 응원해 주었다.

미용사 국가시험에 합격했을 때의 일도 떠올랐다. 아야노는 축하의 뜻으로 가위를 선물했다. "비쌌지?"하고 미안해하며 어두운 표정을 짓는 미사키에게 "무슨 소리야. 나 이래 봬도 고액연봉자야. 얼마 안 하는데?"라고 하며 웃어 보였다. 일을 시작한 지 얼마 되지 않았을 때니 돈을 많이 쓴 편이기는 했지만, 미사키의 새로운 출발을 축하해 줄 수 있어서 기뻤다.

미사키는 새 가위를 보면서 눈시울이 촉촉해졌었다. 하지만 다카시 앞에서 우는 것은 창피하다며 손을 맞대고 문지르면서 꾹꾹 참았다. 그 모습이 무척이나 사랑스러웠다.

일을 시작한 후에도 시시콜콜히 상담해 주었다. 미사키는 점장에게 매일같이 혼나서 "나 커트에 재능이 없을지도 몰라……"라고 하면서 울상을 짓기도 했다.

아야노는 그런 미사키에게 자신의 머리카락을 자르게 해 주었다.

"하지만 아직 실제 사람의 머리카락은 잘라본 적이 없어……."

아야노는 잔뜩 겁을 먹은 미사키의 등을 때리면서 "언젠가는 손님 머리카락을 잘라야 하잖아"라고 말하며 웃어 보였다.

"그러니까 지금 내 머리로 연습해 봐."

"응……. 실패할 수도 있어. 미리 사과할게."

"안 돼. 실패는 용납하지 않을 거야."

미사키는 두려움에 무릎을 끌어안았다.

"괜찮아. 미사키라면 분명히 잘 할 거야."

그리고 미사키는 서투른 손놀림으로 아야노의 머리칼을 잘랐다. 완성된 머리 스타일은 빈 말로라도 잘했다고는 할 수 없는 모습이었지만, 열심히 잘라준 그 머리 모양에 신기하게도 애착이 갔다.

"잘했네!"

아야노가 칭찬해 주자 미사키는 쑥스러운 듯 "그런가?"라고 말하며 웃었다. 그 얼굴을 보면서 생각했다. 언젠가 꿈을 꼭 이루었으면 좋겠다……. 본인의 가게를 열어서 많은 사람들을 예쁘게 만들어 주었으면 좋겠다. 그날까지 있는 힘껏 응원해 줘야지.

하지만 결국 그 꿈은 이루지 못했다. 병마가 모든 것을 앗아가 버렸다.

신호가 빨간불로 바뀌고 브레이크를 밟으면서, 아야노는 눈자위를 지그시 눌러 나오려던 눈물을 들여보냈다.

입원비를 정산하고 미사키의 병실로 향했다.

사복으로 갈아입은 미사키는 휠체어에 외따로 앉아 고개를 숙이고 있었다. 손에는 연인에게 받은 가위 케이스가 들려 있다. 부적처럼 항상 소중하게 지니고 있다. 염색물이 빠진 머리카락은 하얗게 새어 버렸고, 어금니가 빠진 탓에 볼이 홀쭉해져서 얼굴은 해골처럼 보였다.

"오늘은 퇴원하기 딱 좋은 날씨야."

아야노는 애써 밝게 웃으면서 수납장에 있는 짐들을 가방에 넣기 시작했다.

"그렇게 기분 좋아?"

"응?"

"날씨가 좋은 걸로도 기뻐할 수 있다니 태평해서 좋겠네."

아야노는 가시 돋친 그 말을 미소로 피했다. 요즘은 미사키의 이런 말에도 익숙해졌다. 자신의 용모에 스스로도 마음을 가눌 길이 없어 무심코 뱉어 버린 말이다. 아야노는 스스로에게 그렇게 되뇌었다. 잘못한 것은 미사키가 아니다. 병이다. 이건 모두 병 때문이다.

아야노는 병실을 나서서 가미야와 간호사들에게 인사한 후 미사키를 태운 휠체어를 밀고 엘리베이터가 있는 홀로 향했다. 그동안 미사키는 줄곧 머리카락을 만지작거리고 있었다. 백발을 드러내기가 창피해서일 것이다.

'모자를 가지고 올걸……'

아야노는 미사키를 조수석에 태우고 시동을 걸었다. 병원을 빠져나와 한동안 달리다가 신주쿠역 부근에서 신호에 걸려 멈춰 섰다. 미사키는 차창 밖을 걸어다니는 사람들의 시선이 신경 쓰이는지 몸을 더욱 움츠렸다. 그 모습에 마음이 아팠다. 아야노는 무리해서 웃었다.

"다카시가 말이야, 미사키가 좋아하는 음식 잔뜩 만들어 놓고 기다린대."

"먹기 싫어."

"그럼 한 입만 먹어. 응? 같이 먹자."

병은 미사키의 목소리마저 앗아갔다. 쉬어 버린 목소리. "아야노 언니"라고 불러주던 그 생기 가득한 목소리는 더 이상 들을 수가 없게 되었다.

"아야노 언니⋯⋯."

이름을 부르는 쉰 목소리에 가슴이 아려온다.

"들르고 싶은 곳이 있어."

"어디? 편의점?"

미사키는 고개를 내저었다. 그리고 무거운 물건을 들어올리듯 힘겹게 스마트폰을 들어 화면을 보여 주었다.

"이곳은⋯⋯."

주택지 모퉁이에서 비상등을 켜고 차를 세운다.

"여기에 세우면 돼?"

미사키는 아무 말 없이 고개를 끄덕이더니 앞 유리 너머로 시선을 던졌다.

삼거리 저편에는 벽돌로 된 3층짜리 건물이 있었다. '사진작가 사와이 교스케 스튜디오'라는 간판이 내걸려 있다. 하루토의 직장이다.

미사키는 손 안에 든 연분홍빛 가위 케이스를 꼭 쥔 채 빌딩 입구를 빤히 쳐다보고 있었다. 그의 모습이 나타나기를 기다리는 것이다.

기도하듯 가슴께에 가위 케이스를 쥐고 있는 미사키. 그 모습에 아야노의 마음이 파들거렸다.

그로부터 얼마나 지났을까. 어쩌면 다른 곳에서 촬영 중일지도 모르는데. 오늘은 쉬는 날일 수도 있고. 그래도 미사키는 하염없이 기다렸다. 여전히 사랑하는 그를.

그 마음이 절절하게 느껴졌다. 그래서 아야노는 아무 말 없이 운전석에 앉아 미사키와 같은 방향을 보고 있었다. 이윽고 두터운 구름이 소리 없이 다가와 태양을 가리자 주변이 어둑어둑해졌다. 창문을 살짝 열어보니 어렴풋이 비 냄새가 느껴졌다.

아야노는 기도했다. 그가 올 때까지는 제발 비를 뿌리지 말아 줘.

미사키에게 옛 연인의 모습을 보여주고 싶다. 비가 내리면 유리창이 흐려져서 제대로 볼 수가 없게 된다. 그러니 제발 비야, 오지 말아 줘…….

그때 미사키가 몸을 앞으로 기울였다. 그 시선 끝에는 청년의 모습이 있었다. 하루토다. 그는 데님 블루종 점퍼를 입고 커다란 카메라 가방을 등에 맨 채 걷고 있었다. 미사키는 그 모습을 뚫어져라 바라보았다. 마음 같아서는 지금 당장이라도 차에서 내려 그의 곁으로 뛰어가고 싶을 것이다. 이야기도 나누고 싶을 것이다. 하지만, 그럴 수가 없다. 자신의 모습이 변해 버렸으니까. 아무리 만나고 싶다 해도, 노파처럼 변해 버린 모습을 보여 줄 용기는 없다…….

미사키는 가위 케이스를 꼬옥 끌어안았다.

"……고마워. 이제 됐어."

아야노는 차를 출발해야 하나 고민했다. 하지만 고개를 숙인 미사키를 보고 잠자코 액셀 페달을 밟았다. 조금만 더 가까이에서 그를 보여주고 싶었다. 그래서 가야 하는 방향과는 반대쪽으로 가서 삼거리에서 오른쪽으로 꺾어 하루토 옆을 지나쳤다. 미사키는 차창에 손을 대고 하루토의 옆얼굴을 바라보았다. 이윽고 그의 모습이 보이지 않게 되자 미사키는 조용히 고개를 떨어뜨렸다.

아야노는 국도로 나와 빨간불에서 멈춰 섰다. 곁눈질로 보자 그녀는 손을 비비적거리고 있었다. 가위를 선물했을 때와 같은 모습이었다.

울고 싶어 한다……. 바로 알아챌 수 있었다. 하지만 울지 않으려고 애써 참고 있는 것이다.

신호가 파란불로 바뀌자 아야노는 국도에서 왼쪽으로 꺾어 좁은 도로로 들어섰다. 그리고 인적이 드문 도로 한쪽에 차를 세웠다.

"여기는 사람이 별로 안 다니는 곳이야."

그러니까 울어도 돼……. 마음속으로 중얼거렸다.

아야노의 말을 듣자마자 미사키의 어깨가 떨리기 시작했다.

"흐윽…… 흐윽…….."

움푹 파인 눈에서 떨어진 눈물이 손에 든 연분홍빛 가위 케이스를 적신다. 이윽고 그 눈물은 통곡으로 바뀌었다. 미사키는 가위 케이스를 품에 꽉 끌어안고 울었다. 쉬어 버린 음성으로 목 놓아 오열했다. 이제는 돌아갈 수 없는 그때를 애달파하듯, 잊을 수 없는 연인을 생각하며 구슬 같은 눈물을 뚝뚝 흘리면서 울고 있었다.

하늘에서 떨어진 비가 앞 유리를 적셔서 미사키의 우는 얼굴을 가려 주었다.

미사키는 주름으로 뒤덮인 얼굴을 일그러뜨리며 하염없이 울었다.

그날 밤, 약소하게나마 퇴원을 축하하는 시간을 가졌다. 다카시는 미사키가 좋아하는 음식을 잔뜩 만들어서 테이블 위에 늘어놓았다. 오늘만큼은 가게도 문을 닫았다.

미사키는 다카시의 실없는 이야기에 귀를 기울이면서 오빠가 만들어 준 볶음밥을 아주 조금 입에 넣었다. 이가 빠져서 만족스러운 식사를 할 수는 없었지만 "맛있어"라고 말하며 웃어 보였다. 그 말에 다카시는 "그래?"라고 되물으며 활짝 웃었다.

식사를 끝내고 다카시와 함께 미사키를 방까지 부축했다. 오랜만에 동생이 방에 있다. 다카시는 그 사실만으로도 더할 나위 없이 기뻤다.

"이 침대는 어디서 났어?"

미사키가 하얀 장갑을 낀 손으로 환자용 침대를 쓰다듬는다.

"어디서 났냐니, 당연히 샀지."

"……비쌌어?"

"쓸데없는 관심은 끄시지. 걱정 마. 중고로 싸게 산 거니까."

미사키는 안도의 한숨을 내쉬었다.

그리고 다카시는 한동안 침대 옆에 앉아 미사키와 대화를 나누었다. 오랜만에 보는 오순도순한 남매의 모습에 아야노도 미소를 지었다.

"그럼 나는 이제 가 볼게."

빨래를 끝내고 얼굴을 들이밀자 미사키가 "아야노 언니"라고 불렀다.

"할 말이 있어."

그 묘한 표정에 무언가 심상치 않다는 것을 느끼고 다카시에게 자리를 비켜달라는 눈짓을 했다. 그리고 미사키 옆에 앉아 물었다.

"할 말이 뭐야?"

"저기."

미사키는 입을 떼기가 힘든 듯 시선을 피했다.

"아야노 언니……."

"응?"

"……이제 안 왔으면 좋겠어."

그 말에 말문이 막혔다.

"왜?"

"나, 병에 걸린 이후로 줄곧 언니가 부럽다고 생각했어. 젊고 예쁜 상태로 있을 수 있는 언니가 부러워서 견딜 수가 없었어……."

"미사키……."

"분명 앞으로도 그럴 거야. 아야노 언니가 옆에 있으면 지금보다 더 질투하게 될 거야. 그러다 언젠가…… 언니를 진심으로 미워하게 될지도 몰라…… 그러니까……."

미사키의 눈이 붉게 충혈되었다. 무언가가 마음을 움켜쥔 듯한 고통이 느껴진다. 눈물이 쏟아질 것만 같았다. 하지만 아야노는 애써 웃었다.

"내가 미워진대도 괜찮아. 그러니까 앞으로도……."

미사키는 고개를 가로로 저었다.

"미워하고 싶지 않아……."

그렇게 말하는 미사키의 어깨가 떨렸다.

"나…… 아야노 언니를 진짜 친언니라고 생각하니까…… 미워하고 싶지 않아……."

"그런 거 신경 안 써. 나 미워해도 돼. 난 괜찮아. 그러니까 미사키…… 부탁이야…… 오지 말라는 말은 하지 마……."

"아야노 언니, 지금까지 고마웠어."

"그런 말 싫어……."

"앞으로 오빠도 잘 부탁해. 행복하게 해 줘야 해. 내가 없어지더라도 계속 오빠의 가족으로 곁에 있어 줘."

"그만해. 그런 말 하지 마."

"있잖아, 나……."

미사키가 미소를 머금으며 입을 뗐다.

"아야노 언니를 만난 건 행운이었어……."

그 미소에 가슴속에서 뜨거운 무언가가 차올랐다.

미사키의 심정은 이해가 된다. 같은 여자로서, 자신보다 젊은 모습으로 있을 수 있는 나를 질투하게 되는 그 마음이 아프리만치 이해된다. 그래서 더욱 괴로웠다. 내가 옆에 있으면 미사키에게 상처를 주게 된다. 하지만 이렇게 갑자기 헤어져야 한다니……. 어떻게 해야 할지 모르겠다…….

아야노는 미사키를 가만히 끌어안았다.

"하나만 약속해 줘."

"약속?"

"언젠가 꼭 다시 만나."

미사키의 떨림이 온몸으로 느껴진다.

"꼭 만나자……."

"응……."

"꼭이다?"

"응."

아야노는 미사키를 꼬옥, 꼬옥 끌어안았다.

"약속."

"응, 약속."

미사키는 헤헤거리며 웃었다.

아야노는 몸을 떼고 미사키의 얼굴을 바라보았다. 주름이 가득한 그 얼굴에 예전 미사키의 모습이 겹쳐 보였다. 처음 만났을 때 보았던 그 소녀의 모습이 자꾸만 겹쳤다…….

아야노는 미소를 띠며 말했다.

"잘 있어, 미사키."

"잘 가."

미사키도 웃으며 끄덕였다.

복도로 나온 순간, 주체할 수가 없이 눈물이 흘렀다. 울음소리가 새어나가지 않도록 입을 틀어막고 쭈그려 앉아 소리 죽여 울었다.

미사키와의 추억이 머릿속에서 아른거린다. 야구 경기를 응원하던 그 모습이. 프러포즈를 받았을 때 축하한다고 말해 주었던 그 미소가. 떠오르는 것은 온통 젊은 모습의 미사키뿐이었다.

아야노는 눈물을 닦고 일어섰다. 그리고 입술을 다물고 굳게 결심했다.

'언젠가는 만날 것이다. 언젠가 반드시…….'

그렇게 생각하면서 천천히 걸음을 옮겼다.

* * * * *

12월에 들어서자 기온이 급격히 떨어졌다.

손에 들린 가위 케이스를 보면서 그날 보았던 하루토의 모습을 떠올린다. 오랜만에 그를 볼 수 있어서 정말 기뻤다. 하지만 그와 동시에 하루토의 왼쪽 자리로는 돌아갈 수 없다는 것을 실감했다. 아무리 그를 그려 보아도 예전 그 시간들은 돌아와 주지 않는다.

시간을 거꾸로는 돌릴 수가 없는 것이다…….

미사키는 침대 옆에 있는 쓰레기통에 가위 케이스를 조심스레 넣었다. 그리고 환자용 침대를 눕히더니 괴로운 듯 자세를 바꾸어 등을 돌렸다. 최근 들어 욕창이 심해져서 좀처럼 잠들 수가 없다. 통증이 느껴질 때마다 마음까지 우울해졌다.

하지만 나는 살아 있다. 온몸이 아프고 팔다리가 가늘어져서 노파 같은 모습이 되었는데도, 이런 볼품없는 모습으로도 계속 살아가고 있다. 오빠에게 피해를 주고 아야노 언니에게 상처를 주면서도 아직 살아 있는 것이다.

왜 살아 있는 것인가…….. 암담한 심정이 가슴을 어둡게 물들였다.

하지만 이제 곧 끝날 것이다. 이렇게 폐만 끼치는 나날도, 누군가에게 상처 주는 날들도, 무섭도록 빠르게 흘러가는 시간도, 머지않아 끝날 것이다.

살짝 열린 커튼 사이로 푸른 하늘을 올려다보는데 다카시가 점심을 가지고 왔다. 달걀 우동이었다.

오빠가 만든 달걀 우동은 유달리 맛이 좋다. 이가 빠지지 않았다면 더 잘 먹을 수 있을 텐데.

다카시가 숟가락에 우동 면발을 올리더니 후후 불어서 천천히 입가로 가져와 주었다.

"이러니까 정말 병간호 받는 노인네 같아."

"이상한 소리 하지 마."

다카시는 씁쓸하게 웃는 미사키의 머리를 벅벅 쓰다듬었다.

두세 입 먹은 후 "잘 먹었어"라고 말하자 오빠는 "그거밖에 안 먹어?"라고 말하며 걱정하는 표정을 지었다.

"응. 식욕이 없네."

"그래……. 그래도 배고프면 언제든 말해. 맛있는 거 많이 만들어 줄 테니까."

"고마워."

다카시가 그릇을 들고 자리에서 일어서다가 쓰레기통을 보고 멈춰 서더니 가위 케이스를 빼냈다.

"너, 이거……."

"버려 줘."

"하지만……."

"괜찮아."

미사키가 웃었다.

"이제 필요 없으니까."

다카시는 한동안 잠자코 있다가 나지막이 "알았어"라고 말했다. 그리고는 그릇과 가위 케이스를 들고 방을 나갔다.

가위 케이스가 없어지자마자 몸이 한결 가벼워진 듯한 기분이 들었다. 하루토가 준 그 선물이 나를 이 세계와 연결해 주고 있었던 것이다. 이제 더 이상 바랄 것이 없다. 앞으로는 그저 조용히 이 몸이 사명을 마치기를 기다리면 된다.

밤이 되어 가게의 시끌벅적한 소란에 귀를 기울이는 것이 미사키의 유일한 낙이었다.

오늘도 단골손님들의 시시한 이야기 소리가 들려왔다.

"미사키는 잘 지내?"

오쿠마 씨의 목소리다.

"아, 남자친구랑 같이 살면서 잘 지내요."

"동거라. 나라면 동거 절대 허락 안 할 텐데.", "다카시는 잘도 허락했네.", "그래! 당장 카메라 조무래기 호출해서 설교라도 해 줘야겠어!"

왠지 정겨운 기분에 후후, 웃음이 새어나왔다.

우리 남매에게 이 가게는 보물과 다름없었다. 수많은 추억이 쌓여 있다. 아빠 엄마와 함께 보낸 추억. 오빠가 가게를 이어받고 열심히 나를 키웠던 추억. 스무 살이 되어 술을 마실 수 있게 되자 단골손님들 모두가 "자, 내가 한잔 줄게!"하며 맥주와 정종을 가득 따라주었던 추억. 그리고 생일에 엉망진창으로 노래를 불러 주었던 추억까지도.

즐거웠다……. 미사키는 천장을 보면서 생각했다.

문득 얼굴을 기울여 방을 둘러본다. 그 여름날의 기억이 떠오른다.

그날, 하루토는 감기에 걸렸다는 말을 듣고 집까지 한달음에 달려와 주었다. 땀을 뻘뻘 흘리면서 손에는 감기약을 한가득 들고 있었다. 걱정해 주었다는 사실에 무척이나 기뻤다. 그리고 민얼굴을 보고 싶다는 말에 마스크를 벗었더니 귀엽다고 해 주었다. 하지만 부끄러우니까 사진은 찍지 말라고 거절해 버렸다. 지금에 와서 생각해 보니 한 장 정도는 찍어둘 것을 그랬다. 그랬다면 젊었을 때의 내 모습을 조금이라도 더 오래 기억해 줬을지도 모르는데. 그래도 헤어지면 그런 사진은 바로 버리겠지……

"미사키 씨."

창문 밖에서 목소리가 날아들었다. 낮고도 맑은 하루토의 목소리였다. 미사키는 깜짝 놀라 힘이 들어가지 않는 손으로 몸을 일으켰다. 그리고 침대 옆으로 난 창문을 열어 밖을 내다보았다. 하지만 하루토의 모습은 어디에도 없었다. 기분 탓이다. 차가운 바람을 맞으며 미사키는 자조 섞인 웃음을 지었다.

그날, 하루토는 밖에서 나를 올려다보면서 말했다.

'다 나으면 우리 불꽃놀이 보러 가요.'

포근하게 웃으면서 그렇게 말해 주었다.

"나을 수만 있다면……."

미사키는 입을 닫았다.

이제 그만 생각하자……. 이제 와서 빌어 보아야 이미 늦었을 뿐이다.

다음날은 유난히 추웠다. 텔레비전의 기상예보는 본격적인 겨울의 도래를 알렸고, 창 너머로 보이는 하늘은 무거운 잿빛 구름을 드리우고 있었다.

추운 날씨에는 몸의 마디마디가 다 아프다. 욕창의 통증까지 더해져 짜증스러운 마음이 바늘처럼 온몸을 찔러댔다.

'너무 싫다. 이런 몸이 되다니……'

미사키는 오렌지색으로 빛나는 전기난로를 보면서 생각했다.

"미사키."

다카시가 문을 열고 들어왔다.

"몸 아프지는 않아?"

"약간."

"어디가 아파?"

"다리."

오빠는 몸을 부드럽게 문질러 주었다. 큼지막한 손으로 가늘어진 다리를 문질러 따뜻하게 해 주었다.

"오늘은 눈이 내릴지도 모른대."

"겨울 싫어."

미사키는 한숨을 쉬었다.

"빨리 봄이 왔으면 좋겠어."

"그러고 보니까 옛날에는 아버지, 어머니랑 꽃구경도 갔었는데."

"아빠가 술을 너무 많이 드셔서 엄마한테 혼났었지."

"맞아, 그랬어."

다카시가 껄껄거리며 웃었다.

다리를 문지르던 손이 멈추더니 다카시가 "춥지? 이거 써"라고 하면서 뒷주머니에서 니트 모자를 꺼냈다. 연분홍색의 모자였다.

"이게 뭐야?"

"재료 사러 갔다가 눈에 띄어서 샀어."

거짓말이다. 이렇게 귀여운 니트 모자를 오빠가 살 리가 없다. 분명 아야노 언니가 산 것이다. 퇴원할 때 백발을 감추고 싶어 하던 마음을 알아챘었구나. 역시 아야노 언니는 예리하다.

아야노에게 상처를 주었다는 죄책감이 되살아난다. 방을 나서던 그녀의 슬픈 표정을 떠올리자 가슴속 상처가 다시 벌어진 것처럼 아파왔다.

상처 주는 말을 너무 많이 해 버렸다⋯⋯.

"한번 써 봐."

그렇게 말하더니 다카시가 니트 모자를 씌워 주었다. 창문으로 시선을 돌리자 주름이 자글자글했던 얼굴 위에 귀여운 연분홍빛 니트 모자가 얹혀 있는 것이 보였다.

"이상하지 않아?"

"잘 어울려."

"그런가."

"응. 무지 잘 어울려⋯⋯. 꼭⋯⋯."

다카시는 벌겋게 충혈된 눈으로 미소 지었다.

"꼭 벚꽃 같아."

벚꽃이라⋯⋯. 미사키는 손끝으로 모자를 만지작거렸다.

하루토가 언젠가 말했었다. 벚꽃은 별로 좋아하지 않는다고. 예쁘 긴 하지만 금방 져 버리니까 보고 있으면 왠지 서글프다고. 그때는 웃 어 넘겼지만, 지금은 나도 그렇게 생각한다.

'벚꽃 따위⋯⋯.'

미사키의 눈가에 눈물이 맺혔다.

"벚꽃 따위 제일 싫어⋯⋯."

그 눈에서 구슬 같은 눈물이 뚝뚝 떨어졌다. 니트 모자가 흔들린다. 바람에 흔들리는 벚꽃처럼.

"……벚꽃은 금방 져 버리잖아……."

벚꽃이 아름다운 모습으로 있을 수 있는 시간은 찰나에 불과하다. 지고 나면 볼품없어진다. 그리고 꽃이 져 버린 벚나무는 그 누구도 봐 주지 않는다.

그러니 나는 벚꽃이 싫다.

'나 같아서…… 미치도록 싫어…….'

다카시가 눈물을 흘리는 미사키의 머리를 부드럽게 어루만졌다.

"그렇지 않아. 벚꽃도 지고 싶지 않을 거야."

미사키가 고개를 들었다.

"더 오랫동안 계속 피어 있고 싶을 거야."

그리고 오빠는 자상하게 웃어 보였다.

"그래서 벚꽃은 그렇게 예쁠 수 있는 거야……."

그 물기어린 눈을 보고 미사키는 주름에 파묻힌 입꼬리를 끌어올리며 미소 지었다.

그렇구나. 벚꽃도 지고 싶지 않은 거다…….

계속 예쁜 모습으로 있고 싶은 거다…….

나도 벚꽃처럼 피어 있고 싶다. 오래도록 그때 모습 그대로이고 싶다.

하루토와 함께였던, 그때 모습으로 살고 싶었다.

이미 너무나도 늦어 버렸지만, 그래도 자꾸만 바라게 된다.

마음을 가눌 길이 없을 만큼…….

잿빛 하늘에서 하얗게 반짝이는 눈송이가 떨어진다. 첫눈이었다. 창문에 붙어서 덧없이 사라지는 그 투명한 결정은 마치 미사키의 생명과도 같아 보였다.

그럼에도 눈은 계속해서 내렸다. 고요히, 아무 소리도 없이, 우중충한 도쿄의 거리를 그저 하얗게 물들이고 있었다.

제 4 장

겨울

크리스마스가 가까워지면서 거리는 소란스러운 분위기에 휩싸였다.

텔레비전에서는 크리스마스를 장식하는 조명들의 점등식을 알렸고, 여기저기에서 활기찬 캐럴이 울려 퍼졌다. 오가는 사람들은 머지 않아 시작될 즐거운 이벤트를 손꼽아 기다리는 듯한 모습으로 환한 미소를 지으며 다카시 옆을 지나쳤다.

재료를 사기 위해 들른 슈퍼에는 머라이어 캐리의 〈All I Want for Christmas Is You〉가 흘러나오고 있었다.

슈퍼에서까지 크리스마스 캐럴이라니……. 저도 모르게 헛웃음이 새어나왔다.

식재료와 화장지 등 필요한 것들을 장바구니에 넣어 카운터로 가자 디저트 매장에 전시된 눈사람 모양의 케이크가 눈에 들어왔다. 미사키에게 사주고 싶어 케이크가 망가지지 않도록 장바구니 안에 조심스레 넣었다.

올 겨울은 유난히 춥다. 다운재킷의 지퍼를 끝까지 올렸는데도 심술궂은 냉기가 가차 없이 체온을 앗아간다. 미사키가 추워지는 않을까. 여분으로 침대 옆에 모포를 한 장 두고 오기는 했지만 잘 덮고 있을지 모르겠다. 다카시는 서둘러 집으로 향했다.

미사키는 최근 들어 눈에 띄게 쇠약해졌다. 면역력이 떨어진 탓인지 조금만 날씨가 변해도 고열에 시달리며 헛소리를 하는 날이 늘었다. 나날이 쇠약해져 가는 모습에 불안감을 느끼면서, 가미야에게 동생의 상태에 대해 상담을 했다.

"말씀 드리기는 괴롭지만, 미사키 씨는 이번 겨울을 넘기시기 힘들지 않을까……."

언젠가는 이런 날이 올 것이라 각오하고 있었다. 하지만 정작 그 말을 들으니 천지가 뒤흔들리는 것 같은 절망감이 엄습해왔다. 미사키가 죽는다……. 형언하기 어려운 불안과 초조가 차가운 바람처럼 소리 없이 다가와 가슴을 얼려 버렸다.

미사키도 육체의 변화를 통감하고 있었다. 욕창 때문에 통증도 심해지고, 언제부터인가 혼자서는 제대로 움직일 수조차도 없게 되었다. 하지만 전처럼 초조해하거나 짜증을 내지는 않았다. 요즘에는 체념한 듯한 눈빛을 하고 있을 뿐이었다. 분명 이제는 회복을 바라본들 소용이 없다는 사실을 깨달았을 것이다. 그 옆얼굴은 마치 죽음을 간절히 기다리는 모습으로 보이기까지 했다.

'빨리 편안해지고 싶다' 그런 기분이 전해지는 것만 같아서 보고만 있어도 가슴이 미어졌다.

그래도 다카시는 밝은 모습을 보이려 애썼다. 약해지면 안 된다. 내가 조금이라도 더 기운을 줘야 한다. 이렇게 되뇌면서 미사키 앞에서는 언제나 웃는 모습만 보였다.

다카시는 아리아케야에 발을 들여놓기 무섭게 곧장 미사키 방으로 올라갔다.

"들어간다?"라고 말하자 미사키는 알아듣기 힘든 갈라진 목소리로

"응"이라고 대답했다.

미사키는 침대를 세운 상태로 멍하니 허공을 바라보고 있었다. 피골이 상접해진 자그마한 몸. 그 모습은 노파 그 자체였다. 미사키를 모르는 사람이 본다면 스물네 살의 아가씨일 거라고는 상상도 못 할 것이다. 미라 같은 모습에 다카시의 표정이 무너질 것만 같았다. 하지만 애써 밝게 웃었다.

"오늘 엄청 추워! 올 겨울 최저 기온이래. 내일은 더 추워진다니 지긋지긋하다, 정말. 안 추워? 모포 한 장 더 덮어줄까?"

미사키는 조용히 고개를 흔든다. 말을 하는 것조차 귀찮아하는 것 같았다.

"아, 맞다! 아까 슈퍼에서 좋은 걸 발견했어!"

미사키가 빛을 잃은 흐릿한 눈으로 쳐다본다. 오른쪽 눈은 백내장 때문에 눈동자가 허옇게 탁해져 있었다. 다카시는 요동치는 마음을 다잡으면서 눈사람 케이크를 꺼냈다.

"귀엽지? 나중에 같이 먹자."

"응⋯⋯."

미사키는 아주 희미한 미소를 머금었다.

미사키의 미소를 볼 수 있어서 기쁘다. 어떤 모습을 하고 있든, 노파처럼 되어 버렸어도, 이렇게 웃어 주면 날아갈 듯 기분이 좋았다. 더 많이 웃었으면 좋겠다. 더 많이 웃게 해 주고 싶다.

"크리스마스 선물로 받고 싶은 거 있어?"

"선물?"

"응. 뭐든 말만 해."

미사키는 한동안 생각하다가 "……아무것도 없어"라고 사그라질 듯한 목소리로 중얼거렸다.

"그러지 말고. 하나 정도는 있잖아? 물건도 좋고, 가고 싶은 곳도 좋으니까. 생각나는 게 있으면 꼭 말해야 된다? 산타 녀석한테 전해줄 테니까."

"뭐야, 그게."

미사키는 눈웃음을 지었다.

"내가 어린애야?"

"왜, 뭐 어때. 1년에 한 번뿐인 크리스마스잖아. 한 번쯤 산타한테 소원을 빈다 해도 벌을 받지는 않아."

"그렇겠네."

미사키는 눈을 감았다. 무언가를 생각하는 듯했다.

"그래도 괜찮아. 정말 갖고 싶은 거 없어."

"그래?"

"응. 고마워……."

전기난로가 내뿜는 부드러운 오렌지빛이 미사키를 비춘다. 그 따뜻한 빛에 녹아내릴 것만 같은 연약한 옆얼굴. 머리에 쓴 연분홍색 니트 모자 아래로 흰 눈에서 빨아들인 듯한 새하얀 머리카락이 내려와 있다.

"크리스마스까지 아직 시간 있으니까, 나중에라도 생각나면 얘기해. 알았지?"

아무 말이 없는 동생을 보고, 지금 무엇을 생각하고 있는지 가슴이 시릴 만큼 느껴졌다.

알고 있다. 가장 간절히 바라는 소원은 이룰 수가 없다는 것을. 아무리 원해도 다시는 돌아오지 않는다는 것을.

미사키는 지금도 하루토를 보고 싶어 한다.

하지만 이런 모습이 되어 버린 탓에 더 이상 만날 수 없다고 체념하고 있다.

복도로 나서자 가미야가 했던 말이 머리를 스쳤다.

'미사키 씨는 이번 겨울을 넘기시기 힘들지 않을까……'

다카시는 애달픈 마음을 가누지 못하고 입술을 꽉 깨물었다.

내가 동생에게 해 줄 수 있는 일은 이제 없는 것일까…….

* * * * *

어린 시절, 크리스마스는 1년에 한 번, 어떤 소원이든 다 이뤄지는 날이라고 생각했다.

아침에 눈을 뜬 후 베개 맡에 선물이 놓여 있으면 "산타 할아버지가 소원을 들어 주셨어!"라고 하면서 침대에서 방방 뛰던 것을 지금도 선명히 기억한다.

하지만 나이가 들어갈수록 그런 천진난만함은 초봄에 내린 눈처럼 사라지고, 크리스마스는 연인끼리 보내는 싸구려 이벤트로 변모해 버렸다.

어린 시절 그랬던 것처럼 크리스마스 이브에 소원을 비는 일도 없어졌다. 아마 앞으로도 그렇겠지. 그런 생각을 하면 문득 그녀가 떠오른다. 줄곧 생각하지 않으려 했던 미사키가.

미사키는 지금, 크리스마스를 앞둔 이 하늘에 어떤 소원을 빌고 있을까…….

일이 일단락된 오후, 사와이의 부탁으로 우편물을 부치러 우체국으로 갔다. 오늘이 크리스마스라서 그런 것은 아니겠지만 우체국은 제법 많은 사람들로 북적이고 있었다. 번호표를 뽑아들고 긴 의자에 앉아 순서를 기다린다. 번호가 불린 후에 카운터에서 직원에게 소포를 맡기고 밖으로 나섰다. 바람은 얼어붙을 듯 차가웠고 오리털 이불처럼 두꺼운 구름이 하늘을 뒤덮고 있었다. 눈이 쏟아질 것 같은 날씨였다.

하루토는 어깨를 움츠린 채 캐러멜색 더플코트 주머니에 양손을 찔러 넣고 상점들이 즐비한 완만한 언덕길을 올라 스튜디오까지 걸어갔다. 숨을 내쉴 때마다 서릿발 같은 하얀 입김이 나오고 코 안쪽까지 알알하게 아파온다. 겨울은 싫다…….하루토는 잿빛 하늘을 올려다보면서 한숨을 내쉬었다.

스튜디오에 들어서자 "손님이 오셨어"라는 말을 들었다.

지금까지 손님이 온 적은 한 번도 없었다. 누구지? 고개를 갸웃거리면서 스튜디오 구석에 있는 회의실로 갔다. 이내 소스라치게 놀란 나머지 어깨가 바들거렸다.

"형님……."

그곳에는 어색한 모습으로 의자에 앉아 있는 다카시가 있었다.

다카시는 부쩍 야위어 있었다. 예전에 느꼈던 씩씩함과 다부진 모습은 온데간데없이, 버려진 고양이처럼 몸을 잔뜩 움츠리고 있었다.

그 부자연스러운 마른 몸은 마치 망령을 보는 것만 같았다.

몰라보게 변한 그 모습에 말문이 막힌 채로 서 있는데 다카시가 고개를 끄덕이며 인사했다.

"갑자기 미안."

왠지 병적으로 보이는 그 미소에 심상치 않은 분위기가 감돌았다. 하루토는 침을 꿀꺽 삼켰다.

"그나저나, 사진작가 스튜디오는 너무 세련돼서 왠지 내가 있을 곳이 아닌 것 같네."

"여기를 어떻게 아셨어요?"

주뼛거리는 하루토에게, 다카시는 구깃구깃한 명함을 내밀었다. 미사키의 집에서 우연히 마주쳤을 때 주었던 명함이다. 버리지 않고 갖고 있었던 모양이다.

"오늘은 무슨 일로……."

"할 이야기가 있어."

"이야기?"

다카시는 무언가 말하려는 듯 입을 벙긋했다. 하지만 주변을 의식한 것인지 말을 삼켰다.

"장소를 옮기지 않을래?"

그 눈에는 파란 불꽃 같은 빛이 깃들어 있었다.

스튜디오 가까이에 있는 요요기오야마 공원. 꼬꼬마들이 모래사장과 미끄럼틀에서 놀고 있다. 두 사람은 그 옆에 있는 벤치에 앉았다.

미사키의 병에 대해 알게 된 하루토는 꼼짝도 할 수가 없었다. 더플

코트 사이로 차가운 북새풍이 불어와 온몸을 얼려 버린다. 하지만 추위라고는 티끌만큼도 느껴지지 않았다.

'미사키가 병에 걸렸다고? 패스트포워드 증후군? 일반인의 수십 배 속도로 늙어가는 병?'

생각이 정리되지 않는다. 머릿속에서 모래바람이 소용돌이치는 것 같았다.

"녀석은 이미 네가 알던 그 미사키의 모습이 아니야. 노파처럼 변해 버렸어……."

다카시는 비통한 마음을 애써 참으려는 듯 어금니를 꽉 물었다.

'미사키가…… 그 미사키가…… 그렇게 변하다니……'

믿을 수가 없었다. 믿고 싶지 않았다.

"어떻게든 손을 쓰고 싶었지만 이 병은 치료법이 없어……."

다카시가 떨리는 입술로 하릴없는 분노를 토해냈다. 그 옆얼굴을 보고 거짓말이 아니라는 것을 통감할 수 있었다. 거짓말이나 지어낸 이야기가 아니다. 미사키는 정말 병에 걸려 버린 것이다. 그리고 이제는 살날도 얼마 남지 않았다. 생각이 거기에 다다르자 어찌할 바를 몰라 온몸이 부들부들 떨려왔다. 숨 쉬는 방법을 잊어버린 것처럼 호흡이 가빠지고 심장이 삐걱거리는 듯한 고통이 느껴졌다.

"언제부터입니까?"

하루토는 떨리는 목소리로 물었다.

"언제부터 병에 걸린 거예요?"

"증상이 나타나기 시작한 건 봄이었어."

"미사키가 알게 된 건……?"

"여름이야."

하루토는 양손으로 얼굴을 감쌌다.

"그 녀석, 병에 대해서 알리고 싶지 않다고 했어. 자신이 늙어서 볼품없는 모습으로 변해가는 걸 너에게는…… 하루토에게만은 보여주고 싶지 않았던 거야……."

미사키의 모습이 머리를 스친다.

지난여름, 쇼난의 바다에서 슬픈 듯한 표정을 지었던 미사키의 얼굴이.

'그래서 너는 그때……'

"하지만 미사키는……."

그 목소리에 고개를 들었다.

"미사키는, 지금도 너를 보고 싶어 해……."

하루토의 눈이 붉게 물들었다.

"나이 든 할머니의 모습이 되어 버렸지만 지금도 여전히 하루토를 그리워하고 있어."

미사키는 거짓말을 했다. 아프고 아픈 거짓말을.

'그런데 나는……'

"나는 더 이상 할 수 있는 게 없어. 노화를 막는 것도, 만족스러운 치료를 받게 하는 것도, 아무것도 해 주지 못했어."

다카시는 고개를 숙였다.

"하루토, 부탁할게. 미사키를 구해 줘. 이제는 너밖에 없어……."

멍하니 밤거리를 걸어간다. 이 길에서 저 길로, 방황하듯 정처 없이 거리를 헤맨다.

형형색색의 조명들을 보고도 예쁘다는 생각이 전혀 들지 않았다. 크리스마스인 오늘 밤, 거리는 수많은 커플로 북적였다. 다들 행복한 듯 손을 잡고 어깨를 맞대며 걸어가고 있다. 하루토는 그런 행복의 파도 속을 표류하듯 돌아다녔다. 거리의 소란도, 어딘가에서 들려오는 크리스마스 캐럴도, 전부 다 머나먼 세계에서 일어나는 일들인 것 같았다.

나는 미사키의 아픔을 헤아리지 못했다……

바람을 쐬러 바다에 갔을 때, 너는 사실대로 말하고 싶었을지도 모른다. 그런데 나는 그 마음도 모르고 프러포즈를 해 버렸다. 그때 넌 무슨 생각을 했을까. 어떤 심정으로 내 말을 듣고 있었을까. 미사키가 느꼈을 마음의 고통을 생각하자 눈물이 차올랐다. 집 앞에 갑자기 찾아왔을 때, 너는 이별을 고하러 왔었구나. 다른 남자가 생겼다고 했을 때, 병을 숨기기 위해 일부러 그런 말을 한 것이었다.

그 여름, 너는 오롯이 혼자서 늙어간다는 공포와 싸우고 있었다.

그런데 나는…… 그런데…….

'너 정말 최악이구나…….'

내 말을 듣고 얼마나 슬펐을까. 사실대로 말하지 못해서 괴로워하는 너에게, 해서는 안 될 말을 해 버렸다.

"최악인 건 나였어……."

하루토는 조명들이 반짝이는 거리의 한복판에서 인파 한가운데에 웅크리고 앉았다. 상처받았을 미사키를 생각하면서, 바람이 멎고 잔잔해진 물결 위에 떠 있는 작은 배처럼 그 자리에 가만히 있었다.

시간이 얼마나 지났을까. 핸드폰이 울렸다. 힘없이 주머니에서 핸드폰을 꺼내 통화 버튼을 누른다.

— 여보세요, 하루토?

마코토의 목소리였다.

— 오늘 평소랑 달라 보이던데 괜찮아?

아무런 대답도 하지 못했다. 뭐라고 말해야 할지 알 수 없었다.

— 여보세요? 혹시 아픈 거야?

"저는⋯⋯."

— 지금 어디야?

하루토는 눈을 꽉 감았다.

거리를 흘러 다니는 크리스마스 캐럴에 다카시의 목소리가 메아리쳤다.

'미사키는 지금도 너를 그리워하고 있어⋯⋯.'

— 하루토?

"⋯⋯가야 해⋯⋯."

— 응?

"기다리고 있어요."

하루토는 자리에서 일어났다.

"미사키가 저를 기다리고 있어요⋯⋯."

하루토는 달리기 시작했다. 오가는 사람들을 앞지르면서 조명들이 수놓은 화려한 색채의 거리를 뛰어간다. 한 번도 멈추지 않았다. 필사적으로, 발버둥 치듯이 계속해서 내달렸다. 그리고 미사키를 생각했다. 미사키와 함께했던 시간들을. 그녀에게 상처를 준 자신의 한심함을. 오롯이 혼자 늙어가는 공포와 싸우고 있는 연인을. 도저히 생각하지 않을 수 없었다.

오랜만에 아리아케야를 찾았다. 유리문에 붙어 있는 '임시휴업'이라는 종이가 바람에 흔들리고 있다. 미사키의 상태가 좋지 않아서 계속 가게를 쉬고 있는 모양이었다.

옆으로 난 계단을 올라가 인터폰을 누르자 얼마 후 다카시가 얼굴을 내밀었다.

"하루토⋯⋯."

"미사키를 만나게 해 주세요."

숨을 헐떡이며 고개를 숙이는 하루토에게, 다카시는 "잠깐만 기다려"라고 하더니 안쪽으로 들어갔다.

하루토는 떨리는 손가락을 문지르면서 체온을 높였다. 오늘은 유난히 추웠다. 땀을 흘린 탓에 얼음물을 뒤집어쓴 것처럼 온몸이 차가워졌다.

잠시 후 다카시가 돌아왔다. 하지만 안타까운 표정으로 고개를 저었다.

"얼굴을 보여주고 싶지 않대."

"그렇다면 이야기만이라도!"

망설이는 다카시의 팔을 붙들었다.

"부탁입니다. 방 앞에서 이야기만 할 수 있게 해 주세요. 안으로는 절대 안 들어갈게요. 그러니까⋯⋯."

다카시는 잠깐 머뭇거리다가 "⋯⋯알았어"라고 말하더니 안으로 들여보내 주었다.

집 안은 여름에 왔을 때와 달라진 것이 없었다. 하지만 어딘가 쓸쓸하고 어두운 공기가 떠다니고 있었다. 하루토는 여름날을 떠올린다. 마스크를 쓰고 긴장한 듯한 모습으로 방 안에 들여 주었던 미사키를. 다 나으면 불꽃놀이를 보러 가자고 했을 때 기뻐하며 보여 주었던 그 환한 미소를. 하지만 그 미소는 이제……

방 앞에서 멈춰 섰다. 뒷문이 닫히는 소리가 들렸다. 다카시가 자리를 비켜준 것이다. 하루토는 심호흡을 한 후 장지문 너머에 있을 그녀에게 천천히 말을 건넸다.

"미사키……"

대답은 없다. 그래도 인기척이 느껴졌다.

"형님한테 이야기 들었어. 병에 대해서."

방 안에 있을 그녀를 상상해 본다. 혼자 앉아 있을 미사키의 모습을. 오롯이 혼자서 병마와 싸우고 있을 연인을.

"……알아채지 못해서 미안해……"

그녀가 얼마나 고통스러웠을지 생각하면 말문이 막히고 목소리가 떨린다.

"엄청 힘들었을 텐데…… 무서웠을 텐데…… 그런데도 나는 너의 마음을 헤아려 주지 못했어……"

지금도 믿을 수가 없다. 네가 다른 사람보다 수십 배나 빨리 늙어간다니. 내가 기억하는 미사키는 아직도 그때 모습 그대로이니까. 나와 또래인 스물네 살이니까. 그러니까…… 그런 말은 도저히 믿을 수가 없다……

"하지만 나는, 미사키가 어떤 모습이 되든⋯⋯."

하루토의 눈에서 눈물이 흘러내렸다.

"⋯⋯너를 사랑해⋯⋯."

하고 싶은 말은 많았지만 막상 아무 말도 떠오르지 않았다. 위로할 수도, 용기를 줄 수도 없는 무력한 자신을 용서할 수 없었다. 그리고, 미사키를 믿어주지 못했던 나약한 자신을 도저히 용서할 수가 없었다.

하루토는 더플코트 소매로 눈물을 닦고는 장지문을 향해 나지막이 말했다.

"미안해. 또 올게."

그리고 발길을 돌려 문으로 향한다. 신발을 신고 밖으로 나서자 다카시가 손잡이에 기대어 어둠 속으로 멍하니 시선을 던지고 있었다. 고개를 작게 꾸벅이자 다카시가 웃으며 말했다

"고마워."

하루토는 고개를 가로저으며 "또 올게요"라고 말한 후 계단을 내려갔다.

집으로 가는 길, 하늘을 올려다보니 눈송이가 팔랑이며 내려앉고 있었다. 지난 봄날, 미사키와 함께 보았던 벚꽃 꽃잎처럼. 하루토는 그 눈 속을 걸으면서 생각했다.

형님은 미사키를 구해달라고 했다. 하지만 내가 할 수 있는 일이 있을까? 그녀를 구할 수 있는 힘을 갖게 해달라고 간절히 빌었다.

입김은 하얀 바람이 되어 밤의 어둠 속으로 녹아들었다. 하루토는 흩날리는 눈을 향해 손을 뻗었다. 하지만 눈은 손바닥 위에서 덧없이 사라져 버렸다. 그리고 그 뒤에는, 아무것도 없는 칠흑 같은 어둠만이

끝없이 이어져 있었다.

* * * * *

불을 끄면 유리창에 비치는 내 모습을 보지 않아도 된다.

고요와 어둠에 둘러싸인 방 안에서 미사키는 창밖의 눈을 바라보고 있었다. 귀를 기울이면 눈 내리는 소리가 들릴 것만 같았다.

노크 소리와 함께 다카시가 문을 열었다. 복도의 불빛이 어둠 속에서 뻗어 나오더니 완전히 변해 버린 미사키의 모습을 창문에 반사시킨다. 미사키는 저도 모르게 얼굴을 돌렸다.

다카시는 문을 닫고 "미안해"라고 작게 말했다.

"하루토에게 네 병에 대해서 이야기해 버렸어. 말하지 말라고 했는 네 약속을 어겼어."

눈발이 점점 굵어지면서 크리스마스 이브를 하얗게 물들인다. 미사키는 창밖으로 시선을 던졌다.

"그때, 하루토의 목소리가 들렸을 때, 정말 무서웠어. 내 병을 알게 됐다고 생각하니까 무서워서 견딜 수가 없었어."

미사키는 손끝으로 유리창을 가만히 어루만졌다.

"그래도, 기뻤어……."

그리고는 아주 희미하게 미소를 지었다.

"하루토의 목소리를 들을 수 있어서, 좋아한다는 말을 들을 수 있어서, 기쁘다…… 그런 생각이 들었어……."

소복소복 내리는 눈 속에서 하루토의 목소리가 들려온다.

'너를 사랑해……'

그 말을 떠올리자 눈시울이 다시 뜨거워졌다. 주체할 수 없을 만큼. 그가 와 주었을 때, 꿈을 꾸고 있는 것이 아닐까 하는 생각이 들었다. 계속해서 빌어왔다. 하루토를 만나고 싶다고. 하지만 이제는 만나지 못할 것이라 생각했다. 차 안에서 보았던 그 모습이 마지막이 될 것이라 생각했다. 하지만 만날 수 있었다. 한 번 더 목소리를 들을 수 있었다. 다시 내 이름을 불러 주었다. 모든 것을 다 포기하고 있었던 마음 한구석에 조금이나마 햇살이 내리쬐는 듯한 기분이 들었다.

"부탁했어."

"……응?"

"산타 녀석한테 부탁했어. 선물 냉큼 가져오라고. 그랬더니 산타가 급했는지 저 녀석을 데리고 와 준 거야."

다카시는 그렇게 말하면서 눈처럼 하얀 이를 드러내고 웃었다.

미사키도 미소 지었다. 오랜만에 진심에서 우러나오는 미소였다.

그리고 창밖의 눈을 보면서 중얼거렸다.

"다행이야, 오늘이 크리스마스여서……."

오랜만에 따스함을 느낄 수 있었던 크리스마스의 밤.

오늘 밤만큼은 좋은 꿈을 꿀 수 있을 것만 같은 기분이 들었다.

그날부터 하루토는 매일같이 미사키를 찾아왔다. 문 앞에 앉아 매일 한 시간 남짓 이런저런 이야기를 해 준다. 이 날은 방의 히터가 고장 나서 매일 떨고 있다는 이야기를 해 주었다. 하지만 미사키는 도저히 문을 열 수 없었다. 환자용 침대에서 눈을 감은 채로 그의 이야기에 귀를 기울인다. 그리고 얇은 장지문 너머에 있을 하루토의 모습을 상상했다. 그가 웃으면 그 미소를 그려 보고, 선배에 대한 불만을 이 야기하면 입술을 삐죽거리는 사랑스러운 표정을 떠올려 본다. 그때마 다 가슴이 여름날의 태양처럼 뜨거워지면서 이루 말할 수 없는 행복 에 휩싸였다. 통증이 심한 날도, 몸 상태가 영 시원찮은 날도, 열이 끓 어 몸을 일으킬 수 없는 날도, 하루토의 목소리는 다정하게 미사키의 마음을 달래 주었다.

그는 섣달 그믐날에도 와 주었다.

"올해의 마지막 날이네."

장지문 너머에서 하루토가 말했다.

'그렇네…….'

미사키는 마음속으로 대답했다.

"기억해? 미사키가 내 귓불을 잘랐던 날."

'그럼, 당연히 기억하지.'

"그런데 나는 귓불이 잘린 줄도 몰랐어. 파랗게 질린 미사키의 얼굴 을 보고서야 눈치챘다니까. 그래서 거울을 봤더니 피투성이였고. 그 때는 정말 울 뻔했어."

'하루토가 갑자기 뒤로 돌아서 그래.'

"무지하게 아팠지만, 그래도 지금은 그때 귓불이 잘려서 다행이라 고 생각해."

'왜?'

"그 일을 계기로 미사키랑 데이트할 수 있었으니까."

'난 그때 약간 불공평하다고 생각했어.'

"데이트에서 거짓말한 걸 사과했더니 미사키가 엄청 화냈었지. 그렇게 화를 낼 거라고는 생각도 못 해서 깜짝 놀랐어."

'그야 그럴 만도 해. 거짓말을 하다니 너무하잖아.'

"여름에는 같이 불꽃놀이도 보러 갔잖아. 미사키를 놓쳐 버렸을 때는 진짜 큰일 났다고 생각했어."

'뭐, 이런 사람이 다 있나 싶었지.'

"일 끝나고 만나서 밥 먹고, 영화 보고, 같이 산책하고, 그리고 바다도 갔었잖아."

'즐거웠어…….'

미사키는 추억을 하나하나 꺼내어 보면서 희미하게 미소 지었다.

"있잖아, 미사키……."

미사키는 장지문을 쳐다보았다.

"우리가 오래 만난 건 아니지만, 그래도 너와 함께했던 시간은 전부 다 행복했어."

'나도 그래…….'

"그러니까 내년에는……."

그는 한동안 말이 없었다.

미사키는 물끄러미 장지문을 바라보았다.

"……내년에는……."

하루토의 목소리에서 울음이 배어나온다.

"더 많은 곳에 같이 가 보자."

그 마음이 전해져 가슴이 아파왔다.

"봄이 되면 또 꽃구경하러 가자. 요쓰야의 벚꽃을 보러 가는 거야.

사람이 많아서 시끄러울 수도 있지만, 그때는 우리도 같이 술 마시면서 시끄럽게 놀자. 사실 그런 거 잘 못 하지만 너와 함께라면 할 수 있을 것 같아. 그리고 여름이 되면 축제에도 가고, 바다에도 또 가자. 캠핑을 하는 것도 좋겠지? 같이 불 피우고 밥도 지어 먹고. 가을에는 단풍도 보러 가고, 겨울에는 따뜻한 곳으로 여행도 가는 거지. ……그렇게…… 그렇게 내년에는 더 많은 추억을 만들자…….”

그는 알고 있다. 나에게 남겨진 시간이 그리 많지 않다는 것을. 알고 있으면서도 같이 있고 싶다고 말해 주는 것이다.

미사키는 침대에서 일어나 옷장을 붙잡고 가까스로 일어났다. 그리고 세워져 있던 지팡이를 짚으며 그가 있는 쪽으로 걷기 시작했다. 다리가 저리고, 욕창으로 상처가 난 피부에서도 통증이 느껴졌다. 그래도 한 걸음씩 천천히 걸어갔다. 그리고 장지문으로 가만히 손을 뻗었다.

이 얇은 문 너머에 하루토가 있다.

만나고 싶다……. 그의 얼굴을 이 눈으로 보고 싶다.

미사키는 손에 힘을 주었……지만, 끝내 손이 멈췄다.

하지만 하루토가 이 모습을 본다면 뭐라고 생각할까. 분명 끔찍하다고 생각하겠지. 그는 자상하니까 입 밖으로 내지는 않겠지만, 혹시라도 그의 얼굴이 굳어지는 것을 보게 된다면. 나를 거부해 버린다면……. 그렇게 생각하자 무서워서 움직일 수가 없었다.

미사키는 손을 내렸다. 이렇게 가까이 있는데도 하루토와의 거리는 까마득히 멀기만 하다. 도저히 이 문을 열 용기가 없었다.

얼마 후 하루토는 “그럼 내년에 또 올게”라는 말을 남기고 나갔다.

문을 열지 못했던 자신이 답답하기도 하고, 열지 않기를 잘했다는 생각도 들었다. 그 두 마음 사이에서 미사키는 무던히 흔들렸다.

이윽고 저 멀리에서 제야의 종소리가 울려 퍼졌다. 올해가 과거로 멀어져간다. 시간이 또다시 빠르게 미사키 옆을 지나간다. 그렇게 새로운 해가 밝아오고 있었다. 미사키에게는 마지막이 될 해가…….

새해가 밝자마자 가슴 쪽에 극심한 통증을 느껴서 병원에 실려갔다.

구급차에 실려 게이메이 대학병원에 도착하자 가미야를 비롯한 의료진이 기다리고 있다가 긴급 조치를 취했다. 덕분에 생명에는 지장이 없었지만 꼼짝없이 입원을 해야 하는 상황이 되고 말았다.

가미야의 말로는 가슴의 통증이 협심증 때문이라고 했다.

"이번에는 경미한 정도로 그쳤지만, 앞으로도 이런 일은 얼마든지 있을 수 있습니다."

그 표정이 상태의 심각성을 말해주고 있었다.

이 입원을 계기로 미사키는 더욱 약해졌다. 노화의 속도도 훨씬 빨라졌고 온몸은 주름으로 뒤덮였으며 가슴이 처지고 다리와 허리는 썩은 나뭇가지처럼 위태로워졌다.

흔히 '내 몸은 내가 제일 잘 안다'라고들 한다. 미사키는 그야말로 자신의 생명의 불꽃이 곧 꺼지리라는 것을 실감하고 있었다.

얼마 전이었다면 빨리 꺼졌으면 좋겠다고 생각했을 것이다. 하지만 지금은 다르다. 아직 꺼지지 않았으면 좋겠다. 조금만 더 오래 살고 싶다. 장지문을 보면 하루토의 모습이 그려지니까.

하루토는 오늘도 와 줄까……. 인터폰을 눌렀다가 집에 아무도 없다는 것을 알게 되면 불안해할지도 모른다. 오빠에게 나는 괜찮다고 전해달라고 해야 하는데. 금방 기운 찾고 다시 집으로 올 거라고, 그렇게 말해 달라고 하자…….

집으로 가고 싶다. 그 마음이 나날이 커져만 갔다.

입원을 하고 얼마간의 시간이 지난 후, 미사키는 회진하러 온 가미야에게 말했다.

"퇴원하겠습니다."

하지만 가미야는 퇴원하면 안 된다고 했다. 앞으로 다양한 합병증이 생길 위험이 있다며 진지한 표정으로 말했다. 그러니 이대로 입원해야 한다고 했다. 그래도 돌아가고 싶다는 마음에는 변함이 없었다. 목숨보다 소중한 애틋한 마음이 미사키를 움직이고 있었다.

"오빠, 괜찮지?"

의자에 앉아 있던 다카시가 우물거린다.

"그래도……."

하지만 간절한 그 눈망울을 보고 이내 "알았어"하며 끄덕였다.

"선생님 죄송합니다. 무슨 일이 있어도 돌아가야 해요."

"무슨 일이 있어도?"

미사키는 천장을 올려다본 채로 살며시 미소 지었다.

"하루토가 오늘도 만나러 와 줄 테니까……. 그러니까 집으로 꼭 가고 싶어요."

더 이상 시간이 없다. 이 몸으로 내일을 맞이할 수 있는 날은 이제 손꼽을 정도밖에 되지 않을 것이다. 하지만 나에게는 내일을 맞이하고 싶은 이유가 있다. 하루토의 목소리를 듣고 싶다. 더 오래 듣고 싶다. 그러니 돌아가야 한다. 하루토를 만날 수 있는 곳으로.

* * * * *

미사키가 입원했다는 소식을 들은 하루토는 이루 말할 수 없는 초
조함에 휩싸였다. 그녀의 몸은 너무나도 약해져서 이제 한계에 다다
랐다. 병문안을 가고 싶다고 말했지만 거절당했다. 역시나 늙은 모습
을 보여주고 싶지 않은 모양이다.

다카시와의 전화를 끊고 스마트폰을 테이블 위에 올려둔 후 가라
앉지 않는 마음을 식히기 위해 창문을 열었다. 해가 바뀌었지만 겨울
바람은 여전히 볼을 에듯 차갑기만 하다. 몸을 기대고 있던 베란다 손
잡이의 선뜩함에 손바닥이 얼얼하게 아파왔다.

맞은편에 있는 공원. 벌거숭이가 된 왕벚나무도 추운지 바람에 몸
을 떨고 있다.

미사키와 마지막으로 만난 날, 그녀는 카메라로 저 공원의 풍경을
찍었었다. 어린아이가 새 장난감을 손에 든 것처럼 초롱초롱한 눈망
울로 끝도 없이 셔터를 눌렀었다.

그리고 마지막 한 장이 남았을 때, 나는 그녀에게 말했다.

'우리 지금까지 한 번도 사진 같이 찍은 적 없잖아.'

하지만 미사키는 사진을 찍지 못하게 했다. 늙기 시작하는 모습을
찍기가 두려웠을 것이다.

하루토는 옷장 깊숙이에 넣어두었던 사진을 꺼냈다. 조금씩 초점
이 빗나간 풍경 사진. 이 사진을 찍었을 때 그녀가 어떤 기분이었을지

생각하자 가슴이 짓이겨지는 것처럼 고통스러웠다.

'왜 눈치채지 못했을까…….'

하지만……. 하루토는 사진을 바라보았다. 분명 아직 남아 있을 것이다. 내가 미사키에게 해 줄 수 있는 일이.

니콘 F3를 손에 들었다. 티탄 블랙의 몸체가 방의 조명을 받아 빛나고 있다. 이내 예전에 아버지에게 들었던 말이 가슴을 스쳤다.

상경하기 전날 밤, 아버지는 할 이야기가 있다며 하루토를 거실로 불러 들였다. 어차피 도쿄에 가는 것을 또 반대하시려는 거겠지, 한숨을 내쉬며 아버지 앞에 앉았다.

"할 얘기가 뭔데요?"

아버지는 "어어"라고 애매모호한 말을 하더니 한동안 갓 절임을 우물우물 씹었다. 아무리 기다려도 입을 열지 않는 아버지를 보다 지쳐 "할 말 없으면 부르지 마세요"라고 퉁명스레 내뱉은 후 방으로 가려고 했다.

그때, 아버지가 테이블에 이 니콘 F3를 올려놓았다. 놀라는 하루토에게 "선물이야"라고 나직이 말했다. 오랜 세월 아버지가 아끼던 카메라인데…….

"나는 사진이 뭔지 잘 몰라. 그렇지만 하루토……."

아버지는 아들의 얼굴을 똑바로 쳐다보았다.

"언젠가 너의 사진이 누군가를 행복하게 해 줬으면 좋겠구나."

그리고 아버지의 손에서 이 카메라를 건네받았다.

하루토는 그 말을 떠올리면서, 손에 든 니콘 F3로 시선을 떨어뜨렸다.

아버지가 말했던 사진은 아직 찍지 못한 상태다. 어떤 사진을 찍고 싶어 하는지도 모르는 데다 재능이라고는 티끌만큼도 없는 내가 누군가를 행복하게 해 주는 사진을 찍을 수 있을지 자신이 없다.

그래도……. 하루토는 니콘 F3를 꽉 쥐었다.

나는 미사키를 행복하게 해 주고 싶다. 내 사진으로…….

네가 없었다면 나는 이미 오래 전에 사진을 그만뒀을 것이다. 너는 나약하고 변명만 늘어놓던 나를 일으켜 세워 주었다. 그러니까 보여주고 싶다. 사진작가로서 한 걸음 내디딘 모습을. 미사키와 했던 그 약속을 지키고 싶다.

다음 날, 하루토는 다카나시에게 전화를 걸었다. 그리고 "드릴 말씀이 있어요"라고 말한 후 그의 집과 가까운 역에서 만나기로 했다.

오다큐선 교도역 가까이에 있는 카페. 하루토는 긴장을 녹이기 위해 뜨거운 블랙커피를 홀짝이고 있었다.

"어이."

카키색 야상점퍼를 입은 다카나시가 입김으로 손을 녹이면서 들어왔다. 해가 바뀌고 다시 머리를 빡빡 밀었는지 잘생긴 두상이 겨울 추위에 덜덜 떨리고 있었다.

다카나시는 의자 등받이에 점퍼를 아무렇게나 걸더니 하루토 맞은편에 털썩 앉았다. 그리고 직원에게 무뚝뚝하게 "아이스 로열 밀크티"라고 말했다.

"아이스 로열 밀크티라니, 춥지 않으세요?"

"추워. 그래서 뭐? 불만 있냐?"

"아뇨, 없어요······."

"모처럼의 휴일에 왜 네 면상을 봐야 하는지 모르겠네. 대체 할 말이 뭐야?"

"실은······."

선뜻 말을 꺼내기가 어려워 손가락으로 애꿎은 컵 손잡이만 만지작거린다. 다카나시가 답답하다는 듯 "빨리 말해 멍청아"라고 말하며 혀를 찼다.

"다카나시 선배, 다음 달에 사진전 여실 거죠?"

예전에 사와이가 술자리에서 말했었다. 다카나시가 2월에 사진전을 할 거라고.

"응. 미대 동기랑. 왜? 보러 오려고?"

"아뇨······."

용기를 끌어 모아 고개를 들었다.

"저도 사진전에 참가하게 해 주세요."

다카나시의 눈이 휘둥그레졌다.

"너 지금 무슨 소리하는 거야."

"부탁입니다. 딱 몇 장이면 돼요. 제 사진도 전시해 주세요. 갤러리 대여료도 내겠습니다. 그러니······."

"멍청한 소리하지 마."

날카로운 눈이 총부리를 들이댄 것처럼 하루토를 붙들었다.

"너 같은 초짜 사진을 왜 받아 줘야 돼?"

"물론 무리라는 것은 잘 알고 있습니다. 하지만 꼭 작품을 전시하고 싶어요."

"지금 장난해? 쉬는 날 사람을 불러내놓고 말 같지도 않은 소리를 하고 있어."

다카나시는 혀를 차면서 일어났다. 그때 직원이 아이스 로열 밀크티를 가지고 왔다.

"그거 취소."

다카나시가 손에 코트를 들고 나가려던 참이었다.

"부탁드립니다!"

하루토의 쩌렁쩌렁한 목소리가 가게 안에 울려 퍼졌다. 다카나시의 발이 멈춘다.

"저도 참가하게 해 주세요!"

온몸을 내던지는 하루토를 보고 다카나시가 이해할 수 없다는 듯 눈살을 찌푸리며 말했다.

"왜 이렇게 난리야? 그렇게 사진전을 하고 싶으면 혼자서도 하면 되잖아."

하루토는 분한 듯 주먹을 불끈 쥐고 고개를 숙였다.

"말씀하신 대로 저는 아직 초보입니다. 실력도 다카나시 선배나 마코토 선배와는 비교할 수조차 없을 정도로 형편없어요. 사진전을 열기에는 10년도 더 이르다는 것을 알고 있습니다. 하지만……."

하루토는 다카나시를 노려보듯 강한 눈빛으로 쳐다보았다.

"하지만 지금이어야만 합니다! 그러니 부탁드려요! 제발 기회를 주세요!"

한 발짝도 물러서지 않겠다는 시선에 다카나시는 한숨을 내쉬었다.

"직원! 아이스 로열 밀크티 다시 줘요."

그러더니 다시 의자에 앉아서 하루토 쪽으로 얼굴을 들이댔다.

"사진전은 미대 시절 동기들이랑 같이 열기로 했어. 한 명은 작년에 기무라 주조상을 받았고, 다른 한 명은 도요 필름이 주최하는 '풍경 사진 백인전'에 참가했었지. 둘 다 젊은 사진작가 중에서도 촉망받는 녀석들이야. 분명히 말하는데, 너 같은 건 발끝에도 못 미쳐. 그런 곳에 순 생무지인 너를 참가시키려고 하면 그 두 사람이 용납하지 않을 거야. 네 사진을 전시하면 그만큼 우리 공간이 줄어드니까."

하루토가 또 다시 무어라 말을 하려하자 다카나시가 "시끄러워. 끝까지 들어"라고 하며 제동을 걸었다.

"가져 와 봐."

"네?"

"너를 참가시켜도 괜찮겠다는 생각이 들 정도의 사진을 가지고 오라고. 사진전은 2월 첫째 주 주말이야. 미리 준비해야 하니까, 1주일 후에 작품을 가지고 온다면 생각해 보지. 두 사람한테도 얘기해두고. 어떡할래?"

하루토는 입술을 꾹 다물고 힘차게 고개를 끄덕였다.

"알겠습니다. 가지고 가겠습니다. 꼭이요."

다카나시는 혀를 차더니 "음료 값은 네가 내라"라고 말하며 못마땅하다는 듯 아이스 로열 밀크티를 한 입에 털어 넣고 자리에서 일어났다.

다카나시가 문자로 사진전 테마는 '21세기의 시간과 공간'이라고 알려 주었다.

그 테마를 보고 하루토는 찍고 싶은 사진을 결정했다. 아니, 처음부터 찍고 싶은 사진은 정해져 있었다.

맑게 갠 휴일 오후. 하루토는 카메라를 들고 촬영 장소로 찾아갔다. 주변을 둘러본 후 마음을 차분히 가라앉힌다. 절대 내키는 대로 셔터를 눌러서는 안 된다.

'자네는 사진에 어떤 염원을 담고 싶나?'

나의 염원…… 그것은 오직 하나뿐이다.

하루토는 조용히 셔터를 눌렀다.

1주일 후. 하루토는 완성된 작품을 가지고 다카나시를 만났던 카페로 향했다.

긴장한 탓인지 아침부터 식욕도 없고 머릿속에는 온통 나쁜 상상만 가득하다. 발걸음은 무겁고, 작품을 든 손은 아까부터 바들바들 떨리고 있다. 공포심을 떨쳐내기 위해 세차게 머리를 흔들었다. 주눅 들지 말자. 미사키는 병마와 싸우고 있다. 그러니 나도 싸우자.

카페에는 다카나시 외에도 사진전에 동참하는 두 사진작가가 함께 나왔다. 다카나시와는 달리 인상이 부드러웠지만 이따금씩 보이는 예리한 시선에서 재기가 뿜어져 나오는 것을 느낄 수 있었다.

인사를 하는 둥 마는 둥 하고 사진을 건네자 그들은 묵묵히 하루토의 작품을 응시했다. 평소라면 곧장 윽박질렀을 다카나시도 오늘만큼은 말수가 적었다. 하루토는 눈앞에서 작품을 평가받는 긴장감에 심장이 터질 것만 같았다. 예전에 사와이 선생님께 사진을 보여드렸을 때와는 차원이 다른 감정이 가슴을 뒤덮었다. 이것으로 판가름 날 것이다. 하루토는 커피와 함께 공포심을 뱃속으로 밀어 넣었다.

이윽고 세 사람은 테이블 위에 사진을 내려놓았다…….

뒷문 인터폰을 누르자 다카시가 문을 열었다.

"방에 있어."

턱을 치켜 올리면서 들어오라는 시늉을 해 보였다.

"미사키 몸은 좀 어떤가요?"

"오늘은 아직 괜찮은 것 같아. 그래도 최근에는 계속 열이 나서 고생했어."

"그랬군요……."

다카시의 옆얼굴에 드리운 짙은 그늘이, 악화되고 있는 미사키의 상태를 말해주고 있었다.

하루토는 신발을 벗고 안으로 들어선 후 여느 때처럼 미사키의 방 앞에 섰다. 그리고 그녀의 이름을 불렀다. 방 안에서 인기척이 느껴졌다. 이것이 미사키의 대답이었다.

"다음 달에 사진전에 참가하기로 했어."

아무 소리도 들리지 않는다. 하지만 그래도 상관없다. 하루토는 말을 이어갔다.

"작은 갤러리를 빌려서 여러 명이 각각 자기 작품을 전시하는 거야. 사진작가로서 처음으로 작품을 전시할 수 있게 됐어."

미사키…….

너를 위해서 할 수 있는 일이 고작 이것밖에 없어.

나는 의사가 아니야. 그러니 너의 병을 고쳐줄 수 없어.

나는 초능력자가 아니야. 그러니 너의 젊음을 되찾아 줄 수도 없어.

나는 무력하고, 아무것도 할 수 없는 나약한 남자야.

그렇지만, 그래도 말이야.

설령 아무것도 해 줄 수 없다 해도, 적어도 너의 마음에…….

"네가 봐 줬으면 좋겠어."

그리고 기도하듯 눈을 감고, 장지문 너머에 있는 연인에게 마음을 보냈다.

"내가 찍은 사진을…… 미사키가 봐 주었으면 좋겠어……."

……적어도 너의 마음에 닿기를 바라.

내가 찍은 사진이, 꼭 네게 닿았으면 좋겠어.

그게 나의 염원이야…….

* * * * *

1월 마지막 주, 하루토가 사진전 팸플릿을 가지고 왔다. 미사키는 환자용 침대에 앉아서 그 팸플릿을 말끄러미 쳐다보았다.

'네가 봐 줬으면 좋겠어.'

팸플릿을 품안에 소중히 끌어안았다. 그리고 마음속으로 간절히 생각했다.

보고 싶다, 하루토의 사진……. 아마 이게 마지막 기회일 것이다. 그러니 그가 찍은 사진을 보고 싶다. 볼 수만 있다면 더 이상 여한이 없겠지. 하지만…….

손끝으로 팸플릿에 적혀 있는 '아사쿠라 하루토'라는 글자를 가만히 덧그려본다.

'하지만, 미안해 하루토……. 보러 가고 싶지만 역시 무리야. 너를 만날 용기는 남아 있지 않아. 이렇게 비참한 모습을 보일 수는 없어.'

"하루토 사진전, 어떡할 거야?"

다카시의 물음에 미사키는 가만히 고개를 저었다. 그리고 미사키는 팸플릿을 사이드 테이블에 올려두었다.

2월에 접어든 후 며칠간 맑은 날씨가 이어졌다. 바람은 부드럽고 햇살도 따사로웠다. 마치 봄이 서둘러 찾아온 것 같은 포근함마저 느껴졌다.

그런 2월 첫째 주 토요일, 커튼이 굳게 닫혀 있는 어둑어둑한 방에서 미사키는 마음속으로 안절부절못하며 고개를 숙이고 있었다. 오늘은 사진전 첫날이다. 팸플릿을 쳐다봤다가 신경 쓰지 않겠다는 듯 시선을 회피하기를 수차례나 반복했다. 스마트폰의 시계를 보자 어느덧 오후 2시를 넘긴 시각이었다. 사진전은 6시까지다. 네 시간밖에 남지 않았다. 전시장은 하타가야역 가까이에 있었다. 집에서 한 시간도 채 걸리지 않는 거리였다.

안 가도 되겠어? 마음속에서 또 한 명의 자신이 말을 건다. 미사키는 고개를 저으며 이불 속으로 파고들었다. 용기가 없다. 집에서 나가 바깥을 걸을 용기가, 전시장으로 가서 하루토와 재회할 용기가, 도저히 샘솟지 않았다.

오후 6시가 되자 미사키는 한숨을 내뱉었다. 내일도 이렇게 망설이겠지. 하지만 역시나 걸음을 내디딜 용기는 나지 않았다.

다음날, 다카시가 점심으로 죽을 만들어 주었다. 이제는 이가 거의 다 빠져 버려서 딱딱한 음식은 씹을 수가 없게 되어 버렸다.

오빠가 죽을 떠서 입가로 가져왔다. 애써 몇 입 삼켰지만 아무 맛도 느껴지지 않았다. 마음이 이미 여기가 아닌 다른 곳에 가 있었으니까.

"마지막 날이네."

다카시가 중얼거렸다. 하지만 미사키는 아무런 말도 하지 않았다. 못 들은 척하면서 묵묵히 죽을 먹었다.

"안 가 봐도 괜찮겠어?"

미사키는 여전히 침묵을 지킨다.

"가고 싶다면 가보는 게 좋을걸? 나중에 후회할 거야."

나도 안다……. 하지만 두렵다. 하루토에게 이 모습을 보여주기가. 나를 보자마자 굳어 버릴 그의 얼굴을 보기가. 상상만 해도 견딜 수가 없을 만큼 무섭다…….

"이제 됐어."

미사키는 고개를 돌리고 이불을 코끝까지 끌어올렸다.

이대로 잠들면 사진전이 끝난 후에 눈을 뜰 것이다. 그러면 어쩔 수 없이 포기를…….

"……다녀 와."

다카시가 미사키의 등 뒤에서 말했다.

"응? 다녀 와, 미사키."

하지만 미사키는 아무 반응이 없다.

"하루토가 사진을 보여주고 싶어 한 건 너잖아. 네가 안 가면 슬퍼할 거야. 너도 분명 후회할걸? 그러니까 갔다 와."

"안 가."

미사키는 고개를 저었다.

됐다. 이미 충분하다. 하루토의 목소리를 다시 들을 수 있었던 것만
으로도, 그것만으로도 이미 충분하다. 그가 사진 일을 열심히 하고 있
다는 것을 알게 된 것만으로도……

"……그렇게 포기하지 마."

오빠가 괴로운 듯 나지막이 중얼거렸다.

"나는 그렇게 포기하는 네 모습을 더 이상 보고 싶지 않아……"

그 목소리가 희미하게 떨리고 있었다.

"미사키, 너는 병에 걸려서 많은 것을 포기해 버렸어. 미용사 일도,
앞으로의 꿈도, 결혼해서 행복한 가정을 만드는 것도. 엄청나게 고통
스러웠을 거야. 억울했을 거야. 왜 하필 나한테 이런 일이 일어나는
지, 분명 몇 번이나 그렇게 생각했을 거야……"

그 말이 바늘처럼 가슴을 쿡쿡 찔러댔다. 미사키는 눈을 감고 입술
을 꽉 물었다.

다카시가 침대 옆에 앉아서 미사키의 머리를 부드럽게 쓰다듬었다.

"애썼어, 미사키……. 지금까지 정말 애썼어……. 그러니까 제일 소
중한 것은 포기하지 마."

미사키는 이불 속에서 어린아이처럼 몸을 둥글게 만 채 파르르 떨
었다. 따뜻한 눈물이 코를 타고 흘러내려 베개를 적신다.

"다녀 와, 미사키."

"하지만…… 하루토에게 이런 모습을 보여줄 수 없어. 분명 비웃을
거야……"

이 모습을 보고 그가 불쾌해하거나 실망할 거라는 생각만 하면 무섭다.

"걱정 마."

오빠가 밝은 목소리로 말했다.

"혹시라도 그 녀석이 웃으면 내가 두들겨 패 줄 테니까. 그러니까 걱정 말고 갔다 와."

고개를 돌리자 오빠가 웃으며 끄덕여 보였다.

"하루토라면 그럴 일 없을 거야."

미사키의 마음속에 작은 불이 켜졌다. 그 불이 점점 커지더니 미사키의 몸을 움직인다. 하루토와 만나고 싶다는 마음이 전신을 휘감았다. 그의 목소리를 떠올린다. 약간 낮고도 맑은, "귀여워"라고 말해주었던 목소리를. 그리고 그의 미소를 떠올린다. 얼굴이 구겨질 정도로 환하게 웃어 주던 그 미소를. 이윽고 하루토의 온기를 떠올렸다.

'한 번 더 느끼고 싶다……. 부드러운 그를, 한 번만 더…….'

미사키는 힘이 거의 들어가지 않는 팔로 있는 힘껏 몸을 일으키려 했다. 가지처럼 앙상한 팔이 떨리면서 자신의 무거움을 꼼짝없이 느끼고 만다. 그래도 미사키는 일어나기 위해 온몸에 힘을 주었다. 오빠가 도와주려 했지만 고개를 가로저어 거부했다. 스스로의 힘으로 일어나고 싶었다. 자신의 다리로 직접 그를 만나러 가고 싶었다.

그리고 미사키는 거울을 꺼내들었다. 얼굴을 보는 것은 오랜만이다. 이가 다 빠진 바람에 얼굴은 예전보다 더 오므라들었다. 병에 걸리기 전의 모습은 어디에서도 찾을 수 없었다.

'이렇게나 끔찍한 몰골이 되어 버렸구나…….'

미사키는 울음이 터지지 않도록 입술을 꽉 다물었다. 그리고 굳게 닫혀 있었던 화장품 파우치를 열었다.

화장을 해도 그다지 달라지지 않는다는 것은 잘 알고 있다. 하지만 하루토를 만난다. 아주 조금이라도 좋다. 조금이라도 좋으니 예뻐지고 싶다…….

미사키는 마음을 담아 화장을 하기 시작했다. 파운데이션을 바르고, 아이브로우로 옅어진 눈썹을 그린다. 입술은 잠깐 고민하다가 옅은 분홍색으로 발랐다. 한 군데씩 화장을 할 때마다 마음과 소망을 담았다.

미용실에서 일하던 시절에는 손님에게 화장을 해 주기도 했다. 데이트를 하러 가는 손님에서부터 좋아하는 사람에게 고백하러 가는 손님까지, 많은 사람들이 있었다. 그 한 사람 한 사람의 소원이 이루어지도록 최선을 다했던 그 날들이 떠올랐다. 예뻐졌으면 좋겠다, 멋지게 변신한 모습을 보고 자신을 좋아하게 되었으면 좋겠다, 진심으로 그렇게 빌었었다.

지나가 버린 날들을 그려보면서 미사키는 거울을 들여다보았다.

조금은 나아졌을까…….

화장을 마친 얼굴을 보며 생각했다.

그리고 하얗게 새어 버린 머리칼을 감추기 위해 벚꽃색깔 니트 모자를 썼다.

"내가 근처까지 데려다 줄까?"

"아니. 혼자 갔다 올래."

"그래도…….

"혼자 가고 싶어."

"알았어. 대신 무슨 일 있으면 바로 연락해야 된다?"

"유난 떨기는."

미사키가 웃으며 말했다.

"그럼 다녀올게."

택시를 타고 갤러리로 가는 내내 가슴이 쿵쾅거렸다. 하루토를 만날 수 있다는 생각과 이 모습을 보여줘야 한다는 긴장감이 밧줄처럼 온몸을 동여맸다. 미사키는 하얀 장갑을 낀 손을 꼭 쥐었다. 그리고 그때처럼 주문을 외웠다.

'……괜찮아. 분명 괜찮을 거야.'

전시장 가까이에 내린 후 정오가 지난 상점가를 걸었다. 거리의 사람들 눈에는 내 모습이 어떻게 비칠까? 기분 나쁘다고 생각하지는 않을까? 아니면 그냥 할머니라고 생각할지도 모른다. 분명 다들 나를 스물네 살로 보지는 않을 것이다…….

미사키는 지팡이를 짚으면서 한 발짝씩 천천히 걸었다. 다행히도 이 날은 몸 상태가 좋은 편이었다. 열도 없고 몸도 가뿐했다. 빠르게 걸을 수는 없었지만 그래도 평소보다는 발걸음이 가벼웠다.

이윽고 가쁜 숨을 내쉬며 갤러리에 도착했다. 입구에는 '21세기의 시간과 공간전'이라는 간판이 세워져 있었다. 사진작가 목록에 '아사쿠라 하루토'라는 이름이 보이자 심장이 요동쳤다. 미사키는 심호흡을 한 후 용기 내어 문을 열었다.

갤러리는 별로 넓지 않았다. 파티션으로 경로가 구분되어 있어서 한 명, 한 명의 작품을 순서대로 볼 수 있도록 되어 있었다.

미사키는 주변을 빙 둘러보며 하루토의 모습을 찾았다. 하지만 그는 없었다. 그 사실에 왠지 아주 조금은 안도감이 들었다. 그리고 접수처에서 방명록에 이름을 적은 후 요금을 지불하고, 순서에 따라 사진을 보기 시작했다.

세 사람의 전시 공간을 지나치고 하루토의 작품이 있는 곳으로 들어섰다. 손에 든 지팡이에 힘을 넣는다. 그리고 찬찬히 발을 옮기기 시작했다.

벽에 붙어 있는 흑백사진.

특별할 것 없는 풍경 사진들.

하지만 그 사진들을 본 순간 미사키의 눈에서 눈물이 흘러내렸다.

익숙한 그 풍경은 언젠가 하루토의 곁에서 본 적이 있는 경치들이었다.

처음 데이트했던 요쓰야의 벚나무 가로수길, 함께 식사했던 신주쿠의 레스토랑, 미사키가 일했던 페니레인 미용실의 사진도 있었다. 여름에 같이 갔던 스미다강, 불꽃을 올려다보았던 빌딩 사이, 프러포즈를 해 주었던 유이가하마. 계절은 다르지만 분명 하루토와 함께 보았던 풍경이 펼쳐져 있었다.

'언젠가 봐 주시겠어요? 제 사진이요.'

마음속에서 하루토의 목소리가 들려왔다.

'앞으로 열심히 공부해서, 열심히 실력을 갈고 닦을게요. 그러니 언젠가 제 작품을 찍게 되면 그때 제 사진을 보러 와 주세요.'

약속을 지킬 수 있어서 다행이다……

용기 내어 여기에 오기를 잘했다.

하루토의 사진을 볼 수 있어서 정말 다행이다.

'저, 힘낼게요! 그 말을 믿고 다시 노력할게요!'

그는 그 약속을 지켜주었다. 나를 위해서 열심히 사진을 찍어준 것이다.

나를 이렇게까지 생각해 주다니, 나는 정말 행복한 사람이다……

작품 제일 끝에는 타이틀이 적혀 있었다.

그 글자를 보고 미사키는 기쁨의 미소를 지었다.

[변하지 않는 것]

변해가는 것이 무서웠다. 정상인의 몇 십 배에 달하는 속도로 늙어가는 것이 무서워서 견딜 수 없었다. 나날이 바뀌어가는 자신의 모습을 보는 것이 참을 수 없이 고통스러웠다. 가시 돋친 말로 소중한 사람에게 상처를 주는 자신이 진저리나게 싫었다.

하지만…….

미사키는 눈물을 닦았다.

변하지 않는 것도 있구나…….

하루토와 보았던 경치는, 그날의 추억은, 앞으로도 변하지 않을 것이다. 하루토의 말대로 사진은 추억을 가위로 오려내 준다. 이 사진 속에는 그때의 나와 하루토가 있다. 그렇게 생각하자 진심으로 기뻤다.

미사키는 접수처로 갔다.

"하루토 씨는 어디 계시나요?"

접수처의 여성이 "지인을 마중하러 간다면서 나갔습니다"라고 말해 주었다.

나를 데리러 간 것이리라.

'……보고 싶어.'

미사키는 다리를 끌면서 서둘러 전시장을 나섰다.

* * * * *

하루토는 미사키의 집 앞에 와 있었다.

인터폰을 누르자 다카시가 얼굴을 내민다.

미사키는 사진전을 보러 갔다고 했다. 길이 엇갈린 모양이다.

하루토는 다급히 발길을 돌렸다.

미사키가 사진을 보러 와 주었다. 그렇게 생각하자 기쁜 마음을 주체할 수 없었다.

만날 수 있을지도 모른다…….

마음이 조급해진다. 하루토는 숨을 헐떡이면서 뛰었다.

서늘한 한겨울의 공기를 가르면서 온힘을 다해 달려간다.

이윽고 하늘에서 조용히 눈이 떨어지기 시작했다.

* * * * *

그의 번호는 꽤 옛날에 지워버린 터라 전화를 할 수는 없었다.

미사키는 흩날리기 시작한 눈송이 사이로 하루토의 모습을 찾아

헤맸다. 불편한 몸을 이끌고 주변을 두리번거리며 걸어간다. 허리에서 극심한 통증이 느껴지고 다리가 저려 움직이기도 힘들었다. 그래도 미사키는 열심히 앞으로 나아갔다.

'……움직여 줘. 부탁이야. 더 이상 걷지 못하게 된대도 좋아. 움직이지 못하게 된다 해도 상관없어. 그러니 지금만큼은, 부탁이니까 제발 움직여 줘.'

하지만 결국 다리가 꼬이면서 넘어지고 말았다. 옆을 지나가던 젊은 여성이 "괜찮으세요?"라고 하며 몸을 일으켜 주었다. 감사의 인사를 하고 다시 지팡이를 짚으며 걷기 시작했다. 다리가 도저히 말을 듣지 않았지만 미사키는 발을 끌면서 안간힘을 다해 걸었다. 새하얀 입김이 나오고 온몸이 얼음장처럼 차가웠다. 그래도 거리 안에서 하염없이 하루토를 찾아다녔다.

지금 만나지 않으면 후회를 안고 죽게 될 것이다. 그건 싫다. 포기하고 싶지 않다. 마지막으로 한 번만 더 하루토를 만나고 싶다. 만나서 지금 이 마음을 전하고 싶다…….

숨을 거칠게 내쉬며 찾아온 공원. 주말이라 그런지 흩날리는 눈송이에 들떠 있는 아이들 모습이 보인다. 하루토를 찾으면서 걸어간다. 하지만 그는 없다. 어디에도 없었다.

'이런 곳에 있을 리가 없겠지…….'

한숨을 내쉬며 걸음을 돌렸다. 그 순간 미사키의 발이 멈칫 했다.

심장이 철렁 내려앉는 소리가 들렸다.

공원 입구에 하루토가 서 있었던 것이다. 그 역시 주변을 두리번거리며 누군가를 찾는 듯했다.

나를 찾고 있다.

미사키는 긴장하면서 떨리는 발을 내디뎠다.

하루토와의 거리가 조금씩 좁혀진다.

그가 이쪽을 보았다. 눈이 마주쳤다.

기쁨과 공포에 다리가 떨려온다.

그도 천천히 이쪽으로 걸어온다.

미사키는 한 발 한 발 하루토에게 다가갔다.

그리고 그때처럼 그의 이름을 부르려던 참이었다.

"하루토……."

그때, 얄궂게도 북새풍이 불어와 미사키의 니트 모자가 날아가 버렸다.

하루토 옆에 떨어진 벚꽃색 니트 모자. 그가 모자를 줍더니 웃어 보였다.

미사키도 미소 지었다.

하루토가 니트 모자를 건넨다.

"여기요."

그 순간, 미사키의 미소가 연기처럼 사라졌다.

"왜 그러세요?"

그는 의아하다는 듯 고개를 갸우뚱거린다.

못 알아본다…….

하루토는 나를 못 알아보고 있다…….

내가 너무 변해 버려서, 이런 모습이 되어 버려서, 나를 알아볼 수가 없는 것이다.

나라고 말하고 싶다. 하지만 그 말을 한다면 하루토는……

미사키는 눈물을 삼키며 입을 다물었다.

웃자…….

지금이 마지막이니까. 하루토를 볼 수 있는 마지막 날이니까.

다시 이렇게 만날 수 있었잖아.

그러니까 마지막은 미소로…….

미사키는 눈앞에 있는 연인을 향해 있는 힘껏 웃어 보였다. 넘쳐흐를 것만 같은 눈물을 간신히 참으면서, 비록 알아봐 주지는 못했지만 그래도 기쁜 듯 미소 지었다. 그리고 하루토가 내미는 니트 모자를 받아들었다. 그 순간, 아주 잠깐이었지만 손끝이 그의 손바닥에 닿았다.

손을 잡았던 때의 감촉이 다시 살아났다. 거친 손이 좋다고 말해 주었던 하루토의 목소리도 귓가에 아른거렸다.

하루토는 나에게 많은 추억을 선물해 주었다.

잊고 싶지 않은 추억을 가득, 한가득 만들어 주었다.

그러니까 하루토…….

"고마워요……."

미사키는 쉬어 버린 목소리로 그렇게 말했다. 그때와는 완전히 달라져 버린 음성. 갈라지고 추한 목소리가 되어 버렸다. 하루토가 전혀 알아들을 수 없는 목소리가 되어 버린 것이다. 그래도 말하고 싶었다. 고맙다고, 그렇게 말해주고 싶었다.

하루토는 니트 모자를 건넨 후 꾸벅 인사하더니 옆을 지나쳤다. 미사키는 멀어져 가는 그의 뒷모습을 언제까지고 바라보았다. 그 모습이 사라질 때까지 계속 미소를 머금으면서…….

"어땠어?"

집으로 오자 다카시가 물었다.

"하루토는 만났어?"

"못 만났어."

미사키는 침대에 앉아서 쓸쓸히 웃었다.

"그랬구나……."

"그런 표정 짓지 마."

신기하게도 슬프지 않았다. 개운한 마음에 몸까지 가볍게 느껴졌다.

아주 조금은 안심하고 있었다. 알아보지 못해서 다행이라고, 그렇게 생각하면서 안도했다. 나는 역시 그날의 내 모습만 기억해 주었으면 좋겠다. 이런 내 모습이 아니라, 하루토와 같은 나이를 살았던 시절의 나를. 사진 속 풍경을 함께 보았던 그때의 내 모습으로 기억해 주었으면 좋겠다. 그러니 잘 된 것이다…….

쓸쓸한 마음이 전혀 없지는 않았다. 하지만 그 이상으로 나는 행복했다. 우리 둘의 추억이 녹아들어 있는 경치를 다시 볼 수 있었으니까. 찰나의 순간이었지만 하루토를 만날 수 있었으니까…….

미소를 머금은 미사키의 눈에서 눈물이 뚝뚝 떨어졌다.

나는 줄곧 내가 불행하다고 생각했다. 같은 세대의 여자들보다 빨리 늙고, 이런 흉한 모습이 되어서 불쌍하다고 생각했다.

하지만, 그래도…… 하루토와 사랑했던 순간만큼은 누구보다도, 이 세상 그 누구보다도 행복했다고 가슴을 펴고 말할 수 있다. 온 세상에 자랑하고 싶을 만큼.

그날 밤, 미사키는 꿈을 꾸었다.

꿈속에서 그녀는 스물넷의 모습이었다. 몸은 솜털처럼 가벼워서 아무런 아픔도 느껴지지 않았다. 피부에는 주름도 전혀 없고, 머리카락도 새까맸다. 손가락도 거칠기는 하지만 예전 모습 그대로였다.

기적이 일어났어……. 그런 생각에 기쁜 나머지 눈물이 흘렀다.

미사키는 가벼워진 몸으로 하루토를 향해 달려갔다. 아무리 달려도 숨이 차지 않았다. 젊음을 실감할 수 있어서 가슴 가득 기쁨이 넘쳐흘렀다.

하루토는 여느 때처럼 환하게 웃어 주었다. 그의 품 안에 뛰어들자 다정하게 머리를 쓰다듬어 주었다. 너무나도 그리웠던, 커다란 손바닥의 감촉에 미사키는 미소를 지었다.

그리고 하루토는 말해 주었다.

귀여워……라고.

그때처럼 또 다시 그렇게 말해 주었다.

언젠가 아야노 언니가 말했었다. 누군가에게 사랑받는다는 것은 무척 좋은 일이라고. 여자로 태어나서 느낄 수 있는 행복 중 하나라고.

행복해…….

미사키는 마음 깊이 생각했다.

좋아하는 사람에게 귀엽다는 말을 들을 수 있어서, 듬뿍 사랑받을 수 있어서…….

여자로 태어나서 정말 다행이야…….

　　　　　　　* * * * *

　미사키가 숨을 거둔 것은 그로부터 며칠이 지난 후였다.

　그날 아침, 다카시는 침대에 누워 있는 미사키를 보고 얼굴이 창백해졌다. 평소와는 명백히 다른 모습이었다. 사진전에 갔다 온 이후로 몸은 눈에 띄게 약해졌지만 불렀을 때 아무 반응이 없는 것은 처음이었다. 다카시는 허겁지겁 구급차를 불러 병원으로 데리고 갔다. 하지만 가미야가 응급조치를 했음에도 동생은 허망하게 가 버렸다.

　숨을 거두기 직전, 침대 위에서 미사키는 의식이 몽롱한 상태였다. 산소마스크 아래에서 몇 번이고 헛소리를 했다.

　"오늘은…… 어떻게 해 드릴까요…… 커트랑…… 파마도 할까요…… 분명 귀여워질…… 거예요…….."

　미사키는 꿈속에서 머리를 자르고 있었다. 분명 그때처럼 거울 앞에 앉아 있는 손님에게 미소를 건네고 있을 것이다.

　다카시는 여동생의 손을 꼭 잡았다. 그리고 의식이 돌아오기를 간절히 빌었다.

　석양의 엷은 오렌지빛이 창문으로 쏟아져 들어오던 그때, 미사키의 손이 아주 살짝 움직였다. 다카시는 다급히 동생에게 다가갔다. 그러자 미사키는 힘없이 입술을 달싹거렸다. 의식이 돌아온 것이다. 무언가 말하고 싶어 하는 그 입 가까이에 다카시가 귀를 갖다댔다.

　"……미……해……."

　"응?"

　"……미안……해……."

"뭐가 미안해."

다카시가 쓴웃음을 지었다.

"……동생인데…… 먼저…… 늙어 버려서……. 이런 모습으로…… 오빠보다…… 먼저……."

"바보야, 무슨 소리 하는 거야."

다카시는 주름이 가득한 미사키의 손을 꽉 잡았다.

"네가 몇 살이든 넌 내 동생이야. 앞으로도 그럴 거고. 영원히…… 내…… 내 귀여운 여동생이야……."

울음 섞인 목소리로 미소 짓자 미사키도 기쁘다는 듯 희미하게 웃어 주었다.

무척이나 좋아했던 동생의 미소. 언제나 다카시를 위로해 주고 용기를 북돋아 주었던 그 미소다.

외모는 변해 버렸지만 미사키는 확실하게 웃고 있었다. 한 송이의 꽃처럼…….

이윽고 미사키는 영원한 잠에 빠져들었다.

장례식은 하지 않았다. 늙은 모습을 아무에게도 보여주고 싶지 않을 테니까. 하루토에게도 당분간은 알리지 말아달라는 부탁을 받았다. 그래서 아야노와 단둘이, 화장터에서 조용히 보내주기로 했다. 관속에서 잠든 미사키는 이름을 부르면 금방 눈을 뜰 것처럼 편안한 모습이었다.

"미사키……."

하지만 아무리 불러보아도 일어나지 않았다. 다카시가 옆에서 어깨를 늘어뜨리고 있는 아야노의 손을 잡았다. 그러자 아야노가 흐느껴 울기 시작했다. 언젠가 다시 만나자는 약속을 지키지 못한 하릴없는 마음이, 눈물이 되어 넘쳐흐르는 것 같았다.

화장 시간이 다가왔다. 다카시는 미사키가 내내 소중히 아껴왔던 가위 케이스를 관에 넣어 주었다. 버려달라고 했지만 차마 그럴 수는 없었다. 미사키가 이 가위 케이스를 항상 소중하게 품에 지녔다는 것을 알고 있었으니까. 병이 진행되어 노화가 시작될 때도, 통증에 고통스러워할 때도, 미사키는 항상 이 가위 케이스를 안고 있었다. 마치 보물처럼. 그런 물건을 버릴 수는 없었다.

다카시는 관에 누워 있는 동생에게 마음속으로 말했다.

'미사키, 저 세상에서는 젊은 모습으로 지낼 수 있기를 바랄게. 다시 미용사 일도 할 수 있었으면 좋겠어. 아버지, 어머니랑도 만났으면 좋겠고. 옛날처럼 어머니랑 밤늦게까지 담소도 나누고 그래. 아버지랑 싸우지는 말고.

그곳에서 가족끼리 사이좋게 지내 준다면 나도 기쁠 거야······.

나는 조금만 더 여기서 버티다 갈게. 너를 실망시키지 않도록, 조금만 더 힘내 볼게. 그러니 아무 걱정 말고 편안히 잠들어 줘.'

다음날, 다카시는 미사키의 방을 정리하기 시작했다.

아야노는 "이대로 두면 좋을 텐데"라고 했지만, 미사키라면 분명 새롭게 시작하기를 바랄 것이다. 그리고 이대로 두었다가는 아무리 시간이 흘러도 정리하지 못할 것만 같았다. 그래서 마음을 단단히 먹고 정리하기로 했다. 미사키의 물건은 없어지겠지만 추억까지 사라지지는 않는다. 그렇게 자신에게 되뇌었다.

한창 정리를 하는데 선반에서 앨범이 나왔다. 앨범을 열어 보니 어릴 적 미사키의 미소가 그대로 있었다. 다카시는 책상다리를 하고 앉아서 가만히 미소를 머금었다.

"뭐야?"

아야노가 옆에 앉았다.

"귀엽지?"

다카시는 미소 지으며 사진 속의 미사키를 어루만졌다.

"어렸을 때, 동네의 짓궂은 꼬마들이 '술집 딸'이라고 놀렸었어. 그래도 미사키는 상대가 남자인데도 아무렇지 않게 되받았지. '술집 딸이 뭐 어때서!'라고 말이야. 그러다 자주 맞아서 집에 울면서 들어오고는 했어. 그래서 내가 걔네들한테 가서 혼쭐을 내줬거든. 그런데 내가 좀 심하게 혼냈더니 미사키가 뭐라고 한 줄 알아? '오빠 너무해!'라고 하는 거야. 이 녀석을 위해서 한 행동인데 왜 그런 소리를 했을까? 너무했지?"

앨범을 넘기자 중학생 시절의 미사키의 모습이 나왔다.

"미사키 이래 봬도 제법 공부 잘했어. 아버지나 나를 닮지 않아서 다행이었지 정말. 특히 미술 성적이 좋았어. 무려 수(秀)였다니까, 수. 엄청나지? 나는 태어나서 한 번도 수를 받아본 적이 없어. 미용사가 되라고 하늘이 좋은 손재주를 주신 게 분명해."

한 장 더 넘기니 고등학교 입학식 때 사진이 눈에 들어온다. 그 다음 장에는 전문학교 시절에 찍은 사진과 성인식 때 사진도 있었다. 후리소데(振袖)를 입고 다카시, 아야노와 함께 나란히 서서 찍은 사진이었다.

"이 후리소데, 빌린 거였지?"

다카시가 웃었다.

"맞아."

아야노도 함께 웃었다.

"원래는 갖고 싶은 후리소데가 있었으면서, 사준다고 하니까 '비싸니까 됐어'라고 하면서 거절했었지. 유카타도 사 줬는데 후리소데까지 받을 수는 없다나."

"미사키, 항상 다카시에게 짐이 되지 않으려고 신경 썼으니까."

아야노의 말에 눈시울이 뜨거워진다.

"짐이 아니었는데……."

이윽고 눈물방울이 떨어져 내렸다.

"사 줄걸 그랬어……. 후리소데를 사서 기분이 좋아질 수 있다면 아끼지 말고 사 줄걸 그랬어……. 그 녀석이 갖고 싶어 하는 것들 많이 사 줄걸 그랬어. 가고 싶은 곳에도 데려가 줄걸. 하고 싶은 일이 더 많았을 텐데…… 그랬을 텐데……."

아야노의 따뜻한 손이 다카시의 등을 어루만졌다.

"그렇게 생각하지 마. 다카시는 좋은 오빠였어. 미사키도 그랬어. 오빠가 있어서 미용사가 될 수 있었다고. 그래서 꿈을 이룰 수 있었다고 말이야."

사진 위로 눈물이 뚝뚝 떨어진다.

"오빠가 나의 오빠여서 다행이라고, 그렇게 말했었어."

그건 내가 해야 할 말이다. 이렇게 형편없는 오빠였는데도 너는 항상 나를 믿어 주었다. 그 덕분에 지금까지 기운을 낼 수 있었다. 네가 있었기에 지금까지 올 수 있었던 것이다.

다카시는 셔츠의 소매로 앨범에 떨어진 눈물을 투박하게 닦았다.

"미사키, 너는 나한테 과분한 동생이었어……."

어느새 아야노도 울고 있었다. 요란한 소리를 내며 코를 훌쩍거리기에 무심결에 웃음이 터져 나왔다.

"왜 웃어."

아야노가 다카시의 코를 잡아 당겼다. 두 사람은 함께 웃었다.

그리고 다카시는 한 번 더 사진 속의 미사키를 바라보았다.

미사키, 고마워…….

내 동생으로 태어나 줘서.

대강 정리가 끝나갈 무렵, 한 통의 편지를 발견했다.

봉투에는 '하루토에게'라고 적혀 있었다. 사진전에 다녀온 이후 미사키가 썼던 편지다.

다카시는 봉투를 보면서 생각했다.

아마도 이 편지를 전달하는 것이 내가 마지막으로 할 수 있는 일이리라…….

다카시는 핸드폰을 집어 들었다.

* * * * *

미사키의 죽음을 안 순간, 하루토는 그 자리에 주저앉고 말았다. 온 세계가 흑백사진처럼 색을 잃었고 어떻게 해야 할지 몰라 숨을 쉬는 법조차 잊어버릴 것 같았다. 최근 며칠 동안 일에 쫓겨서 가지 못했고 드디어 오늘은 만나러 갈 수 있겠다고 생각했는데…….

"괜찮아?"

스튜디오에 있던 마코토가 이상한 낌새를 눈치채고 달려왔다. 하지만 뭐라고 대답했는지는 기억이 나질 않는다. 사람의 목소리도 휘황한 조명도 죄다 먼 세계의 일인 것만 같았다. 그 공간에서 자기 자신만 사라진 듯한 착각을 느꼈다.

하루토는 사와이에게 사정을 설명하고 조퇴한 후 미사키의 집으로 향했다.

임종 당시의 이야기를 들었지만 도저히 미사키가 죽었다는 실감이 나지 않았다. 하지만 그녀의 유골함을 본 순간, 현실과 맞닥뜨린 기분이 들어 미칠 것만 같았다.

"바로 연락 못 해서 미안해."

다카시는 그렇게 말하면서 고개 숙여 사과했다.

"그래도 그 녀석, 하루토에게 마지막 모습을 보여주고 싶지 않아 했어. 그러니 이해해 줘."

결국 마지막까지 한 번도 만나지 못하고 미사키와 헤어져 버렸다. 사진전을 열었던 날도 마주치지 못했다. 그날, 전시장으로 돌아오니 접수 방명록에 미사키의 이름이 적혀 있었다. 하지만 갤러리에 그녀의 모습은 보이지 않았다. 만날 수 없을지도 모른다는 각오를 어느 정도는 하고 있었지만, 이름을 본 순간 보고 싶다는 감정이 끓어올라 밖으로 뛰쳐나갔었다. 하지만 이리저리 찾아다녔는데도 미사키를 만날 수는 없었다.

"하루토, 이거."

다카시가 편지를 내밀었다. 미사키의 필체로 '하루토에게'라고 적혀 있었다.

"사진전이 끝나고 썼던 편지야. 괜찮다면 받아 줘."

하루토는 편지를 조심스레 받아 주머니에 넣은 후 다카시에게 말했다.

"부탁이 있습니다. 미사키의 방을 보여주시면 안 될까요?"

하루토는 허락을 받고 그녀의 방으로 들어갔다. 항상 굳게 닫혀 있었던 얇은 장지문에 손을 뻗자 허무하리만큼 가볍게 문이 열렸다.

방에 들어서니 여름날의 기억이 스쳐간다. 처음으로 이 방에 왔을 때의 기억. 젤리를 사왔다는 것을 알고 미사키는 무척이나 기뻐했었다. 민낯이 창피해서 마스크를 쓰고 있다면서 부끄러운듯 무릎에 얼굴을 묻고 있었다. 그날의 모습이 선명하게 되살아나자 가슴이 아파오고 눈물이 흐르기 시작했다. 코를 훌쩍이자 미사키의 향기가 느껴져서 더더욱 가슴이 옥죄었다.

방은 제법 정리되어서 그녀의 물건은 거의 다 없어진 상태였다.

문득 주변을 둘러보자 선반에 미사키의 유품이 있었다. 미용사로 일할 때 쓴 일기장, 화장품 파우치, 옷 몇 벌, 그리고…….

무언가를 본 순간 하루토의 눈이 휘둥그레졌다. 다리가 후들거리고 호흡이 가빠오더니 이가 부딪치는 소리가 날 정도로 온몸이 떨리기 시작했다.

이것은…….

하루토의 시선 끝에는 벚꽃색 니트 모자가 놓여 있었다.

기억이 되살아난다. 사진전이 있었던 날. 공원. 스쳐지나간 할머니.

하루토는 니트 모자를 들고 그 자리에서 무너져 내렸다.

그 할머니가 쓰고 있었던 니트 모자다…….

온몸이 경련을 일으키듯 부들부들 떨리고 눈물샘이 고장 난 것처럼 눈물이 쏟아져 내렸다. 괴로움에 몸을 잔뜩 웅크린 채 꼭 쥐고 있던 벚꽃색 니트 모자를 쳐다보았다.

"나는…… 나는……."

나는 알아보지 못했다…….

그때, 공원에서 마주친 할머니는 미사키였다.

그런데 나는…….

목이 찢어질 정도로 울었다. 알아채지 못했던 자신을 저주하고, 그때 웃어 보이던 노파의 얼굴을 떠올리면서 미친 듯이 울었다. 혼란과 절망이 뒤엉킨, 절규와도 같은 울음소리였다.

뭐가 '변하지 않는 것'인가.

어떻게 내 사진으로 행복하게 해 주겠다는 것인가.

나는 끝까지 미사키에게 상처를 주고 말았다.

알아보지도 못한 채 미사키를 두고 가 버렸다.

"……미사키…… 미안해…… 미안합니다……."

돌이킬 수 없는 죄책감이 밀려왔다. 하루토는 울면서 알아들을 수 없는 말로 미사키에게 끝없이 사과했다. 이제 이 세상에는 없는 연인에게, 언제까지고.

집을 나설 때 다카시가 가게 앞까지 나와 주었다.

하지만 자신이 저지른 죄에 대해서는 차마 말할 수 없었다.

힘없이 인사하고 걷기 시작하는데 다카시가 하루토를 불렀다.

"미사키 몫까지 행복하게 살아 줘. 녀석도 분명 그걸 원할 거야."

그 촉촉한 눈동자를 보자 걷잡을 수 없는 감정이 가슴을 뒤덮었다.

"잘 지내, 하루토……."

집을 향해 힘없이 터벅터벅 걷는데, 그날처럼 눈이 내리기 시작했다.

하루토의 뇌리에 할머니가 된 미사키의 모습이 떠오른다.

알아보지 못한 나에게 너는 "고마워요"라고 말해 주었다. 이런 나를 향해 마지막으로 미소를 지어 주었다.

그런데 나는…….

나는…….

주머니에 손을 찔러 넣자 그녀가 남긴 편지가 만져졌다. 힘없는 필체로 '하루토에게'라고 적힌 편지. 봉투 위로 눈물이 또르르 떨어졌다.

"미사키……."

하지만 그 목소리는 흩날리는 눈 사이로 연기처럼 사라져 버렸다.

제 5 장

새로운 계절

하루토는 2월 말에 일을 관두었다.

일방적으로 전화를 걸어 그만두겠다고 말하자, 사와이는 연인을 떠나보낸 것이 원인이라는 것을 눈치챈 듯 "괜찮나?"라고 걱정해 주었다. 하지만 하루토는 아무 대답도 하지 않고 정신없이 전화를 끊었다. 죄책감이 들었지만 그보다도 더 이상은 카메라를 들고 싶지 않다는 생각이 더 컸다. 자신은 사진을 찍을 자격조차 없다고 생각했다.

그날부터 하루토는 시큼한 냄새가 나는 방에 누운 채 시간이 흘러가는 소리에만 귀를 기울였다. 그리고 이제는 이 세상에 없는 미사키를 생각했다.

내 사진으로 미사키에게 용기를 주고 싶었다. 그것이 내가 그녀에게 해 줄 수 있는 유일한 보은이라 믿었다. 하지만 그 결과, 나는 미사키에게 상처를 주고 말았다. 눈이 흩날리던 그 공원의 풍경도 또렷하게 기억한다. 팽팽하게 얼어붙어 있던 공기도, 하늘에서 떨어지는 눈송이를 잡으러 뛰어다니던 아이들의 웃음소리도. 바람에 날아온 니트 모자, 내가 건넨 모자를 받아 든 노파. 그녀가 미사키일 것이라고는 상상하지도 못했다. 병에 대해서 들었는데도, 나는 그 순간 내 기억 속 미사키만 찾고 있었다. 스물넷 꽃다운 나이의 젊은 모습인 미사키를.

그때, 멀어져가는 내 등을 보면서 그녀는 무슨 생각을 했을까. 분명히 알아봐 주기를 바랐을 것이다. 뒤를 돌아봐 주기를 바랐을 것이다. 나를 무척이나 원망했을 것이 틀림없다. 나는 그 여름날, 미사키가 병에 걸렸다는 것을 눈치채지 못했다. 게다가 그녀와 마주치고도 알아보지도 못했다…….

아무리 사과한다 해도 용서받을 수 없는 일이다. 그 정도로 엄청난 죄를 저질러 버렸다.

이대로 죽어 버리고 싶었다. 하지만 며칠간 식음을 전폐해도 몸뚱이는 그대로였다. 죽지 못한다는 고통과 함께, 건강한 상태의 자신이 원망스러웠다. 내가 죽고 미사키가 살았어야 했다. 죽을 배짱도 살아갈 용기도 없는 상태로, 하루토는 우물 바닥에 떨어진 것처럼 어두컴컴한 방 안에서 그저 고요히 숨만 내쉬고 있었다.

다음 날은 따뜻했다. 계절이 바뀌어가고 있다는 것이 피부로 느껴졌다. 미사키가 살아 있던 시간이 먼 과거로 흘러가 버리는 것 같아서 괴로웠다.

공중을 떠다니는 먼지가 햇살을 받아 반짝인다. 앞쪽 도로에서는 공사가 시작되었는지 끊임없이 소음이 들려오고 있었다. 그래도 하루토는 침대에 누운 채 아무것도 하지 않고 그저 그 공간에 죽은 듯이 존재할 뿐이었다. 자세를 바꾸면서 이대로 지옥에 떨어질 수는 없을까 하는 어리석은 생각을 하기까지 했다. 하지만 아무리 기다려도 사신(死神)은 찾아와 주지 않았다.

저녁 무렵, 극심한 갈증에 눈이 저절로 떠졌다. 온몸의 세포가 수분을 갈구하고 있었다. 목이 타들어가는 듯한 갈증에 숨이 막혀왔다. 뇌가 물을 마시라는 지령을 계속해서 내리고 있다. 거부하려 해도 본능적으로 몸이 움직였고 정신을 차리고 보니 수도꼭지를 비틀어 허겁지겁 물을 마시고 있었다. 그러다 사레들린 기침이 쏟아져 나오면서 제정신이 들어 그 자리에 주저앉았다. 이번에는 배가 고파왔다. 무시할 수 없을 정도의 공복이 온몸을 지배했다. 마치 사막 한가운데에서 회오리바람이 이는 듯한 공복이었다. 시야에 들어온 찬장에 컵라면이 있는 것을 발견하고 불쑥 손을 뻗었다.

물이 끓기를 기다리는 시간이 너무나도 길게 느껴져서 정신을 딴데로 돌리기 위해 화장실로 가 용변을 보았다. 그리고 세면대 거울을 들여다보았다. 거울 속에는 죽은 사람이 서 있는 것 같았다. 영혼이 빠져나간 듯 창백한 얼굴, 제멋대로 자라난 수염, 얼마나 울었는지 팅팅 부은 눈은 놀랄 만큼 시뻘겋게 충혈되어 있었다.

못 봐주겠다……. 손끝으로 수염을 만지작거리면서 그런 생각을 하는데 전기주전자에서 딸깍, 하는 소리가 났다. 물이 다 끓은 모양이다. 컵라면에 물을 붓고 3분 동안 기다린다. 방 안에 향긋한 간장 냄새가 퍼지자 더욱 심한 허기가 느껴졌다. 참지 못하고 3분이 지나기도 전에 나무젓가락을 들고 면을 탐하기 시작했다. 세상에 이렇게 맛있는 음식이 있었나 하는 생각이 들었다. 정신없이 면을 그러모으면서 흡입한다. 국물이 너무 뜨거워서 혀를 데기도 했다. 그럼에도 식욕은 사그라질 줄 몰랐다.

그런데……. 문득 젓가락을 멈췄다.

이런 순간에도 배가 고프다니…….

미사키가 죽었는데도 이렇게 바보처럼 컵라면을 먹고 있다. 살기 위해, 필사적으로 배를 채우고 있는 것이다…….

그런 생각에 눈물이 터져 나왔다.

'배는 왜 고픈 걸까?'

바다를 보러 갔을 때 미사키가 했던 말이다. '무슨 말이야?'라고 묻자 그녀는 이렇게 대답했다.

'사람은 어떤 상황에서든 배가 고프구나, 하는 생각이 들어서.'

그때 미사키는 늙는다는 공포와 싸우고 있었다. 형언할 수 없는 두려움과 괴로움 속에서도 그녀 또한 허기를 느꼈던 것이다. 나는 그녀가 겪은 고통을 완전하게는 이해할 수 없다. 일반인의 수십 배에 달하는 속도로 늙어간다는 공포가 어떤 것인지, 감히 상상할 수조차 없다. 하지만 한 가지만큼은 알 수 있게 되었다. 사람은 어떤 상황에서든 허기를 느낀다는 것이다. 비록 그런 하찮은 사실이지만, 그래도 그때 미사키의 기분을 아주 조금은 헤아릴 수 있을 것만 같은 기분이 들었다. 이미 너무 늦어 버렸지만…….

하루토는 울면서 컵라면을 마저 먹기 시작했다.

그로부터 2주 동안 하루토는 최소한의 식사와 수분만 섭취하면서 남은 시간은 침대에 누워 멀거니 천장만 바라보았다. 아무런 의욕도 생기지 않아서 자세를 바꾸는 것조차 귀찮게 느껴졌다. 이윽고 어깨와 허리가 아프기 시작하면서 뼈가 비명을 질렀고, 빈번한 두통에 시달리게 되었다. 내내 누워만 있어서 그런 것일지도 모른다. 그래도 하루토는 움직이지 않았다. 자신의 몸에 귀를 기울이면 나날이 세포들이 죽어가는 소리가 들리는 것 같았다. 그리고 그때마다 생각했다. 자신은 한 시간 단위로 늙고 있다고. 어제의 자신보다 나이를 먹고, 약해지고, 그리고 죽음에 가까워지고 있는 것이다. 이렇게 완만한 시간의 흐름 속에서도 죽음이 느껴지는데, 수십 배의 속도로 늙어갔던 미사키는 얼마나 고통스러웠을까…….

그 순간 하루토는 벌떡 일어났다. 그리고 두 손바닥을 보면서 생각했다. 내 몸은, 내 본능은 살고 싶어 한다. 통증으로 몸의 이상을 표현하고, 공복으로 영양 보충을 요구하고 있다. 혼신을 다해 죽음에 저항하고 있는 것이다. 미사키도 이렇게 매일매일 살고 싶어 했을 것이다. 시간이라는 십자가에 묶인 채로 끝없이 발버둥 쳤을 그녀를 생각하자 속절없이 눈물만 흘렀다.

하루토는 몇 주일 만에 샤워를 했다.

맨몸을 보니 튀어 나온 갈비뼈는 새장을 보는 듯했고, 자세도 상당히 뒤틀려 있다는 것을 알 수 있었다. 낡아빠진 꼭두각시 인형을 보는 듯한 불쾌함마저 느껴졌다.

그는 샤워를 마치고 서랍에서 미사키의 편지를 꺼냈다. 그날 이후로 차마 열어보지 못하고 구석에 넣어두었던 편지. 풀칠이 된 봉투를 만져본다. 하지만 그녀의 마지막 말을 마주할 용기는 지금도 없다.

봉투를 가만히 바라보고 있는데 인터폰이 울렸다. 판촉하러 온 사람일 것이라 생각했다. 무시하고 소파에 푹 쓰러졌지만 인터폰이 또 한 번 울렸다. 이번에는 집요했다. 수차례나 끈질기게 울리는 인터폰. 무시해 보지만 돌아갈 것 같지가 않다. 왠지 그 사람일 것만 같았다.

"네……."

힘없이 수화기를 들자 "야! 하루토! 문 열어! 죽여 버린다!"라고 말하는 다카나시의 커다란 목소리가 고막을 찔렀다. 별 수 없이 문을 열자 다카나시는 "안에 있으면 재깍재깍 튀어나와야지 이 멍청아!"라고 말하며 불쾌하다는 듯 문을 발로 찼다. 그러고는 하루토를 보더니 "혼자 보기 아까운 얼굴이네"라고 하며 기가 막히다는 듯 한숨을 내쉬었다. 그리고 "잠깐 나와 봐"라고 말하더니 하루토의 셔츠를 끌어당겨 억지로 밖으로 끌고 나왔다.

건너편 공원에 가서 두 사람은 그네에 나란히 앉았다. 다 늙은 원숭이처럼 구부정하게 앉아 있는 하루토를 보고 다카나시가 혀를 찼다.

"너 아직도 기운 못 차린 거야?"

선배는 모르시겠죠……. 이 말이 목구멍까지 차올랐지만 그냥 삼켰다.

"왜 오셨어요……."

"사와이 선생님이 한번 보고 오라고 하도 귀찮게 하셔서 말이지. 네가 갑자기 그만둬서 걱정 많이 하셨어. 근데 왜 하필 내가 와야 하는 거야, 귀찮아 죽겠네."

"죄송합니다……."

사라질 듯한 목소리에 다카나시는 멋쩍어하는 듯했다. 따분하다는 듯 담배에 불을 붙인 후 힐끔거리며 하루토를 쳐다보았다.

"그나저나 너, 사진 관둘 생각이야?"

맥없이 끄덕였다.

"저는 사진을 찍을 자격도 없으니까요……."

그리고 하루토는 일어났다.

"가 보겠습니다."

등 뒤에서 다카나시의 시선이 느껴졌다. 하지만 무시하고 걷기 시작했다. 그때였다.

"그만두지 마……."

그 목소리에 멈춰 섰다.

"그만두지 말라고."

몸을 돌리자 다카나시의 강한 눈빛이 날아왔다.

"자격이 있는 사람이 어디 있냐. 아니, 애초에 그런 건 필요 없어. 사진을 찍고 싶다는 마음이 아직 남아 있다면 절대 그만두지 마. 언젠가 반드시 후회할 테니까."

하지만 하루토는 아무 대답도 하지 않았다.

"여자친구가 죽었다고 해서 평생 그렇게 살 거야? 당연히 힘들겠지! 소중한 사람이 죽었으니까! 그래도, 우리 사진작가들은 무슨 일이 있든 사진을 계속 찍어야 돼!"

하루토는 떨리는 목소리로 "하지만……"이라고 중얼거렸다.

"하지만이고 뭐고! 그냥 찍는 거야! 무슨 일이 있어도!"

"다카나시 선배……."

"찍어! 하루토!"

하지만 저는…….

"찍어!"

절실한 표정이었다. 평소의 짓궂은 다카나시라고는 생각되지 않을 정도였다. 그 모습에는 다정함마저 담겨 있었다. 그 진심을 느낀 하루토의 눈시울이 뜨거워졌다.

다카나시는 쑥스러움을 감추려는 듯 청바지 주머니에 손을 찔러 넣으면서 "그리고"라고 말했다.

"사와이 선생님께는 제대로 사과드리러 가. 걱정만 끼쳐놓고 끝내 버리지는 말라고."

그 말을 마지막으로 다카나시는 자리를 떴다.

홀로 남아 올려다본 하늘은 전에 없이 눈부셨다. 봄 안개가 낀 푸른 하늘. 햇빛을 빨아들인 구름은 무지개색으로 반짝이고 있다. 이렇게 세상의 빛을 느낀 것이 얼마 만인지 모르겠다.

다카나시의 말은 언제까지고 하루토의 가슴속에서 메아리치고 있었다.

며칠 후, 하루토는 스튜디오를 찾았다.

다카나시의 말대로 사와이에게 사과해야 한다고 생각했다.

아침에 스튜디오의 문을 열자 사와이의 모습은 아직 보이지 않았다. 다음에 다시 오려고 발길을 돌리려던 참이었다. 안쪽에서 마코토의 목소리가 들려왔다.

"하루토?"

어색함에 고개를 돌리자 그녀는 "마침 잘 왔어! 좀 도와 줘!"라고 말하며 하루토의 소매를 끌어당겼다.

"하지만 저는……."

"됐어, 됐어. 일손이 부족해서 힘들었거든. 촬영 일정을 맞추기가 쉽지 않아서 말이야."

얼떨결에 도와주는 꼴이 되어 버렸다.

얼마 후 사와이가 스튜디오로 들어왔다. 폐를 끼쳐서 죄송하다고 사과하려 했지만 사와이는 "좋은 아침"이라는 말만 남기고 암실로 들어가 버렸다. 뒤를 쫓아가려 하는데 다카나시가 "어이, 하루토!"하고 고함을 지르는 소리에 발이 멈춘다.

"빨리 차로 짐 옮겨!"

사와이 선생님께는 저녁에 제대로 사과드리고, 그만둔다는 말도 그때 하자…….

오랜만에 스튜디오에 있으려니 어딘가 불편했다. 긴장감이 감도는 공기가 그리우면서도 카메라를 보자 역시나 고통스러웠다.

촬영은 저녁 7시 즈음에 끝났다. 기자재를 가지고 스튜디오로 돌아오자 사와이가 "자, 뒷정리 잘 부탁해"라고 말하면서 나가려고 했다. 하루토는 황급히 사와이를 불러 세웠다.

그리고 다카나시와 마코토가 돌아간 후에 "폐를 끼쳐서 죄송했습니다"라고 말하며 허리를 깊이 숙였다. 사와이는 "살 빠졌네"라고 말하면서 커피가 든 머그컵을 내밀었다.

"일에 대해서 드릴 말씀이……."

"아, 그러고 보니까."

사와이가 하루토의 말을 잘랐다.

"다카나시가 자네 사진을 보여줬어."

그러고는 사진전에 전시했던 하루토의 작품을 꺼냈다. 가슴이 아파왔다. 미사키에게 상처만 주었던 사진전. 노파가 되어 버린 미사키의 모습이 머리를 스친다.

"좋은 사진이야."

"네?"

얼떨결에 고개를 들었다.

"염원이 담긴 좋은 사진이야."

"그렇지 않……."

"하루토, 처음 면접 보러 왔던 날 기억해?"

"면접?"

"그때 자네가 했던 말, 지금도 기억하나?"

"아뇨, 워낙 긴장을 많이 해서……."

하루토는 고개를 가로저었다.

"한번 그만둔 사진을 왜 다시 시작하려고 생각했는지 물었더니 자네가 이렇게 대답하더군. '저는 저를 바꿔준 사람을 위해서 훌륭한 사진작가가 되고 싶습니다'라고. 솔직히 말하면 상당히 유치한 대답이기는 했지. 동기도 불순했고."

그때는 미사키에게 어울리는 남자가 되고 싶다는 생각에 물불을 가리지 않았다. 그녀를 다시 만나고 싶어서, 무슨 일이 있어도 붙고 싶어서 불쑥 그런 말을 해 버린 것이리라.

사와이는 머그컵을 기울여 커피를 한 모금 마시더니 부드럽게 미소 지었다.

"나는 지금까지 광고 사진만 찍어왔어. 내 사진을 본 많은 사람들이 그 상품을 사고 싶어 할 만한 사진을 찍기 위해 노력했지. 그러니 한 사람을 위해서 사진을 찍어본 적은 단 한 번도 없어. 그러고 싶다는 생각조차도 해 본 적 없고. 그래서 자네 이야기를 들었을 때 문득 이런 생각이 들더군. 이렇게나 개인적인 동기를 가지고 있는 자네가 과연 어떤 사진을 찍을까……하는 생각. 그걸 보고 싶었어."

"그래서 저를 고용하신 거예요?"

"뭐, 이렇게 자꾸 실수하는 사람일 거라고는 생각도 못 하긴 했지."

죄송스러운 마음에 바닥으로 시선을 내리깔았다.

"이 사진을 보고 생각했어. 오직 한 사람을 위해 염원을 담아 찍는 사진도 의외로 나쁘지 않구나, 라고 말이지."

"하지만 저는⋯⋯."

하루토는 중얼거렸다.

"앞으로 어떻게 해야 좋을지 모르겠어요⋯⋯."

미사키는 내가 사진을 찍는 이유였다. 미사키에게 어울리는 남자가 되고 싶다는 생각으로 사진을 찍어왔다. 그녀와 헤어진 후 내 길을 찾아보려고 생각한 적도 있었다. 그래도 끝끝내 미사키를 위해 카메라를 들었다. 그녀에게 용기를 주고 싶었으니까. 하지만 나의 바람은 결국 단순한 자기만족에 지나지 않았다. 미사키에게 용기를 주기는커녕 마지막의 마지막까지 씻어내지 못할 상처를 입히고 말았다. 그리고 그녀는 세상을 떠나 버렸다. 나는 사진을 찍을 자격도, 이유도 잃어버린 것이다.

"하루토⋯⋯."

사와이가 조용히 입술을 뗐다.

"답은 파인더 안에서만 찾을 수 있어."

"⋯⋯네?"

"아무리 발버둥 쳐도, 몸부림치며 뒹굴어도, 우리는 파인더 안에서 답을 찾을 수밖에 없어."

마토코도 예전에 비슷한 이야기를 했었다.

'고민을 하기 때문에 사진을 계속 찍고 싶다는 생각이 들어. 그렇게 고민하고, 망설이고, 괴로워하는 모든 시간과 노력들도 내 작품의 일부가 될 거라 믿으니까…….'

"……사진, 계속 해도 되는 걸까요?"

"나야 모르지."

사와이가 쿡쿡거리며 웃었다.

"하지만 나는, 자네 사진을 또 볼 수 있었으면 좋겠어."

사와이가 어깨를 두드렸다.

"자네의 염원이 담긴 사진을 말이지."

그 말을 남기고 사와이는 돌아갔다. 혼자 남겨진 하루토는 책상 위에 놓인 자신의 사진을 손에 들었다. 겨울하늘 아래 왕벚나무가 적막하게 서 있는 사진. 그날, 미사키와 올려다보았던 벚나무였다.

밤이 되었지만 바람은 포근하다. 봄이 성큼 다가왔다는 것을 피부로 느낄 수 있었다. 하루토는 스튜디오에서 집까지 걸어가기로 했다.

밤이 내려앉은 이노카시라 거리는 오가는 차들도 별로 없이 호젓한 분위기에 휩싸여 있었다. 이따금씩 고요를 찢듯이 자동차가 지나가면 타이어 소리가 귓가에 들러붙는 듯했다. 편의점의 휘황한 빛, 주차장 한쪽에 우두커니 서 있는 자동판매기. 달은 조용히 구름을 비추고 있다. 하루토는 빛으로 가득한 밤거리를 걸으면서 사와이가 했던 말을 하나하나 곱씹어 보았다.

집 가까이에 다다르자 걸음을 멈췄다.

맞은편에 있는 공원. 꽃망울을 제법 터뜨린 왕벚나무가 가로등 불빛 아래에서 잠잠히 너울거리고 있다. 거센 바람이 불어오자 초목끼리 스치는 소리가 난다. 바람결에 미사키의 목소리가 들려왔다.

'그때 결심했어요. 나도 언젠가 누군가의 머리를 예쁘게 다듬어 주고 싶다고. 손님이 '내가 이렇게 예쁘구나'라고 느낄 수 있는, 그런 미용사가 되자고.'

벚나무 아래에서 꿈을 이야기하던 미사키.

미용사로서 더 오래 일하고 싶었을 것이다. 더 잘하고 싶었을 것이다. 자신의 가게를 열어서 많은 사람을 예쁘게 해 주고 싶었을 것이다. 그녀는 매일 가위를 손에 들고 늦은 밤까지 커트 마네킹과 씨름했다. 쇼트커트 실력이 부족하다며 연습에 연습을 거듭했었다. 점장과 선배에게 혼나서 풀이 죽는 날도 있었지만, 그래도 한결같이 노력했다. 그런데 나는……. 지금의 내 모습을 보면 미사키는 뭐라고 말할까. 분명 화를 많이 낼 것이다. 기가 막힌다고 할 것이다. 그날과 같은 말을 할 것이 틀림없다.

'우물쭈물하지 말고, 꿈이 있으면 힘들더라도 역경이 있더라도 카메라 계속 잡아요! 쉽게 등 돌리지 말고!'

밤바람을 타고 벚꽃 꽃잎이 조심스레 춤을 추듯 떨어졌다. 가로등 빛을 받고 있는 아름다운 연분홍색 꽃은 작년보다 더 덧없이 느껴졌다. 하루토의 눈에는 그 꽃들이 마치 지고 싶지 않다고 외치는 것처럼 보였다.

그날 밤, 수없이 망설였지만 미사키가 남긴 편지를 읽기로 했다. 그녀가 남겨 준 마지막 말과 마주해야 한다고 생각했다. 하지만 편지를

손에 든 순간, 상처에 차가운 바람이 휘몰아치는 듯한 고통이 온몸에
퍼졌다. 그날 그녀를 알아보지 못했다는 죄책감이 가슴을 뒤덮는다.
하지만 하루토는 봉투를 열었다.

그리고 그녀가 남겨 준 마지막 인사에 시선을 떨어뜨렸다.

하루토에게

이렇게 편지를 쓰는 건 처음이네. 왠지 조금 긴장되는 것 같아.

사진전에 가 보았어. 초대해 줘서 고마워.

실은 밖으로 나가기가 정말 무서웠어.

다른 사람들 시선이 무서워서, 내가 늙고 있다는 실감을 하는 것이
무서워서 오랜 시간 집에만 박혀 있었어.

하지만 하루토는 그런 나를 바깥으로 불러내 주었지.

밖으로 나가고 싶다는 생각을 하게 해 주었던 거야.

오랜만에 화장을 하고 거리로 나갔더니 왠지 모험을 하는 것 같아서
두근거렸어.

조금 두렵기는 했지만 그래도 하루토의 말을 듣기를 잘했어.

하루토의 사진, 정말 근사했으니까.

콩깍지가 쓰여서가 아니라 진심으로 그렇게 생각했어.

같이 걸었던 요쓰야의 벚나무 가로수길, 나란히 서서 올려다보았던
스미다강의 불꽃, 프러포즈를 해 주었던 바다. 그때 하루토 곁에서 보
았던 경치를 한 번 더 볼 수 있어서 정말 기뻤어.

나 말이야, 시간이 흘러가는 게 무섭기만 했어.

내 외모와 상태가 점점 변해가는 게 무서웠어.

왜 나만 이렇게 된 걸까, 몇 번이고 그렇게 생각했어.

하지만, 변하지 않는 것도 있었네……

하루토의 사진 속에서 나는 너와 함께였던 스물네 살로 있을 수 있 잖아.

서로 좋아하는 것에 대해서 이야기하면서 벚꽃 아래를 걷기도 하고, 불꽃 아래에서 키스를 하고, 사소한 이야기를 나누던 그 시절 속에 머 무를 수 있잖아.

하루토와 보았던 경치는, 그날의 추억은, 앞으로 아무리 많은 시간 이 흘러도 변하지 않을 거야. 과거는 사라지는 것이 아니라 마음속에 계속 남아 있는 거였어. 그렇게 생각하면 진심으로 기뻐.

있잖아, 하루토……

나는 그날 네 귓불을 잘라서 다행이라 생각해. 네가 병원에서 데이 트 신청을 해 줘서 다행이야. 사진을 다시 시작해서 다행이야. 아주 잠 깐이었지만 하루토와 함께 살아갈 수 있어서 정말 다행이야……

하루토는 나에게 정말 많은 '다행'을 선물해 주었구나.

기억해? 언젠가 머리를 잘라주었을 때 네가 그랬잖아.

당신을 좋아하게 돼서 다행이라고.

나도 마찬가지야.

나노 하루토를 좋아할 수 있게 돼서 다행이야.

앞으로도 그럴 거야.

앞으로도 영원히, 나는 하루토를 사랑할 거야.

PS.

이번에 결국 만나지는 못했네.

몸이 별로 안 좋아서 사진만 보고 바로 집으로 왔어.

그러니까 언젠가 다시 만날 수 있기를 기대할게.

그때는 하루토의 사진도 더 많이 보고 싶다.

나는 하루토의 1호 팬이니까.

앞으로도 멋진 사진 많이 찍어 줘.

많이많이 찍어 줘야 해.

항상 응원할게.

하루토, 고마워.

아리아케 미사키

가슴이 미어져 눈물을 흘리면서, 편지를 읽고 또 읽었다. 떨리는 필체로 적힌 편지는 너무나도 애처로웠으며 무척이나 따뜻했다.

자신을 알아보지 못해서 속상했을 텐데도 미사키는 그 일을 일절 언급하지 않고 나에게 힘을 주려 했다. 그녀의 깊은 마음을 생각하면 스스로가 한심하기 짝이 없다. 애끓는 후회가 비처럼 쏟아졌다.

하루토는 편지를 소중하게 품에 안았다.

나는 자신을 용서할 수가 없다. 앞으로도 용서하지 못할 것이다. 미사키에게 상처를 준 것을, 그때 알아봐주지 못한 것을 남은 평생 후회

하면서 살아갈 것이다

그러니 나는 너를 잊지 않겠다. 절대로 잊지 않겠다…….

내가 너에게 상처를 준 것도, 너와 함께한 시간도, 전부 다 끌어안고 살아갈 것이다. 아무리 힘들고 고통스러워도, 괴로움에 몸부림치는 일이 있더라도, 나는 미사키를 생각하면서 사진을 찍을 것이다.

생명이 붙어 있는 내가 할 수 있는 일은 그것뿐이니까.

* * * * *

새로운 봄이 찾아왔다.

화창한 어느 날 아침, 하루토는 신주쿠역 남쪽출구에 있었다.

오늘은 마코토가 미국으로 가는 날이다. 다카오산에 갔을 때 그녀는 예술 사진을 찍고 싶다고 말했었다. 사와이 선생님과도 계속 상담을 했던 모양인지, 일을 그만두고 한동안 세계일주를 하면서 자신의 사진을 찍기로 한 것이다.

공항으로 향하는 마코토를 배웅하기 위해 개찰구 가까이에서 기다리고 있는데 "하루토"하고 부르는 시원한 목소리가 들려와 뒤를 돌아보았다. 그녀의 손에는 커다란 캐리어가 들려 있었다.

"배웅 같은 건 안 해 줘도 되는데."

"에이, 제가 신세를 어지간히 졌어야죠."

"그렇긴 하네. 내가 고생 좀 했지."

마코토는 입가를 가리고 후후후, 웃었다.

"그리고 하고 싶은 말도 있고요."

"하고 싶은 말?"

"마코토 선배, 전에 저한테 그러셨죠. 찍고 싶은 사진이 있으면 알려달라고요."

"그랬었나?"

"까먹으신 거예요?"

"장난이야. 당연히 기억하지."

"그게 뭔지 알게 된 것 같은 기분이 들어요."

마코토가 미소를 띠었다.

"뭔데?"

하루토는 희미하게 웃으며 말했다.

"저는 앞으로도 미사키를 위해 사진을 찍을 거예요."

그 표정에는 망설임이 없었다. 마코토는 작게 끄덕였다.

"미사키가 제 사진을 볼 일은 이제 없지만, 그래도 저는 그녀가 좋아할 만한 사진을 계속 찍을 거예요. 그런 사진작가가 되겠어요……."

마코토가 오른손을 내밀었다.

"응원할게, 하루토."

하루토도 미소 지으며 그 손을 잡았다.

"감사합니다."

"잘 지내."

"선배도요."

그리고 마코토는 개찰구 너머로 멀어져갔다.

하루토는 하늘을 올려다보며 생각했다.

오늘은 날씨가 정말 좋구나…….

끝없이 펼쳐진 푸르른 하늘. 햇살은 따스하고 바람은 노래를 부르듯 부드럽게 불어온다.

고슈 가도의 완만한 언덕길을 내려와 신주쿠 교엔으로 향한다. 그날, 미사키와 함께 걸었던 길이다.

신주쿠 교엔 입구는 사람들로 북적이고 있었다.

다들 만개한 벚꽃을 보러 왔을 것이다.

하루토는 마루노우치선을 타고 요쓰야로 향했다.

전철에서 내려 벚나무 가로수길이 이어진 계단을 오르자마자 활짝 핀 벚꽃이 시야에 들어왔다. 바람에 흔들리는 꽃들은 마치 하늘을 헤엄치는 연분홍빛 구름 같았다. 선명한 경치에 저도 모르게 시선을 빼앗겼다.

그 아래에는 수많은 나들이객이 음주 가무를 즐기고 있었다. 어느 하나 달라진 것 없는 광경에 한숨이 살짝 새어나왔다.

하루토는 봄을 구가하는 사람들을 피해 앞으로 걸어갔다.

오가는 사람들은 다들 행복한 듯 벚꽃을 보고 미소 짓고 있다.

하루토는 길을 걸으면서 왼쪽으로 고개를 돌렸다. 작년 이맘때는 이 자리에 미사키가 있었다. 하루토는 텅 비어 있는 왼쪽을 보고 서글픈 표정으로 쓸쓸히 웃었다.

이내 커다란 벚나무 앞에서 걸음을 멈췄다. 미사키와 올려다보던 벚나무. 만개한 꽃들이 바람에 흔들리며 재잘거리듯 피어 있다. 흩날리는 꽃잎들이 마치 눈송이 같았다.

하루토는 벚꽃을 올려다보면서 왼쪽 귓불을 가만히 만져 보았다.

이제는 통증이 느껴지지 않는, 그녀가 남겨준 흉터. 그리고, 이 나무 아래에서 미소 짓던 미사키의 모습을 떠올렸다.

그녀는 벚꽃 같은 사람이었다. 그녀가 웃으면 연분홍빛 꽃이 피어나듯 주변 경치가 환해지고, 그 미소를 보는 나까지 같이 웃음 짓게 된다. 언제나 한결같고, 부지런하고, 이 활짝 핀 벚꽃처럼 내 인생을 화사하게 물들여 주었다. 그런 근사한 사람이었다.

더 오래 피어 있기를 바랐다. 지지 않기를 바랐단 말이다. 이 벚꽃을 또다시 같이 보고 싶었다. 하지만 이제는 그럴 수 없다. 이 봄 속에서 찾아 헤맨들 그녀는 어디에도 없으니까…….

그러니 나는 봄이 올 때마다 너를 떠올릴 것이다. 이 벚꽃을 보면서 생각할 것이다. 앞으로도 평생 잊지 않도록. 상처를 준 것도, 함께 보낸 시간도, 그 미소도, 자상함도, 빠짐없이 기억할 수 있도록. 너를 찍은 사진은 한 장도 없지만, 그래도 이 가슴속 깊이 간직하겠다.

미사키, 나는 너를 잊지 않기 위해 사진을 계속 찍을 것이다…….

하루토는 어깨에 메고 있던 니콘 F3를 들고 파인더를 들여다보았다.

연분홍색 꽃잎이 마파람에 날아오르더니 구름 한 점 없는 하늘에 선명한 벚꽃의 파도가 펼쳐졌다.

사람들이 하늘을 올려다보며 미소 짓는다. 그 사이로 미사키가 보이는 것 같은 기분이 들었다. 그가 사랑했던 벚꽃 같은 연인의 모습이. 하지만 그곳에 그녀는 없다. 그 어디에도…….

하루토는 조용히 셔터 버튼을 눌렀다. 미사키에게 닿기를 기도하면서. 그녀가 좋아해 주기를 바라면서. 천천히, 마음을 담아서.

찰칵, 하는 소리와 함께 카메라가 풍경을 오려낸다.

그리고 하루토는, 미사키가 없는 새로운 계절을 사진에 담아냈다.

나의 연인
벚꽃 같은

2019년 5월 10일 1판 1쇄 인쇄
2019년 5월 20일 1판 1쇄 발행

지은이 / 우야마 게이스케
옮긴이 / 김수지
발행인 / 정욱
편집인 / 황민호
출판사업본부장 / 박종규
편집기획 / 박정훈 성명신
디자인 / All design group
마케팅본부장 / 김구회
마케팅 / 이상훈 김종국 반재완 조안나
국제판권 / 이주은 박경진
제작 / 심상운 최택순 성시원
발행처 / 대원씨아이(주)
주소 / 서울특별시 용산구 한강대로 15길 9-12
전화 / (02)2071-2093 팩스 / (02)749-2105
등록 / 제3-563호 등록일자 / 1992년 5월 11일

www.dwci.co.kr

ISBN 979-11-6412-952-2 03830